「あら、マサユキを泣かせるなんて
どういうつもりなのかしら？」
「遺憾ですわね。
わたくしには、そんな趣味はありませんよ」
笑顔で見つめ合う美女二人。
両者の視線がぶつかり合って、恐ろしい重圧がかかっていた。
GC NOVELS
転生したらスライムだった件 17
Regarding Reincarnated to Slime
Story by Fuse, Illustration by Mitz Vah
伏瀬 イラスト／みっつばー

最初からキッチリ躾《しつ》けておくべきじゃったのう。
『ミョルマイルの野望』
貴方が望むなら、この世界をプレゼントしてあげるわ。
『遠い記憶』
覚悟しておくがいい。俺と違って、拷問官は優しくないぞ。
『激動の日々』
面倒そうなので、私はパスです。
『青い悪魔のひとり言』

第一話

ミョルマイルの野望

Regarding Reincarnated to Slime

ワシの名はミョルマイル。

幸運な男だと自認しておる。

じゃが、しかし。

最近はちいとばかり、幸運の一言では済まされぬほどにツイておるのだ。

思えば、ワシの幸運が確固たるものとなったのは、リムル様の誘いに応じてからだった。

リムル様というのは、ワシの上司だ。

上司と言っても、単なる上役などではないぞ。

何を隠そう、ジュラ・テンペスト連邦国の国家元首、つまりは国王なのだよ。

しかも、魔王。

冗談などではなく、マジ。

最初にお会いした時から只者ではないと思ったし、今でも女神のような御方だと思っておるが、ぶっちゃけ、ワシの想像では追い付かぬほどに強いらしい。

大都市が壊滅するどころか、小国など下手すれば国家転覆レベルの魔物である天空竜《スカイドラゴン》を、一瞬の内に倒してワシを救ってくれた。その時点でワシからすれば大恩人で英雄だったのじゃが、その後間もなくして〝八星魔王《オクタグラム》〟の一柱《ヒトリ》になったと聞いて仰天したわい。

それだけではない。

伝説上の、それこそ御伽噺《おとぎばなし》に聞かされるような魔王ミリム様とマブダチだし、世界に四体しか存在しないという〝竜種〟――ヴェルドラ様とも盟友なのだ。

もうね、ワシとしては驚き疲れてしまってな、最近では何を聞いても『ふーん』としか思わなくなってしまったのじゃ。

そんな訳で、リムル様について語るのはこの辺にして、本題に入るぞ。

　ワシの野望は、誰からも馬鹿にされぬような大商人になる事じゃった。

　ブルムンドという小国で商店を構え、イングラシアという大国でも支店を出せた。

　それなりに顔も売れ、商売も軌道に乗り始めた頃、大きな商談が舞い込んだ。ブルムンド王国の自由組合《ギルド》支部長《マスター》、フューズ殿から声をかけられたのじゃが、それがリムル様と出会うきっかけになったのじゃ。

　そして、魔王となられたリムル様がワシのもとを訪れ、魔国の重鎮《じゅうちん》として働かないかと、誘って下さったのじゃよ。


　ワシの今の役職じゃが、財務大臣となっておる。

　この名称はコロコロ変わるのじゃが、やってる事は変わらん。魔国に集まる膨大な富を、ワシの采配で必要と思われる部署に回す事じゃな。

　商人をやっていた頃は、様々な商売の売り上げの一部がワシの報酬となっておった。仕入れ値やら人件費やらを差っ引いて、残った金から運転資金を捻出し、苦労したものよ。じゃがな、今はそれは別の意味で大変じゃわい。

　扱っている金額の桁が違うのじゃ。

　昔のワシの報酬など、大海を前にした井戸水程度にしか思えぬほどじゃった。

　そして、今のワシの給料はというと……。

　ひと月で、金貨五十枚。これは当然、税金を引かれた上での金額なのだ。

　賞与や各種手当は別で、住居支給じゃぞ？

　しかも、じゃ。

　職業訓練生が無料で家政婦をやってくれるので、家の維持管理も魔国に面倒を見てもらっておるようなものじゃな。

　破格の待遇で、ワシもウハウハよ。

　無論、ブルムンドからワシについて来てくれた者達の面倒も見ておるのだが、大半はワシの部下として働いておるわけで、国の方から給与が支払われておるのだよ。直接雇用しておるのは、家の事を任せておる家人やビッドだけなので、せいぜい金貨二十枚程度で事足りたのじゃ。

だがな、驚くのはここからなのだ。

実は、ワシは給与とは別に、いくつかの収入を手にしておる。

一つは、ワシの商会が叩き出す利益。

開国祭でのファーストフード店から始まり、リムル様のアイデアを形にして、ブルムンド王国や街道の休憩場で展開させていった訳じゃが、ワシがそれらの各店舗を経営する形になっておる。国の管轄もあるのだが、何故かワシにも給与が出るのじゃ。

リムル様曰く、ワシとリムル様は運命共同体なのじゃと。

『ミョルマイル君。君が儲けたら、ボクも潤《うるお》う。そうだよね？　ボク達のアイデアを形にして得たお金なのだから、それは正当な対価として貰うべきじゃないかな？』

との事でな、全面的に信用して下さっておるのじゃよ。

ワシも知らなかったのだが、リムル様の考えでは、ワシとリムル様は利益を山分けする契約になっていたらしい。書面には残しておらぬが、リムル様としては契約は絶対遵守するつもりなのだそうだ。

そんな訳でワシは、全力でリムル様の期待に応えておるのじゃよ。

その結果として、各店舗から毎月、金貨百枚がワシの懐に入っておる。しかも、最初期は資金投入しておったから利益も少なくなっておるが、今後は増え続けると思われるのじゃ。

現存する店舗も規模が拡大中。各国からも支店を出して欲しいとの要望が届いておるので、それも要検討じゃな。

それに、店舗の種類も増えそうじゃ。何しろ、リムル様がゴブイチ殿に頼んでいる料理メニューが、まだまだ沢山あるからのう。美味い飯を最初に味わえるという特典もあるし、ワシとしても出資するのは大歓迎なのじゃ。

ハンバーガーショップ、ラーメン店は大繁盛。最近は鉄板焼きの店もメジャーになったし、アイスクリーム屋とやらも準備中じゃった。

街道にある宿場でも、新作の料理を提供しておる。

その人気次第では、更に店舗が増えるじゃろうな。

そんな訳で、今後も出資に見合うだけの利益は約束されたも同然じゃろうな。

こうなるともう、ワシの年収がどこまで増えるのか、楽しむどころか怖くなる思いなのじゃ。

正直言って、ここ一年足らずで、一生遊んで暮らせるほどの金が貯まっておるわい。

まさに破格の待遇なのじゃが、話はこれで終わりではない。

ワシの収入源は、もう一つあってな。

それこそが、〝三賢酔《リエガ》〟なのじゃよ……。

＊

〝三賢酔《リエガ》〟というのは、リムル様と超大国たる魔導王朝サリオンの天帝エルメシア陛下、そしてワシ、ガルド・ミョルマイル、この三名の頭文字をとって名付けられた組織を指す言葉なのじゃからのう。

ワシはともかく、エルメシア陛下は天上人じゃ。

大国の貴族であろうと、謁見予約は数年待ちがザラだと言う。王族でさえ、会おうと思ってもなかなか会えない御方なのじゃ。

何しろ、その影響力は絶大だからのう。

サリオンの国力は西側諸国の総力に匹敵すると言われておるし、そんな超大国を興国の頃から支え続けておられるのじゃから、エルメシア陛下の威光は下々まであまねく照らしておるのじゃ。

サリオン国内では、エルメシア陛下は神同然の扱いなのだと聞く。そんな御方と気軽に飲み仲間になるとは、リムル様は本当に恐ろしいお人だとワシは思ったものだ。

どうしてワシまで一緒に飲んでおったのか、今となっては思い出せぬ。じゃがな、そのお陰でワシまでも、エルメシア陛下を姉御と呼べるようになったのじゃ。

そんな訳で、ワシらは〝悪巧み三人衆〟などと呼ばれたりもするのじゃが、〝三賢酔《リエガ》〟に絡んでおる事は知られておらぬ。

　この件は極秘も極秘なので、数少ない者しか知らぬのじゃ。

　魔国では、ベニマル殿とソウエイ殿の御二方のみじゃな。

　ソウエイ殿には、部下を貸してもらったりと協力してもらっておるので、秘密には出来なんだのじゃ。

　ベニマル殿には、リムル様が声をかけておった。

『お前もさ、いつかは結婚するだろ？』

『いや、別にそんな気は……』

『その時に備えてさ、嫁に隠して小遣いを貯めとく必要があるだろう？』

『いや、給与だけで十分――』

『バッカ、お前！　年収分くらいは隠し持っておかないと、男友達と飲みに行くのも大変になるんだぞ！』

『そ、そうなんですかっ⁉』

『そうだよ。それが男の甲斐性ってもんだからね！』

　というような会話をしておったな。

　微妙に間違っておるような気もするが、ワシが口を挟む事柄ではないわな。賢明にも聞き流し、巻き込まれるのを避けたのじゃ。

　それに、軍部の総大将――つまりは軍務大臣を務めるベニマル殿の年収は、ワシと同等。金貨六百枚なので、飲み代くらいで困るとは思えなんだがな。

　まあ、それはどうでもよい。

　リムル様は何故か、シュナ様に計画がバレるのを恐れておる様子。

　ベニマル殿を誘ったのは、シュナ様の兄上として目を光らせてもらい、口裏を合わせてもらうつもりなのじゃろうて。

　ともかく、ベニマル殿という協力者を得て、ソウエイ殿から部下を借り受けた。その者達を実行部隊として、秘密結社〝三賢酔《リエガ》〟計画が発動されてしまったのじゃよ。

　リムル様の視点は面白かった。

　この計画の肝は、三竦《さんすく》みの関係を変形させた事にある。

暴力装置としての裏組織――秘密結社〝三賢酔《リエガ》〟を完全に支配した上で、表舞台ではクリーンな争いを推奨するというものだったのじゃ。

一つの巨大組織を創るだけだと、やがて内部から腐り落ちてしまう。そもそも、我等が魔国連邦《テンペスト》に恨みを持つ者もいるだろうからと、二つの組織を用意する事になったのじゃ。

それを競合させる事で、商いの活性化も目指す。それに加えて、互いに足を引っ張り合わせる事で、組織内では協力し合うように仕向けておるのじゃ。

こうして、組織が腐敗するのを予防しようとしておる訳じゃな。

設立時からそんな先の事を見据えるなど、ワシではとても考えつかぬと感心したものじゃ。

ワシの役目は、二つの組織の片方を纏《まと》め上げる事じゃった。

姉御は、ドラン将王国のドラン王を中心としてロッゾ一族の生き残りを取り纏めて下さっておる。そして、我等が魔国に敵愾心《てきがいしん》を持つ者達による〝西方総合商社〟を設立なされた。

これに対抗すべく、ワシとしても早急に〝四ヶ国通商連盟〟を確固たるものにする必要があったのじゃ。

当初の計画通り、ブルムンド王国、ファルメナス王国、ドワーフ王国の重鎮を巻き込んで、母体となる組織を用意した。

ワシの手足となるのは、開国祭の後に取り込んだ商人達よな。

商売相手が激減し、祖国からもつま弾きにされ、家人からも見放される寸前。そうなった頃合いを見計らって、救いの手を差し伸べたのよ。

ワシの部下となって働くならば、生活は保障してやる――そう持ち掛けたのじゃが、その申し出を断るような愚か者は少なかった。

当然じゃな。

各国の新聞で報道されてしまった以上、悪い意味で名が売れてしまっておる。そんな者を信用して雇い入れる者など滅多におらんので、それが最後の救いの手であるのは明白じゃったからのう。

記者達も、良い仕事をしてくれたものじゃ。それを誘導したリムル様やディアブロ殿の事は、言うまでもなく恐ろしいと思ったもんじゃわい。

あの一件のお陰で、ワシの仕事が面白いように上手くいったのじゃからな。

勿論《もちろん》、ワシ等の思惑に気付いた者もおるし、むしろ、そういう者共の方が多かったと思うが、そうでなければ使い物にはならん。また、金の支払いに嘘はないので、文句を言われる筋合いもないのじゃ。

問題となるのはヤツ等のプライドじゃったが、そこはそれ。商人とは現金なもので、利益になるなら大概の事は許容するものなのじゃよ。

有能さを示せば地位や給料も上がるとあって、ヤツ等の文句は次第に消えていった。そして、ワシに忠誠を誓ってくれたのじゃよ。

ワシが店を譲った元番頭、バッハのヤツも巻き込んでやったわい。

ワシからの借金を返しつつ、立派な経営者になっておったので、残りをチャラにするという条件で仕事を任せたのだ。

元よりワシに恩義を感じてくれておったから、予想以上の働きを見せてくれたものよ。

他にも優秀な人材が育っておった。

ブルムンド王はフューズ殿から話を聞くなり、腹心たる家臣一同を集めたらしい。そして、来るべき日に備えて人材育成を進めてくれておったのじゃ。

また、ドワーフ王国からも優秀な文官達が派遣されてきた。

ドワーフは長命なので、上が退官せぬ限り出世の道はない。そこで、この機会に目を付けた目端の利く者共が、我も我もと名乗りを上げてくれたのじゃ。

野心があるのは結構な事よ。

姉御が組織した〝西方総合商社〟の方でも、長命種たる耳長族《エルフ》が加盟したと聞く。ドワーフの文官達が参加してくれているのだから、対抗馬としては申し分なしじゃった。

が、しかし。

ファルメナス王国では、逆に支店の開設に手を貸す必要があった。自由組合の方でも協力してくれたが、国家の安定を優先するのは当然じゃろう。

　これについては想定内なので、長期的視野で考えておる。やがて育つ人材に期待するとして、ワシ等も協力したという訳よな。

　だが、ここからが大変じゃった。

　西側諸国に手を広げるとなると、職員の数がまるで足りておらなんだのじゃ。

　裏組織をどんどん潰して吸収し、拡大していく〝三賢酔《リエガ》〟を見て、ワシは心底羨ましく思ったものじゃ。

　裏社会はそれでいいが、表舞台で活躍する組織に必要なのは、仕事を任せられる優秀な人材じゃった。スカウトした人材は魔国に送って教育してもらっておるが、その芽が出るには数年は必要とするじゃろう。

　それに何より信用第一。

　よく知らぬ人物に大事な仕事を任せるなど、ワシの美学からしたら論外なのじゃ。

　となると、雇用する人材も選別する必要があってな。

各国に職員を派遣する内に、恐れていた通り人手不足になってしまったのじゃよ。

　そこでワシは、リムル様に相談した。

「うーん、困ったね。我が国の人材は魔物だから、人間社会に送り出すのは抵抗があるもんね」

「そうなのですわい。優秀な者も多いですし、一緒に働き始めたら受け入れられると思うのですが、それはまだまだ時期尚早かと愚考しますわい」

「同感だよ、ミョルマイル君。見下していた者が優秀過ぎると、今度は逆に嫉妬の対象になったりするからね。迫害されたりしたら最悪だし、焦って物事を考えるのは不味い気がする」

と、ワシとリムル様は意見が一致したのじゃ。

ではどうするか？

　そう悩んだ時、リムル様が解決案を口にされた。

「仕方ない。アイツは有能そうだったし、この件でも協力してもらおう」

　そう言って、直属の部下であるテスタロッサ殿を呼び出してくれたのじゃ。

このテスタロッサ殿は外交武官であり、とても優秀な人物であると評判じゃった。ワシも紹介されたが、とんでもない美人だったもので、緊張してまともな会話も出来なんだわ。

そして、その時も。

「リムル様、お呼びでしょうか？」

とんでもない美貌に、慈愛に溢れた笑み。

その漂う色香は凄まじく、ワシはもう気圧《けお》されるのみじゃった。

茫然《ぼうぜん》となっておったワシの横で、リムル様とテスタロッサ殿の会話が繰り広げられた。

「実はさ、人手が足りなくて困っててね」

「なるほど、そういう事でしたらお任せ下さいませ。わたくしの部下にも協力させましょう」

「あ、そう？　いやあ、助かるよ。あと、これは秘密の作戦だから、絶対にナイショにしててね」

「あら、わたくしとリムル様の秘密ですわね。絶対に口にしないとお約束しますわ。勿論、わたくしの部下達も。もしも洩《も》らしたら――」

ウフフフフと、テスタロッサ殿が嗤《わら》っておった。

その笑みを見て、リムル様とワシは秘密は厳守されるだろうと確信したのじゃ。

このように、実に簡単に話が纏まった。

そしてテスタロッサ殿が、ワシを見て微笑んでくれたのじゃ。

「ガルド様には絶対服従するようにと、厳命致しておきますわね」

その声が脳に届いた時、ワシは天にも昇るような気持ちじゃった。

ガルド様――と、あのテスタロッサ殿がワシの名を呼んでくれたのじゃ。

「宜しく頼みますわい！」

と、食い気味に答えたのは仕方あるまいて。

こうして、テスタロッサ殿の協力を得た事で、計画は怖いくらい順調に飛躍し始めたのじゃ。

＊

たった数ヶ月で、評議会加盟国全てに〝四ヶ国通商連盟〟の支部が用意された。職員が十名くらい入れる程度の小さなものじゃが、当面はそれで充分であろう。

これだけでもワシはビックリしたが、もっと驚くべき出来事が待っておった。

なんと、このワシが〝四ヶ国通商連盟〟の代表に選ばれてしまったのじゃ。

『全て任せる。リムルが信用するミョルマイル殿なら、余も信用出来るというものよ』

と、ガゼル王から激励された時は、流石のワシも緊張でカチコチになってしまったわい。

とまあ、王がそう口にした以上、ドワーフの文官衆から反対意見など出なかった。不満はあったやも知れんが、表面上は素直に従ってくれたのじゃ。

『俺達は助けられる側だからな。今んとこ文句はないし、ま、頑張ってくれや』

と、ヨウム殿。

その後こそっと、『旦那に振り回されて、アンタも大変だな』と耳打ちされたが、ワシはニヤッと笑って、

『それはお互い様ですわい。お陰様で、これ以上にない楽しい人生を歩ませてもらっておりますからのう』と返しておいた。

ヨウム殿も楽しそうに笑っておったので、気持ちは通じておると思う。

ブルムンド王は厄介じゃった。

一見すると気さくな方じゃったが、ワシの直感が告げておった。

ドラム・ブルムンド、この男、油断ならぬとな。

そして案の定、ブルムンド王との交渉は難航した。

「ほっほっほ、連盟の代表だが、将来的には想像を絶する権力を握る事になるのう。下手をすれば、一国の王など歯牙にもかけぬほどの、な。ミョルマイル殿がその座に就くのなら、ワシも安心というものじゃ」

そこまでか？　とも思ったが、展開次第では有り得る話じゃった。

「はっはっは、光栄ですわい。それでは今後とも――」

「ところで――」

キタッ！　と、ワシは身構えたね。

「ワシの国では、リムル殿の計画に向けて職員を教育中でしてな。雇用の保障は当然期待したいのじゃよ」

「勿論ですわい。むしろ、その方々の協力無くしては、計画は立ち行かんでしょうぞ」

「そうですか、それを聞いて安心じゃ。では当然、我が国の事情も存じておられるでしょうな？」

「事情、ですか？」

何の話かわからんので、迂闊には答えずに問い返した。

するとブルムンド王は、人の好さそうな笑みのまま、アホかと叫びたくなるような事を告げたのじゃ。

「端的に言おうぞ。我が国では、農業を全て廃止したのじゃ。国庫に保管してあった食糧も全て放出して、国民の糊口《ここう》をしのいでおる状況でな。支援をお願いしたいのじゃ」

「なっ⁉」

っと思わず絶句してしまったのだが、仕方ないと思うのじゃ。

「む、無論、出来る限りの事はさせて頂きますが、流石にワシの一存では……」

「なあに、リムル殿なら笑って許可を下さるじゃろうて。我が国に〝魔導列車〟の〝世界中央駅《ワールドステーション》〟を建設してくれておるのだ、その心意気に応えたワシ等を、決して見捨てる事はなさらぬじゃろうよ」

無茶なっ！

その理屈はオカシイと叫びたいが、心のどこかでは納得もしてしまった。

この男、国家の命運を全て、リムル様の計画に賭けたのじゃ。

信じ難い愚行か、英断なのか——否、違うな。

ワシが、その行為が正しかったと証明せねばならんのじゃ。

何故ならば、もしもその行為が愚行だったと評価されたならば、リムル様の計画が失敗した事になるからじゃ。

そもそも、人手はまるで足りておらぬし、ブルムンド王国の全国民が職員として働いてくれるのなら、ワシ等としても大助かりなのじゃよ。

ならばこそ、ワシの答えは一つじゃった。

「そうでしたな。これは一本取られましたわい。ブルムンド王よ、ワシが責任を持って、ブルムンドの全国民を雇い入れると誓いましょうぞ。無論、給料の前払いとして、食糧支援もお任せ下され！」

「ほっほっほ、ミョルマイル殿は頼もしいのう！　これからも是非、色々と頼らせてもらいたいものじゃ。であるからして、ワシの事はドラムと呼んで欲しいぞ」

おおっと、驚いたわい。

ワシのような一介の商人に、名前呼びを許すとな？

「そんな、畏れ多い事ですわい」

畏かも知れんので、一応は断ってみたのじゃが――

「ミョルマイル――いや、ここは敢えてガルド殿と呼ばせてもらおう」

「いやいや、ワシはリムル様に取り立ててもらっただけで、元は平民ですので――」

「ほっほっほ、謙遜は不要ですぞ。そもそもじゃ、リムル殿だけではなく、エルメシア陛下とも懇意にされておるガルド殿を、単なる平民と思う者などおりませんぞ」

彼の方は、ワシでさえ名前で呼ぶ事が敵わぬのじゃからな――と、ブルムンド王が真顔で仰った。

リムル様とは顔見知りで、親しく付き合える間柄でも、超大国サリオンの天帝陛下が相手では、ブルムンド王も木っ端な王族でしかないのだと、その表情が告げておるわい。

否定は出来んな。

ワシもその事実から目を背けておったが、姉御はやはりとんでもない御方なのじゃ。

ならば、ワシと親密な関係になりたいというのも、ブルムンド王の本心なのだと判断する。

名前呼びは名誉であるし、良好な関係を築く上で有難い話でもある。

さて、どうしたものか……いや、悩むまい。

考えてみれば、向こうは国名じゃからな。フィガロ王子が代表じゃし、まあ大丈夫じゃろう。

「では、ドラム陛下と」

「まてまて、ここは対等でいこうではないか。ドラちゃんとでも――」

「いやいや、それはおかしいですわい！　というか、無茶ですわい!!」

「そうかね？」

「そうですとも！　ふう、わかりましたわい。では、今後はドラム殿と、お呼びしても宜しいですかな？」

本人からの申し出だからと、ワシは恐る恐る呼び名を改めてみた。これで無礼だと逮捕されてはかなわんのじゃが、流石にそれはあるまいと信じたのじゃ。

結果、ドラム殿は嬉しそうに笑って下さった。

「ふふ、嬉しいのう。彼の御方と友人であるガルド殿と親しくしておると、ワシまで偉くなれたような気がするわい。これからも友として、宜しく頼みますぞ！」

いつの間にか、ワシはドラム殿と友になっておった。

そんな事が許されるのかと、ワシは反対意見が出ないかと周囲に助けを求めてみた。

それなのに、じゃ。

ドラム殿の背後には、厳めしい顔をした大臣達が立ち並んでおったのじゃが、誰からも不満の声など出ない。それどころか、皆がホッとしたように、嬉しそうに笑っておるではないか。

これはもう、ブルムンド王国は本気なのだと悟るしかなかった。

ワシを代表とする超国家的組織〝四ヶ国通商連盟〟に全力投資して、一蓮托生となる事で国家存亡を賭したのだ、と。

信じ難いほどのギャンブラーじゃ。

ワシとて、ここまでの決断となると難しいわい。そういう意味では、このドラム・ブルムンドという国王は、紛れもない傑物であるようじゃな。

「こちらこそ、末永く良き関係を築きたいものですわい。ワシが〝虎の威を借る狐〟とならぬよう、友として御指導下され」

ワシは心からの敬意を込めて、ドラム殿にそう答えたのじゃった。

＊

国王ドラム殿との顔合わせの後は、実務的な打ち合わせが待っておった。

子爵へと陞爵《しょうしゃく》したベルヤード殿から、現状の報告を受ける。

食糧の備蓄は一年分で、教育は順調との事。能力の高い者は、即戦力として各地に散って行ったとの事じゃった。

「ま、我が国では元々、裏社会での諜報活動を得意としておりましたからな。そうした者共が各国に出向き、価格調査等を行っております。事務方の育成は、富国賢民のスローガンを掲げて頑張っております。大人も子供も一丸となって、世界情勢や経済学について学んでおりますよ」

ニッコリ笑ってそう言われた訳だが、その極端な政策に唖然としてしまった。ドラム殿の言葉を疑っていた訳ではなかったが、ここまで徹底しておるとは思わなんだわ。

王が王なら、臣下も臣下じゃな。

おっと、驚いてばかりもいられない。


「わかりました。それでは、我が方の計画進捗状況をお伝えしますぞ」

ワシも隠し事は止めじゃ。

そう前置きしてから、ワシも包み隠さず現状を話す。

〝魔導列車〟の開発は順調。

軌道《レール》の敷設工事じゃが、終点ドワルゴンから中間ファルメナスを経由して、中央のブルムンド手前までは開通しておる。

ファルメナスで生産した食材をドワルゴンに運び、そこで積み荷を工業製品と入れ替える。それを今度はファルメナスで必要分だけ降ろして、残りをブルムンドへと運搬する訳じゃ。

いずれブルムンドには集積地としての役割も担ってもらう必要がある。

「無論。今後は食品の衛生管理も、重要な仕事となる訳ですな?」

「左様ですわい。また、必要な物資をどこに売り出すか、それを検討するのも、ブルムンド側にお願いしたいのです」

「当然です。派遣した職員には、その点も説明しておりますとも」

むう、フューズ殿の親友だと聞いておったが、ベルヤード殿に抜かりはないわい。

そう言えばリムル様も、ベルヤード殿は切れ者だから油断するなと言っておったな。なるほど、これは確かに油断ならん相手のようじゃ。

「流石ですな。それでは、耕作放棄地はどうされるおつもりで？」

「それについても、計画を立てさせて頂きました。ここ、王都近隣に〝世界中央駅《ワールドステーション》〟建設予定地を確保しております。そこから四方に空き地を設け、街道と繋がるように整備中ですよ」

「ほう？」

「王都郊外にも土地を用意しました。〝世界中央駅《ワールドステーション》〟と結んで、物流の拠点にする予定です」

「なんと……」

用意が良すぎて呆れるわい。

ここから、腹芸抜きの本音で交渉が始まった。

我が魔国は労働力を提供する。それによって、巨大な〝世界中央駅《ワールドステーション》〟を建造し、ドワルゴン方面への路線を開通させる。

それに引き続き、サリオン方面とイングラシア方面に新たな路線を開通させていく計画となる。

それらと並行して、用意された空き地に倉庫群を建造していくと決定された。これによって、ブルムンドが一大商業地域へと成長する未来が予見される。土地も値上がりするじゃろうから、今の内に一等地を確保しておくのが急務であろうな。

ここ、ブルムンド王国こそ、将来的に物流の拠点となる場所なのじゃ。ワシとしては最高の立地を購入する予定だったのじゃが……。

「して、〝四ヶ国通商連盟〟の支部なのじゃが、今の場所は仮のものであるからして、新たに建造したいと考えておるんですわい」

「御安心を。特上の地域を確保しておりますよ」

それを聞いて、嫌な予感がした。

ベルヤード殿の表情を読み解こうとしても、その胡散臭い笑顔に阻まれて上手くいかん。

「それは、譲ってもらえるという事かな？」

駅や軌道《レール》などに必要とされる土地は、技術供与と労働の対価及び、将来的にも共同経費という扱いになるので、無料となるよう協議したから問題ない。じゃからして、支部の土地の購入を後回しにしてしまったのじゃが、どうも雲行きが怪しくなってきたわい。

そんなワシの不安は的中する。

「いえいえ、それは御勘弁下さい。我がブルムンド王国では、全ての土地を国家の所有物と定めました。その上で、王が国民に貸与するという、新たな形態へと移行したのです」

やられた！

そんな荒技を行うなど、ワシでも思いつかん悪知恵じゃわい。

そもそも、よくぞそんな法案を通したものだと、逆に感心する。既得権益を有する貴族への説得など、どうやってクリアしたんじゃろうな……。

「その地域の賃料は……？」

「平米単価で、銀貨一枚を予定しております」

高い、というほどではない。

決して安くはないが、イングラシアの王都で土地を借りるなら、平米当たり銀貨三枚は必要とするからのう。なので、年毎に所得税は取られるものの、買った方が得なのじゃ。

だが、それよりも大きな問題がある。

損得以前に、相手に主導権を握られるのが問題なのじゃ！

リムル様は意外と無頓着じゃが、こういう点に姉御は厳しい。

途中で条件を変えられたらどうするつもりよぅ――と、真顔でワシを責めるじゃろう。

友好関係を築けている内はいいが、人間は代替わりする。そうすると、永続的な権利を確保しておくのが大事だというわけじゃな。

ないとは思うが、賃料を値上げされたら？

常識的な範囲内であれば、応相談という形で相手の要望を呑むのもアリじゃろう。しかし、理不尽に値上げされてしまった場合、喧嘩になる可能性も否定出来んわい。

いや、万が一の話じゃと理解しておるが、そうなった場合を想定して物事を考えよと、姉御からは言われておるのじゃよ。

土地の所有権が当方にあれば、不当な要求は突っぱねられよう。じゃがな、相手に所有権がある場合、条件が折り合わねば困った事になるからのう。

もしもそこでごねても、正当性は所有者にある。嫌なら出て行くしかない訳じゃ。

だからこそ、必ずや所有権を確保しておきたい。それが無理だったならば、この地に対して過剰なまでの投資が難しくなってしまうのじゃ。

さて、どうしたものやら――と思った瞬間、ベルヤード殿がニヤリと笑った。

「賃料は景気に応じて変動させる予定ですが、ここでミョルマイル殿だけに耳よりなお話が！」

コヤツ、本当に食えぬ男じゃわい。

嫌な予感がするが、聞かぬ訳にもいかんじゃろう。

「どういったお話で？」

「何、簡単です。我がブルムンド王国では、貴国の友好国である証として、租界を用意してもよいと考えておるのですよ」

「租界、ですと？」

「はい。先程の話に出た特上の地域を、恒久的に効力を発揮する永代借地契約を結ぶ事で、治外法権を認めても構わないという話です」

「なんと!!」

驚いてみせたが、あまりにも上手すぎる話じゃった。

どんな裏があるのやらと思案するより早く、ベルヤード殿が説明してくれるつもりらしい。

「裏はありませんよ。ドラム陛下の発案でしてね、私としては反対だったのですが、他の大臣の方々も賛成に回った為、採択されたのです。この案にはメリットとデメリットが等しく存在する。デメリットは言うまでもなく、国土を切り売りするような真似をすれば、他国から舐められる点でしょうか」

「まあ、そうでしょうな」

隠す気はないのかと驚いたが、ドラム殿の発案と聞いて納得した。そして、メリットの方も見当がついた。

「メリットは当然、貴国が全力で投資してくれると期待出来る点です。また、永代借地契約に色々と条件を盛り込む事で、我が国が優位性を得られると判断しました」

「と、いいますと？」

どんな条件なのか、それが問題じゃわい。

「何、簡単な話です。我が国の国民を職員として雇用して欲しい、というのが一点。もう一点は、我が国に〝四ヶ国通商連盟〟の本部を置いて欲しい、というものです」

なるほど、とワシは合点がいった。

〝四ヶ国通商連盟〟の本部がブルムンド王国にあるとなれば、物流の拠点というだけではなく、世界経済の中心として発展するじゃろう。現在のイングラシア王国の地位に取って代わる事も夢ではないので、ブルムンド王国の価値が跳ね上がるじゃろうな。

当然ながら土地の値段も跳ね上がるじゃろうし、各国の代表が大使館を置くようになるならば、不動産収入だけでもかなりの利益が見込めるじゃろう。

観光地と違って、こちらは景気に影響されぬ。その上、ブルムンドの民の雇用も約束されておるときた。

〝四ヶ国通商連盟〟と一蓮托生になる気概さえあれば、リターンの大きい賭けとなるじゃろう。生粋のギャンブラーたるドラム殿らしいなと、ワシは心の底から納得したのじゃよ。

それに、ブルムンド王国が世界経済の中心になるというのは、リムル様の構想にもあった話なのじゃ。ワシとしても反対する理由はないので、大きく頷き了承したのじゃった。

＊

その後、ベルヤード殿と詳細に話を詰めて、契約の締結を行った。

戦争状態になれば全ての契約が破棄される等、基本的には互いの権益を守る内容となっておる。

満足のいく内容だと思ったのじゃが、今後の参考までに、ベルヤード殿の本音を聞いてみたいと思った。

「一つ、お聞きしたいのじゃが――」

「何でしょう？」

「ベルヤード殿はそのう、この契約に反対だったとか。このような結果となり、思うところがあるのではないですかな？」

我等が〝四ヶ国通商連盟〟を優遇しておるような内容なので、他国への説明などの雑事は増えよう。不満というほどではないにせよ、面白く思っておらんのではないかと気になったのだ。

「ああ、その事ですか」

そう言って、ベルヤード殿は思案する様子を見せた。そのままワシを見ずに席を立ち、そして何を思ったのか、窓際まで歩き外を向く。

「？」

不思議そうなワシを前に、ベルヤード殿が一つ咳払いする。

「これは独り言ですので、聞き流して下さい」

そう断ってから、重々しく口を開いたのじゃ。

「貴族とは、決して本音を見せない生き物なのです。見せてはならない。交渉が不本意な結果となった場合でも、当初からの予定通りだったと豪語して見せる。そうしなければ、相手に弱みを見せる事になりますからな。私は『反対だった』と言ったのですよ。つまり、交渉時点においては賛成の立場になっていたと理解して欲しい」

それが本音かと、ワシは驚いた。

だとすれば、この結果はベルヤード殿の狙い通りだった訳じゃな。

負けたとは思わんが、貴族相手の交渉は骨が折れると再確認したわい。

だからワシも、思わず愚痴をこぼしてしまったのじゃ。

「やれやれ、ワシもまだまだですな。これでもワシは、お貴族様相手の商売も得意としておるつもりじゃったのに。この先、〝四ヶ国通商連盟〟の代表としてやっていけるのかどうか、少しばかり自信喪失になりそうですわい」

「いやいや、ミョルマイル殿は私から見てもしたたかですよ。失礼」

「ははは、誉め言葉と受け取っておきますわい」

ワシは苦笑しつつ、ベルヤード殿を見た。すると意外な事に、ベルヤード殿も苦笑しておったのだ。

普段の冷徹な表情が嘘のような、人情味が感じられる顔じゃった。

だからワシは、思わず素になって声をかけてしまったのじゃ。

「気を悪くせんで聞いてもらいたいのじゃが、アンタ、ワシの部下となって働く気はないかね？」

まあ、断られるじゃろう。そう思っての問いかけではあったが、少しばかり本音も交じっておった。

ベルヤード殿のような優秀な御仁が部下となってくれたならば、近い将来に悩まされるであろうイングラシア王国での事業展開の際に、これ以上にない力となってくれると確信したからじゃ。

「ふむ」

「ははは、いや、余計な事を口走ってしまいましたわい。つまらん冗談として聞き流してもらえれば――」

「いえいえ、興味深い提案です」

「え？」

ワシはまじまじと、ベルヤード殿の顔を見た。

至って真面目で、冗談を口にしている様子はない。

「本気、ですかな？」

「ええ。実は私も、転職を考えておりましてね」

そう言ってからベルヤード殿は、ブルムンド王国の現状と将来予想を語ってくれた。

富国賢民は諸刃の剣《つるぎ》。国民の今後は安泰だが、将来的には貴族の地位は揺らぐことになるだろう、とな。

「我がブルムンドには、土地持ちの貴族はおりません。そもそも、数も少ないのです。総人口百万人の内、一パーセントほどですかね。騎士爵が二千弱、その家族が八千名ほどである事を勘案すれば、政治に携わる者の数など百に満たぬのですよ。今はいいが、近い将来、全員が名誉職になるでしょう。そういう方向で、ドラム陛下が話を纏めましたので」

なるほど、小国だからこそ可能な力業じゃが、貴族達の利益を守る事で、この急激な改革を達成したという訳か。それでも反対意見は出たのじゃろうが、結果的には今に至ると。

「ベルヤード殿は、その、反対されなかったので？」

「しませんよ。利益の方が大きい話です。ただ、無職になる前に次の仕事を探さねば、とは思っておりましたがね」

ニヤリとした笑みで、ベルヤード殿はそう言った。

その笑顔を見て、ワシは悟ったのじゃ。

やられた、とな。

「クックック、これは一本取られましたな。ワシの質問に答えるフリをして、自分を売り込んだのでしょう？」

「フフッ、それを見抜いてくれると期待しておりましたよ」

なるほどのう、見抜けなかったら不合格だったんじゃな。

「では、本当に？」

「ええ。是非とも、ミョルマイル様に雇って頂きたい。ただし、当面は相談役という扱いで構わないでしょうか？」

当然じゃな。

貴族としての立場もあろうし、しばらくは大きく動けまい。もっとも、ワシが期待しておるのは、ベルヤード殿の知力と経験なので、相談役で何の問題もないのじゃよ。

「勿論ですわい！　これからも、宜しく頼みますぞ」

「こちらこそ、宜しくお願い致します」

ワシとベルヤード殿は、不敵に笑い合いながらガッチリと握手したのじゃ。

＊

ベルヤード殿がワシの相談役となった事で、〝四ヶ国通商連盟〟は更に順調に成長し始めた。

そして遂には、最大の商売敵である大商人共と、相対する時がやって来たのじゃ。

「ガルドさん、それで今日は、久しぶりのイングラシア王国ですかい？」

ワシにそう問いかけたのは、護衛役を任せておるビッドじゃ。今では気心も知れて、名前呼びを許したのじゃよ。

今のビッドの実力じゃが、魔物の国で鍛えられた事で、D+ランクからBランクに至っておる。武装も一新して、それなりに頼もしくなっておるので、遠出する際は必ず同行してもらうようにしておるのじゃ。

勿論、ゴブエモン殿も一緒じゃった。

こちらはもう、凄味を増して歴戦の勇士の風格じゃな。事実、その実力はAランクオーバーで、鬼人族《キジン》へと進化しておるようじゃな。

鬼人族《キジン》とは伝説級の存在だと聞いておったが、魔国ではありふれておるのう。いちいち突っ込んだら負けじゃと思うので、ワシもそういうものとして受け流しておるのじゃよ。

「そうじゃ。今日は大事な会合があってのう。ちいとばかり、危険な場所に出向かねばならん」

「ほう？　俺の出番もありそうだな」

「何を言ってるんです、ゴブエモンの兄貴！　俺がいるんだから、兄貴に出番なんてありませんぜ」

「フッ、どうだか」

自信満々なビッドに、ゴブエモン殿が苦笑しておるわい。

ゴブエモン殿は鬼人族《キジン》となったが、肌の色はそのままじゃった。そこらへんは、個体差みたいじゃな。

角も生えたのだが、小さいからバンダナや帽子で隠しておる。今日はスーツに似合う帽子で、オシャレに決めておった。

一見すると人鬼族《ホブゴブリン》のままなので、相手の油断を誘いやすいらしいわい。

ビッドも強くなったが、まだまだ頼りないしのう。ゴブエモン殿にはワシの護衛として、いつも助けてもらっておるのじゃよ。

とまあ、ワシの護衛は二人にお任せなのじゃが、今日ばかりは物足りぬ気がするわい。何せ今日会う相手は、西側諸国を牛耳る大商人達だからのう。

もっとも、心配はないハズじゃ。

何せ、今日の予定はリムル様も御存知だからのう。交渉の成否はともかくとして、身の安全だけは保障されておるのじゃよ。

だから今は、この心地好い緊張感を楽しみたい。

ワシの呼びかけに応じて、各国の大物が一堂に会する——これぞ漢《オトコ》の浪漫《ろまん》じゃわい。

久々に身を引き締める意味でも、今日は三人揃ってダークスーツで決める事にした。

「さて、準備はいいか？」

ワシが問うと、ビッドとゴブエモン殿が力強く頷いてくれた。

ワシも覚悟を決めて、会合場所となるホテルへと向かったのじゃ。


自動ドアが開く。

「お客様、お名前をお伺いしても宜しいでしょうか？」

洗練された動作で、ホテルマンが問い合わせてきた。

「ミョルマイルじゃ」

「——ッ!! これは、失礼致しました。念の為、身分証を確認させて頂いても宜しいでしょうか？」

ふむ、ワシの名を騙る者などおるまいが、そこは協力せねばな。寧《むし》ろ、他の者に対しても徹底しておるという事じゃから、かえって安心じゃわい。

「これでいいか？」

ビッドが懐から紹介状を取り出し、ホテルマンに見せた。それを見て確認された後、ワシ等は武器など所持していないか身体チェックされた。

そうこうしている内に、ワシの部下共が慌てて走ってきた。

「ミョルマイル様、お待ちしておりました！」

「準備は滞りなく。会場はコチラです」

ホテルマンを追いやった部下に案内され、会場へと向かった。

貴族が舞踏会なども行う大広間が、今回の会場じゃ。そこには既に大勢の者がつめかけており、入場するワシ等へと視線が集中した。

「あれが〝四連《よんれん》〟の代表、今回の発起人か」

「ふむ、見覚えがありますな。確か、アコギな商売をしておる男だった、と記憶しておりますが……」

「あの男、魔王リムルに取り入って今の地位についたと聞くが？」

「然り。ですが、侮ってはなりませんぞ。あの、魔物の国で行われた商いは、あの男が手配したと聞き及びます。手痛い目にあった小売商共を吸収し、それなりの力を得たという噂ですぞ」

「フンッ、所詮は成金でしょうが。ロッゾ一族の影響力も今は昔、ドラン将王国にて巻き返しを図る動きがあるようですが、他の五大老には代替わりする気配がない。もう終わりでしょう」

「ロスティアのヨハン公爵も、イングラシアの魔法審問官に逮捕されましたからな。再起は不可能でしょうぞ」

「伝え聞いた話では、シードル辺境伯も捕縛されたらしいですぞ。何でも、イングラシアの国防を任されていたのに、それを放棄したとか。二度と日の目を見る事はないでしょうな」

「つまりは、今日の会合で主導権を握る者に、次代の権勢が約束される、と」

「ふふふ、新参者などにその座は譲れん。〝四ヶ国通商連盟〟などという、田舎者共の寄り集まりなどお呼びではないわ！」

「ですが、魔国は厄介です」

「然り。その武力は侮りがたく、テスタロッサとかいう女傑が、評議会すらも掌握したとか」

「まあ、お手並み拝見といこうではないか」

「左様。あの男に能力ナシとなれば、我等がその立場に取って代われば宜しい」

「魔王リムルも、より実力のある者を優先するでしょうしな」

等々、密やかに――どころか、派手に噂話の花が咲いておるのう。

果たして実力の方はどうなのやら――と、誰もがワシに興味津々の様子。あからさまな会話も、敢えてワシに聞こえるように話しておるのじゃ。

まあ、無理もない。

今日集まったのは、旧ロッゾ派だけでなく、各国の裏社会を牛耳るような大物まで交ざっておる。普段は顔を合わせる事もない、世界の富を独占する者達なのじゃ。

昔のワシでは、会う事すら難しかった大物達。その情報網の凄さは、五大老の噂を知り得る点だけ見ても確かであろうな。

生き馬の目を抜くように生きる者共。その欲望は果てしなく、ロッゾの失墜に怯えるどころか、逆にチャンスだと張り切っておるのじゃ。

これは油断出来んと、ワシは一層気を引き締めた。

＊

そんな中、ワシに向かって声をかける者がいた。

「よお、ミョルマイルじゃねーか。偉くなったもんだな、お前もよ。このオレに挨拶なしかい？」

げえっ、ヤツはドン・ガバーナの用心棒、アルレキオじゃ。

大柄で筋肉質な、壮年の男。場違いにも黒革の全身鎧を着用しておるが、誰も咎める者などおらぬ。

それも当然じゃ。

何せアルレキオは、引退した元Aランクの冒険者で、裏社会でヤツの名を知らぬ者がいないほどの暴力の化身なのじゃから。

ワシも当然、ヤツとは顔見知りじゃった。どちらかと言えば、会いたくなかったがな。

アルレキオは、獰猛な獣のような男なのじゃ。

常に空腹で、獲物を狙っておる。

ワシも若い頃に出会って以来、常に飯や小遣いをせびられておった。文句を言いたいが、コヤツは暴力の化身じゃったからな。

しかも厄介な事に、コヤツの後ろにはドン・ガバーナが控えておる。爵位を持たぬだけで貴族の血を引いており、イングラシアの王族ですら逆らえんような大物なのじゃ。アルレキオがやり過ぎてチンピラを殺した時も、憲兵は自殺で片付けおったわい。

それ以降、誰もアルレキオには逆らえんのじゃ。

今後の経済界について語り合う為の場なのじゃが、ここでアルレキオと揉めるのは不味い。発起人たるワシとしては、下手に出てでもこの場を乗り切るしかなかろうて。

ワシは笑みを浮かべて、アルレキオと向き合った。

「これはこれはアルレキオさん。このような場でお会いするとは、奇遇ですな」

「ああん？　何だぁ、その口の利き方は。オイ、テメエ、ちょっと見ねえ間に、マジで調子に乗ってるみてえだな」

こ、怖ぁ……。

アルレキオの恫喝は、声を荒らげるでもないのに腹に響くのじゃ。

チビリそうになるわい。

ワシもブルムンドでは、裏町の帝王などと呼ばれておったが、こういう〝本物〟を前にすると、自分の小物具合を思い知らされるのう……。

「ア、アルレキオの旦那、今日は目出度い日ですんで、そのお話は後で――」

ビッドのヤツも、アルレキオに気圧されておる。どうやらアルレキオの事を知っておるようで、ビビッてしまったのじゃな。

ワシも人の事を言えんし、逆にビッドの事を見直したほどじゃ。

昔なら絶対に、アルレキオに逆らおうなどとしなかったはずじゃからのう。

しかし、不味いのう。

「何だ、テメエ？　気安くオレの名を呼びやがって、誰に許可を得てんだ？　ああん？」

アルレキオの矛先が、ワシからビッドへと向かう。

やはり思った通り、この男はビッドの事など覚えておらなんだ。というかそれ以前に、覚える価値もないと思っておったのだろう。

そんな小物から許可もなく声をかけられるなど、アルレキオからすれば許せぬ話なのじゃろう。とんでもなく不機嫌になってしまったぞい。

昔なら、金を握らせてお引き取り願ったもんじゃ。

しかし、今日はそういう訳にもいかん。

ワシの立場は〝四ヶ国通商連盟〟の代表であり、ここで商売敵共に舐められる訳にはいかぬのよ。

今も周囲の者共は、ワシ等の事を助けようともせず、笑って見ておる。面白い見世物、余興という感じなのじゃろうが、これを黙って許してしまえば、ワシの立場がなくなってしまうわい。

この程度のトラブルもさばけぬようでは、来賓の者共から失笑を買うだけじゃからの。

「アルレキオよ、貴様こそ勘違いしておるようじゃな。今のワシは、〝四ヶ国通商連盟〟の代表じゃぞ。昔の誼《よしみ》で見逃してやるから、さっさと去《い》ぬがいいわい！」

ワシは悠然と構えるようにして、アルレキオにそう言い放った。声が震えぬよう苦心したが、何とかなったようで一安心じゃ。

「何だと？」

こ、これが殺気というヤツか!?

アルレキオの空気が変わり、細めた目でワシを睨んでおる。

めっちゃ怖い。


「ミヨ、ミヨルマイルさん……」

ビッドが足をガクガクさせながら、泣きそうな声でワシを呼ぶ。じゃがな、それに答える余裕などあるはずもなく、ワシはアルレキオから目を離せずにいた。

「おい、ミヨルマイル。テメエ、本気で勘違いしちゃったか？　それとも、アレか。こんな人目の多い会場じゃあ、オレが手出し出来ないとでも思ってんのかい？」

「う……」

思っとるわい！

こんな場で地位ある者に手出しするなど、少しでも知恵があったら絶対に出来ん。本能のままに生きる魔獣ならいざ知らず、常識ある者なら我慢するのが普通じゃろう。

しかも、アルレキオはドン・ガバーナの用心棒なのじゃ。ここで問題を起こせば、雇用主にまで迷惑をかける事になるわい。

だから、絶対にワシは安全——と思った瞬間、アルレキオの左手がブレたような気がした。

えっ――っと思った瞬間、ビッドが引き倒されて、ゴブエモン殿がワシの前に出ておった。

どうやらその一瞬で、アルレキオがワシを殴ろうとしたらしい。ゴブエモン殿が、それから庇《かば》ってくれたのだ。

ビッドを引き倒したのもゴブエモン殿で、そのまま放置していたら危なかったみたいじゃな。その証拠に、ビッドの耳がアルレキオの拳の風圧で千切れておるではないか。

「大丈夫か、ビッドよ」

「は、はい。スンマセン、役に立てず……」

「気にするでないわい。こんなところでお前さんが死ねば、リムル様が大激怒じゃぞ」

「お、俺なんかの為に、怒ってくれますかね？」

「当たり前じゃわい。ワシかて怒るわい！」

ワシはビッドに手を差し伸べ、引っ張り起こす。そうこうしている間も、ゴブエモン殿とアルレキオの間では、火花が飛び散るような舌戦が繰り広げられておった。

「殺す気だったのか？」

「事故だよ、事故。軽く撫でてやろうとしただけさ。お前が邪魔したせいで、そこのチンピラがこけたんだろうよ」

「ふざけるな。まだまだ未熟だが、ビッドは俺の弟分なんだ。顔を立てて様子を見ていたが、やり過ぎだぜ、アンタ」

「フハハ、ソイツが弱いから悪いんじゃねーか。この場には武器の持ち込みは禁止されてんだからよ、ちょっと小突かれた程度で死ぬかよ」

「……ほう？」
ゴ、ゴブエモン殿の空気も変わったぞい。
これでは会合どころではなくなってしまう――と、ワシは思った。じゃが、その瞬間を見計らったかのように、ドン・ガバーナがやって来たのじゃ。

＊

「アルレキオ、何をやっている？」

「おっと、ガバーナさん。いやね、昔馴染みに、少しばかり挨拶してたんですわ」

「そうかね。うん？　そこの君、怪我をしているじゃないか。どれ、これを使いなさい」

くっさい茶番じゃわい。

恫喝役と取り成し役、これで恩を着せて、ワシの頭を押さえつけるつもりじゃぞ。

アルレキオも心得たもので、逆らいもせずに回復薬をビッドに振りかけておる。

せっかくのスーツに染みが――っと、ビッドの耳が一瞬で修復されたわい。あれほどの効能は、完全回復薬《フルポーション》じゃな。

「おおおお、貴重な完全回復薬《フルポーション》を、あのような下賤《げせん》な者に使用するとは!!」

「流石はガバーナ殿！　あの方にとっては、希少な秘薬さえも惜しくないという事ですな」

「然り然り。アルレキオ殿の武力と、ガバーナ殿の財力が合わされば、まさしく無敵というものです」

そんな外野の声を聞いた瞬間、なんじゃろう、ワシは急に白けてしもうた。

急に怖くなくなったし、悪夢から目が覚めた気分じゃ。

ビッドに目をやると、キョトンとしておるわい。その姿を見るに、ワシと同じ心情なのじゃろうて。

だって、のう？

完全回復薬《フルポーション》なぞ、ワシ等にとっては見慣れたものじゃしな。

ビッドも暇を見ては、ゴブエモン殿に修行をつけてもらったりしておるが、一日で何度、腕や足を斬り飛ばされた事やら。完全回復薬《フルポーション》がなければ、今頃生きておらなんだじゃろうて。

だからワシ等の感覚では、完全回復薬《フルポーション》などあって当たり前になっておったのじゃ。

それを有難がる者共の会話を聞いて初めて、今の自分達がどれだけ恵まれておるのか、それを再確認したという訳じゃよ。

「おお、それに見よ！　ガバーナ殿の胸に輝くバッジを！」

「おお、私にも見えますぞ。あの紋章、鈍く光っておりますな」

「然り。つまりは、本物の〝魔鋼〟製という事です」

「間違いない、噂通りです。新進気鋭の謎の団体が、非合法な組織を片っ端から吸収しているとか。その団体の紋章こそ、まさしくアレ――」

そんな外野の声に興味を引かれて、ワシもドン・ガバーナの胸元を見た。そして驚愕する。

そこに輝くのは、見慣れた模様。三匹の蛇が、ウネウネと絡み合う姿だったのじゃ。

見慣れておるのも当然で、あれを考えるのに三日三晩費やしたのじゃよ。

確か、リムル様が『もうさ、蛇でよくね？　竜とか鳳凰とかよりもさ、シンプルな方がいいって。それにさ、蛇は〝知恵〟や〝欲望〟や〝永遠〟なんかも象徴してるし、〝三賢酔《リエガ》〟にピッタリじゃね？』と言い出して、それに姉御が『そうねぇ、蛇も酔っ払いのイメージあるし、私達にはお似合いかもねぇ』と同意して、ワシが『ワハハハハ！　それでは三匹の蛇を絡め合わせましょう。ワシ等三人みたいに、酔っぱらったようにウネウネさせましょうぞ！』と話を纏めて――って、やはりどう見ても、アレは〝三賢酔《リエガ》〟の紋章じゃわい！

構成人員について詳しく聞いてはおらなんだが、ドン・ガバーナの組織も吸収されておったのか……。

そうとわかった今、ビビッて損した気分じゃぞ。

だが、これはチャンスじゃ。

ドン・ガバーナを引き立て役にして、ワシの立場をアピールしておくとしようぞ。

「アンタは確か、ガバーナ商団の会長殿でしたな。それで、今回の件の詫びじゃが、どう落とし前をつけるつもりかな？」

「何だと？」

「アンタ、察しが悪いのう。ワシの護衛に怪我を負わせた詫びじゃよ。そこのビッドはな、このような場だからと、そこのチンピラに逆らわんかったのじゃ。それを、こちらが手を出さぬからと調子に乗って、ようもやってくれたもんじゃわい！」

「……オレがチンピラだと？」

クックック、これは愉快じゃ。主従そろって、ワシの反撃に戸惑っておるようじゃぞ。

「な、何だあの男は⁉　ガバーナ殿に楯突くとは」

「ガバーナ殿は、謎の団体――〝三賢酔《リエガ》〟に所属しておられるのだぞ⁉」

「然り。名のある武闘派集団すら、〝三賢酔《リエガ》〟の傘下に降ったと聞く。それなのに――」

「命知らずな……それとも、何か秘策があるとでも言うのか？」

「まさかとは思うが、〝四ヶ国通商連盟〟とやらは〝三賢酔《リエガ》〟に対抗出来るとでも⁉」

外野も煩いが、目立っておるようじゃし我慢しよう。

今はそれよりも――

「テメエ、死んだぞ」

「まあ待て、アルレキオ。ここでは不味い。それに、簡単に殺してはつまらんぞ」

「わかったぜ、ガバーナさん。コイツは後で――」

目の前で凄んでおるコヤツ等を、どうにかするのが先決じゃな。


「黙らんかい！」

と、ワシはその場で一喝した。

声が震える事もなく、実にスムーズ。いつもの調子に戻ったのを実感する。

さっきまでアルレキオに怯えていたのが嘘のようじゃが……考えてみれば当然じゃな。

ワシって、普段からもっと怖い存在《ヒトタチ》と語り合っておったわい。

ヴェルドラ様からすれば、ドン・ガバーナなどムシケラ以下じゃろうな。妖気《オーラ》を解放するだけで、消し飛ばしてしまえるじゃろう。

アルレキオなら耐えられるかも知れんが、それでも勝負以前の話じゃ。ヴェルドラ様が殺意を向けただけで、その存在が消滅するじゃろうからな。

つまりじゃ。

ワシは普段から、それほど怖いヴェルドラ様などを相手にしておる訳よ。お小遣いの値上げ交渉なども、断固として拒否しておるしな。

それにあの町には、災厄《カラミティ》級以上の魔人の皆さんも大勢暮らしておるんじゃよな。

そんな魔物の国の住人を相手に財務を切り盛りするのが、ワシの仕事なんじゃった。小国など簡単に滅ぼせそうな者でも、予算を回して欲しいとワシにペコペコしおる。

そんな者共を怒鳴りつけて追い返したりと——ちょっと自分でも信じられんが、今ではそれがワシの日常となっておった。

そう言えばこの前も、シエン殿と軽く世間話をしたのじゃが——

「いやあ、テスタロッサ殿は優秀な上に仕事が早く、ワシとしては助かっておりますわい。それに美人じゃし、シエン殿が羨ましいですぞ」

「は？　これはこれは、ハハハ。ミョルマイル様は、とても冗談がお上手だ。これほど笑ったのは久しぶりですよ！」

——と、普段は冷静沈着なのに大笑いしておったな。

それから何故か気に入られ、たまには二人で飲みに行くほどに仲良くさせてもらっておるのよ。

それで思い出したのじゃが、テスタロッサ殿はとても恐ろしい悪魔だったらしいのう。見た目に騙されるというか、普段の物腰も優雅だし、柔らかい微笑も素敵だしで、ワシには怖い人に思えなかったんじゃよな。

だがまあ、そんなテスタロッサ殿が評議会をシメたという話は有名なので、ワシとしては節度ある態度を心がけておったのじゃった。

セクハラ、ダメ！　絶対!!

というのが、職場でのスローガンじゃしの。

話がそれたが、そんな感じでワシ等の職場には凄い方々が大勢おるんじゃよ。それを思い出した今、ドン・ガバーナやアルレキオなど、恐れる理由など何一つないのじゃった。

「き、貴様——ッ!!」

ドン・ガバーナ達が顔を真っ赤にして激怒しておるが、それがどうしたという気分じゃな。

ワシだけではなくビッドまでも、現実を思い出したようじゃ。

「オイオイ、ミョルマイルさんは紳士だから俺が代わりに言ってやるが、その口調は不味いぜ？　俺は我慢するがな、ミョルマイルさんはアンタ等如きじゃ口も利けない御人なんだぞ！」

　とまあ、煽りよる。

　じゃが、これで会場中の視線を釘付けじゃし、最高の舞台に仕上がったわい。ここでドン・ガバーナを言い負かし、格付けを完了させるとしよう。

*

　ワシはここで、不敵な笑みを浮かべて見せた。

　喧嘩は弱いが、悪人顔には定評があるのじゃ。

「そうじゃな。ビッドの言う通りじゃ。昔の誼などと甘い事を言わず、最初からキッチリ躾《しつ》けておくべきじゃったのう」

「そうですぜ、ミョルマイルさん。そうすりゃあ俺も我慢せず、痛い目をみなくても済んだんですからね」

「スマンスマン。して、どう落とし前をつけさせるべきかのう？」

「先ずは、謝罪してもらいましょうや。その態度を見てから考えても、遅くはありませんぜ！」

「それもそうじゃな。おう、アルレキオ、それに、ガバーナ殿。今ここで謝罪するなら、今回の件は目をつぶってやってもよい。じゃがのう、どうしても事を荒立てたいというのなら話は別じゃ。このワシ、ジュラ・テンペスト連邦国の財務大臣にして、〝四ヶ国通商連盟〟代表たるガルド・ミョルマイルが、その喧嘩を買ってやるわい！　どうなんじゃ、おう!?」

　大見得を切るように、ワシは言い放った。

　それを聞いて、二人とも顔を引き攣らせておる。

「テ、テメエ……」

「待て、アルレキオ。落ち着け。どうやら誤解があったようだが、私達のせいで気分を害したというのなら、謝罪しようではないか。ミョルマイル君、だったね？」

「君？」

「あ、いや……ミョルマイル殿……」

　ワシが問い返すと、ドン・ガバーナが悔しそうに言い直した。

勝ったわい、とワシは思った。

この場には、大勢の大商人がおる。イングラシア王国だけではなく、他の国々の財を担う者達が集まっておるのじゃ。

そんな重鎮達の前で、ドン・ガバーナはワシを認めざるを得なくなったのじゃよ。

ワシが屈さなかったのが、計算外だったのじゃろうが、甘いわい。

蛇のように冷たい目に殺気を込めてワシを睨んでおるが、チイとも怖くない。昔なら泣いて謝罪しておったじゃろうから、ワシも成長したもんじゃわい。

「ふむ。それで、何が誤解なのかね？」

救い船を出すと、ドン・ガバーナが額に青筋を浮かべながら頭を下げた。

「今回はウチの護衛が先走ってしまったようで、迷惑をかけた。少しばかり興奮し過ぎていたようだし、一つ大目に見ては――」

「ああん？　アンタんとこでは、人に怪我をさせられても笑って許せと教えとるのかね？　ウチのビッドは、片耳を失うという辱《はずかし》めを受けたのじゃぞ？」

「それは回復薬で……」

「ハンッ！　あんな安物の薬で誤魔化そうなど、アンタの底も知れとるのう！」

ワシは大声で笑ってやった。

事実、心配性のリムル様が持たせてくれたので、今も何個か持っておる。嘘ではないので、ワシは強気に言葉を重ねた。

「その程度の器量じゃあ、ワシが呼びかけようと思っておった一大計画に参加する資格はないのう。この場から去ぬがいいわい！」

ワシの大喝一声に、ドン・ガバーナは顔を顰《しか》めた。

そして底冷えのするような冷たい声で――

「後悔するなよ？」

――と、ワシにだけ聞こえるように捨て台詞を吐き、アルレキオを伴って会場を後にしたのじゃ。

ワシの完全勝利じゃった。

シーンと静まり返っておった会場だが、ドン・ガバーナの姿が消えた途端、歓声に沸く。ただし、好意的な反応だけではなく、悪意に満ちた声も交じっておったがな。

まさか、ドン・ガバーナを追い払うとは――というのが、共通する意見であったのは間違いあるまい。

ワシは注目を浴びている今がチャンスとばかりに、そのまま開会宣言を行った。

その後、リムル様やベルヤード殿と語り合った〝ブルムンド流通拠点計画〟を御披露目し、大勢の者達の興味を引く事に成功したのじゃよ。

もっとも、その場で計画に参入するという快諾は得られなんだがな。

理由は簡単じゃ。

ドン・ガバーナに――つまりは、〝三賢酔《リエガ》〟に喧嘩を売ったワシが、直ぐに始末されると考えたからじゃろう。

どうせ主催者が消えるのなら、その後釜を狙えばいい。そもそも、中核になっておる人物がいなくなれば、計画そのものが破綻する可能性もある。大商人達にとっては、慌てて手を出すような案件ではない、という事じゃな。

だが、これはワシにとって好都合。

ここで生き延びるだけで、ワシへの信用がいや増すというものじゃからのう。

しかも、相手は〝三賢酔《リエガ》〟じゃ。

ワシこそが、そのリ・エ・ガの〝ガ〟なのじゃから、勝利は約束されたも同然なのじゃった。

そうしてワシは、思う存分に熱弁を揮《ふる》った。

会場内は熱気につつまれ、会合は大いに盛り上がったのじゃ。

＊

そして、翌朝。

ホテルから出たワシ等の前に、黒塗りの馬車が停まっておるのが見えた。

人の目もあるというのに、大胆な事じゃよ。

「乗りな」

と、低い声でアルレキオが告げる。

ワシはニヤリと笑うと、ビッドとゴブエモン殿を伴って馬車へと乗り込んだ。

「……いい度胸じゃねーか」

最後に乗り込んできたアルレキオが恫喝してくるが、ワシからすれば負け惜しみにしか思えぬわ。

「それで、何処へ行くんじゃい？」

「いい所さ。せいぜい最後の旅を楽しみな」

そう言うなり、アルレキオは口を噤む。

これ以上話すつもりはない様子なので、ワシ等も黙って馬車に揺られたのじゃった。


馬車は二十分ほどで目的地についた。

ホテルからの距離から察するに、ここは高級住宅街じゃな。つまりは、推測通りの場所という事じゃ。

ワシは心から安堵した。

万が一、ドン・ガバーナの支配地に連れて行かれたならば、少しばかり焦るところじゃった。だが、これでもう何の心配も要らんじゃろう。

だってここは、〝緑の使徒《ヴェルト》〟がイングラシアの拠点として用いていた場所なのじゃ。ここの改装にはワシも協力したので、よく知っておるんじゃよ。

「降りな。お前等が想像した事もないような恐ろしい方々が、この先に待ってるからよ。楽しみだぜ。貴様がクソや小便をまき散らしながら、這いつくばって命乞いするのがよ」

などとワシを脅すアルレキオに、憐れみの視線を向ける。

コイツも、可哀想な男じゃよ。

「なんだぁ、テメエ？　その目は何だ！」

「いや、まあええわい。どうせもう――」

コイツは終わりじゃからな。

「どうせ？　テメエ……一体何の話をしてやがる？」

ワシの態度に、アルレキオも何かを察したらしい。少し不安そうな顔をしておるわい。

そこに建つ館の前には、数名の男達がたむろっておった。馬車が停まるなり、走り寄って来る。

その中の一人が、アルレキオに話しかけた。

「あの、アルレキオさん。伝言です」

「……何だ？」

「かなり上の幹部の方々が〝下〟で待っと」

「上、だと？ 〝七刃《しちじん》〟か？」

「いえ……もっと……」

「まさか、〝賢人会〟の賢老《けんろう》共か、〝暗天衆〟の凶忍《きょうにん》達が――」

「その方々が案内人をされておりました」

「よもや、三首領が――ッ!?」

アルレキオが驚愕しておるが、ワシにとっても聞き馴染みのない者共なので、どんなヤツ等なのか想像も出来んわい。

会話から察するに、コヤツ等はガバーナファミリーじゃな。この様子では、まだ新参っぽいのう。

じゃがまあ、秘密結社たる〝三賢酔《リエガ》〟がどんな組織を傘下に加えたのか、ワシだって詳しくは知らんのだ。だからこそ、今回のような不幸な出来事も起こる訳じゃがな。

裏社会の住人なんじゃろうが、西側諸国にもそんなに沢山の組織があったんじゃなあ……。


「ガバーナさんは先に連れて行かれました」

「わかった。おい、行くぞ」

顔を強張らせたアルレキオに連れられて、ワシ等は館へと足を踏み入れたのじゃった。


向かったのは地下室じゃが、そこは豪華な場所となっておる。

元々は〝緑の使徒《ヴェルト》〟が祭壇《さいだん》を祀《まつ》っておったのじゃが、それらを取っ払って謁見の間へと作り替えたのじゃ。

リムル様の発案で、かなり雰囲気重視となっておる。秘密結社はかくあるべしと、妥協を許さず細部にもこだわったんじゃよ。

下手をすれば、魔国のそれより豪華やも知れんな。

向こうだとワシも、予算を管理しておる建前上、無駄遣いを許す訳にはいかん。じゃがこちらでは、稼いだ金を何に使おうと悪の組織だから問題ないんじゃよ。

「テメエ……どうして平然としてやがる？」

不安からか、アルレキオが話しかけてきた。

「さて、どうしてじゃろうな？」

そう答えると、「チッ」と舌打ちを一つした。そしてそれ以降は沈黙を守ったまま、地下三階にある大きな扉の前に辿り着いたのじゃ。

「入れ」

「し、〝七刃〟のヴィガン、さんが扉番だと？」

「チッ、アルレキオよ。俺はお前を買ってたんだがな。〝七刃〟から欠員が出たら、お前を推薦してもいいと思ってたのによ。馬鹿が」

「そんな、ヴィガンさん⁉　オレが何を――」

「いいからさっさと中に入りやがれ！　おう、お前等はここで待機だ。中に入るのは、客人達とアルレキオだけって言われてるんでな」

アルレキオの部下達を睨み据え、ヴィガンが告げた。

まあ、そうじゃろうな。

ワシの正体がボスの一人だと知る者は、出来る限り少ない方がいいじゃろうからのう。

だからワシもこの場では何も言わず、黙って従う。

「――入るぞ」

そう言ってアルレキオが中へ入り、ワシ等もその後に続いた。ヴィガンが最後に部屋へと入り、扉が閉められる。

この扉は魔法処理をされておるので、内部の音が外に漏れる事はない。これでもう、中で何があろうが外にはわからないという寸法じゃ。

地下であるにもかかわらず、部屋の中は煌々と明るい。数え切れぬほどの蝋燭《ろうそく》によって、あまねく照らされておった。

リムル様曰く、魔法で何とでもなるのに、敢えて蝋燭を使う。その無駄にこそ、浪漫があるのだと。

ここ地下三階は区分けされておらんので、部屋というより大広間なのじゃ。だからこそ謁見の間として活用出来るのじゃが、基本、幹部しか立ち入れない事になっておる。

その幹部というのは、ワシの正体を知る者、という意味じゃな。だが、この部屋の中にいる者の内の半数以上が、ワシの知らぬ者達じゃった。

その、百名近い幹部達の視線が集中する中、ワシは堂々と歩き出す。

「おい！」

アルレキオが叫んで止めようとするが、無視じゃわい。

アルレキオがワシの肩に手を置こうとするが、ビッドやゴブエモン殿が動くまでもなく、ヴィガンによって蹴り倒されていた。扉番を指名された際に、ワシの事も聞かされておったようじゃな。

ワシが知らぬ幹部達の反応も様々じゃ。

驚く者もおれば、何事かと戸惑う者もおる。

そうした者共も、ワシを知る者達が一斉に跪《ひざまず》くのを見て、ワシの正体を察したようじゃ。横に倣《なら》えで、一斉に頭《こうべ》を垂れおった。

「ま、まさか……ミョルマイル——殿が、首領様なのか!?」

静かになった部屋に、ドン・ガバーナの茫然とした声が響く。空調はしっかりしておるのだが、地下だから声が反響するのだ。

ドン・ガバーナは部屋の奥で、ワシもよく知る人物を前に演説を行っていたようじゃ。恐らくは、生意気な新興組織——〝四ヶ国通商連盟〟への見せしめとして、ワシを殺すように掛け合っておったのじゃろうな。

「そうだよ。アンタが今まで必死に力説して、凄惨な死を与えるように願っていた相手こそが、アタイ達の偉大なる三首領の御一方なのさ」

ドン・ガバーナに答えたのはワシではなく、派手で露出の多いドレスを着た女性じゃった。

グレンダ・アトリー、ワシ等の代わりに〝三賢酔《リエガ》〟のボスを演じてくれておる女傑なのじゃ。

そして、そんな彼女の言葉は、ワシの推測を肯定するものじゃった。

だがのう、自分の事なのに、どこか他人事のように感じるわい。

「げ、げえぇぇぇ——っ!?」

冷静沈着なドン・ガバーナが、腰を抜かして驚愕しておるわい。昔のワシから見たら雲の上の存在じゃったのに、まさか、こんな無様な姿を目撃する事になるとは思わなんだな。

「グレンダ、御苦労じゃったな。お陰で計画は順調。

昨日の会合も大成功じゃったわい」

「お褒め頂き、アリガトウございます！　それでしたら是非、功労ポイントの方も――」

「わかっとるわい。普段の倍、ワシの方から支給しておこう」

「そいつは嬉しいねえ。流石は旦那、話がわかる！」

グレンダがワシを案内して、元祭壇だった壇上に導く。そこには三つの椅子があり、その一つにワシは座ったのじゃ。

＊

グレンダの反応を見て、ワシが首領である事に文句を言う者などいない。それだけ皆から、グレンダが恐れられておるという事じゃな。

そして今、ワシの眼前には、ドン・ガバーナとアルレキオが引っ立てられて押さえつけられておる。首領たるワシを殺すよう進言したドン・ガバーナや、ワシに無礼な口を利いたアルレキオを、どう処分するか沙汰を出さねばならんのじゃ。

幹部達全員が、死を与えよと意見が一致しておるな。

「我等が首領への無礼、死以外では贖《あがな》えまい」

「楽には殺さぬ方がええ。見せしめの意味でも、七日は責め苦を味わわせようぞ」

「そうよな。悪魔への贄にするのも面白かろうし、死体を素材として合成獣を作るのも楽しそうじゃ」

「その者自身、首領を殺す方法を嬉々として語っておったのう。この際である。全て本人で試してみるが宜しい！」

等々、残忍極まりない話し合いじゃわい。

ドン・ガバーナは顔色を失い、呼吸が荒くなっておる。ズボンに染みが出来ておるが、見なかった事にしてやるかのう。

アルレキオの顔色も悪い。

これから訪れる自分の運命を悟り、抗うべきか計算しておるのだろう。

じゃが――ここに集うのは、裏社会の強者共なのじゃ。ワシだけなら直ぐにでも殺せるじゃろうが、他の

幹部には一流の腕前を持つ者が多いのじゃよ。

戦っても、全員に勝つのは不可能じゃ。それ以前に、グレンダ一人倒せんじゃろうがな。

幹部共の意見はどんどんと過激になり、部屋の熱気も上昇する。

さて、どうしたもんか。

諦めたように項垂れる二人を見やりながら、ワシは思案する。

正直言って、この二人に落ち度はあるが、罪はないのじゃ。

新興勢力に脅しをかけるのは、裏社会の人間としては至極当然の行為じゃしのう。自分が所属する組織のボスに不敬を働いたのは問題じゃが、それはワシの顔を知らなかったんじゃから仕方ない。

ビッドへの暴行にムカつきはしたが、あれだって結果を見れば問題なかった訳じゃし。そもそも、今回の件はリムル様も御存知なのだから、大事にならんよう誰かがワシ等を守ってくれておったハズじゃしな。

この場にも数名、ソウエイ殿の部下の姿がある。その点から考えても、万に一つも危険はなかったのじゃろうよ。

そう考えれば、ドン・ガバーナ達を処分するのはやり過ぎじゃろう。

「静かにせい！」

考えが纏まったので、ワシは皆を黙らせた。

「処分はナシじゃ。ガバーナは組織を裏切った訳ではなく、ワシが首領じゃと知らなんだだけじゃしな。今後裏切るようなら話は別じゃが、今回の件は不問に付してやるわい」

少々腹が立つ事もあったが、そこは我慢じゃ。そう判断しての、ワシの決定じゃった。

じゃが、これに不満を覚える者もいた。

「甘い！　そんな事では組織に対して示しがつきません！」

そう叫ぶ者に同意する声が多数。

過激な者になると――

「首領――アンタ、もしかして素人さんかい？　俺達のような裏社会の人間にとっちゃあ、面子が何よりも大事なんだぜ？　ここで舐められるような真似をしちゃあ、誰もアンタに従わなくなるってもんだ」

――などと、ワシを下に見るような発言をする者まで出始めた。

ワシの決定に不服を述べるだけなら見逃したが、これはダメじゃな。

「今の発言をした者、前に出よ」

ワシがそう言うと、不敵な顔をした若い男が一歩前に出た。

「〝黒爪団《こくそうだん》〟のヤンです。傭兵団時代に共闘した事もありますが、敵兵に対して容赦しない苛烈な性格をしておりました。個人としての実力もなかなかのもので、Aランク相当ですね」

と、いつの間にかワシの隣に立っておったジラードが教えてくれた。〝緑の使徒《ヴェルト》〟の団長だっただけあり、物知りなのじゃ。

ワシは一つ頷き、ヤンを見据える。

「貴様、ヤンというらしいのう」

「ああ」

「ワシが素人じゃと？」

「違うかい？　中途半端に情けをかけるなんざ、この業界じゃあ――」

「舐められるか？」

「……違うってか？」

やれやれ、ヤンは自分の発言がワシを貶めておると、気付いておらんのか？

いや、違うじゃろうな。

ここでワシへの不信感を植え付ける事で、将来的に下克上を狙っておるのじゃよ。

力なき者、闇で栄えず。

常に力を誇示しなければ蹴落とされるという意味じゃが、ワシは〝三賢酔《リエガ》〟をそんな組織にしたくないのじゃ。

もっとも、ワシはともかくとして、リムル様や姉御を蹴落とすなど不可能じゃがな。

だからここで、ハッキリと現実を教えてやらねばなるまいよ。

「誰がワシを舐めるんじゃ？」

「え？」

「誰がワシに勝てるのかと聞いておるんじゃ。ヤンよ、貴様ならワシに勝てるのか？」

「い、いや……」

ワシに問われたヤンは、チラリとグレンダに視線を向けた。どうやら“黒爪団《こくそうだん》”を潰したのは“緑の使徒《ヴェルト》”ではなく、グレンダだったみたいじゃのう。

「面子が大事と言うたのう。ならばヤンよ、ワシに舐めた発言をした貴様こそ、その責任を負うべきではないか？」

「そ、それは……」

「グレンダよ、さっきの功労ポイントの件じゃが、やっぱりナシじゃ」

「そ、そんなあ――」

「黙れィ！　このヤンもそうじゃが、他の者共もまるで首領を敬っておらんではないかっ!!　ガバーナを責める資格なぞないわい！」

ドン・ガバーナとアルレキオが、驚いたようにワシを見る。

そんな二人の表情を見て、ワシはもう一つ思い当たる事があった。

この二人は利用されたのじゃ、と。

「グレンダよ、貴様、ワザとコヤツ等に教育せなんだな？　誰かが粋がってワシに挑むように仕向けたのじゃろ？」

「バレちまったかい？」

「当たり前じゃわい。これがワシだったから良かったようなものの、もしもあの方々だったら、大問題になっておったぞ……」

「その点は抜かりなく。今回の件は相談済みでして、旦那にナイショで事を進めるようにと言い出したのは、エル様ですので」

「そうじゃったか……」

姉御の御茶目には、ワシも振り回されてばかりじゃわい。

まあ確かに、そのお陰で上手く事が運んだがな。

とまあ、それはともかくとして。

「ヤンよ。ガバーナを許した程度でワシを舐める者が現れるならば、会ってみたいものじゃな。他の者共もじゃ。下克上を狙うなとは言わんが、覚悟するがええぞ。ワシは弱いから成功するやも知れんが、そうなった時は〝三賢酔《リエガ》〟そのものが消えるからのう」

ワシはハッキリと警告した。

ヤンのやつはそれを聞いて、ブルブルと震えておる。ワシの言葉が誇張やハッタリではなく、真実だと悟ってくれたのじゃろう。

「そ、その……三首領の残る御二方というのは、もしかして……」

「貴様等が知る必要はない」

「ホント。知り過ぎたら消されるっていうのに、どうしても知りたいのかしらぁ？」

ジラードやグレンダがそう答えた事で、幹部達は冷や汗を流しながら黙り込んだ。

ワシはそれを見て、最後の念押しを行う。

「さて、ガバーナ達は不問とするが、ワシの決定に文句あるまいな？」

「「ははぁ――ッ!!」」

全員が平伏し、ワシの決定に恭順の意を示した。

「ヤンよ、喜べ。貴様の無礼も、今回だけは見逃してやろう。じゃが、二度目はないぞ」

「勿論です！　ありがとうございます。この御恩に報いる為にも、精一杯働く所存であります!!」

「そうか、それはよい心がけじゃな」

よしよしとワシは満足する。

こうして〝三賢酔《リエガ》〟を完全掌握したワシは、この機会に根本となる規律を制定する事にした。

一つ、仲間を裏切らない事。
一つ、他人の失敗を許す心を持つ事。
一つ、誰かを蹴落として不幸にさせない事。

この三本が基本じゃな。

仲間を裏切らないというのは当然として、これを破った者は死罪と定める。

他人の失敗を許すというのは難しいが、〝三賢酔《リエガ》〟は落ちこぼれた者の最終受け入れ場所となる予定なのじゃ。優秀な者の方が少ないじゃろうから、部下の失敗はなるべく庇《かば》ってやるようにと、ワシは申し伝えたのじゃよ。

こういうのは、上から意識改革していかねば良くならんからのう。幹部が勢ぞろいしているこの機会に、キッチリと釘を刺しておいたのじゃった。

最後の、誰かを蹴落として不幸にさせるなという規律じゃが、これが一番大切じゃ。

〝三賢酔《リエガ》〟には裏社会の武力が集結する事になるので、これに目をつけられたら、表の商人達では太刀打ち出来んじゃろう。今まではそういう悪事によって金を稼いでおった者もおるじゃろうが、今後は一切合切禁止とする。

今までとは影響力が違うのだと自覚してもらい、もっと正々堂々とした方法で社会貢献を目指すのじゃ。

無法の暴力集団ではなく、弱い者を助け強い者を挫く〝侠客《きょうかく》〟となるように。それはワシだけではなく、リムル様の願いでもあるからのう。

裏組織である以上、綺麗ごとだけでは済まされんじゃろうが、それでも誇りだけは失ってはならぬ。

上が腐ったら、下の者は逆らえんのじゃ。これは無論、ワシにも言える事なので、忘れぬように心に留めておこうと思っておるのじゃよ。

「今までの生き方を変えるのは難しいじゃろうが、これが〝三賢酔《リエガ》〟に求められておるのだと心せよ。生きる手段は一つではないのじゃと、若いモン達にもゆっくり学んでもらうとええ」

ワシがそう締めくくると、幹部勢は神妙な顔で考え込んだ。

今まで汚い事に慣れ切ったような者達じゃ。意識改革など、直ぐには無理じゃろう。だがしかし、ワシは——というか、リムル様達の威を借りれば、不可能ではないと思えるのじゃ。

反論を力で封じ込める結果となってしまったが、力こそ正義というヤツ等が相手なのだから、これで正解なんじゃと思う。

これがキッカケとなって、皆も変わって欲しいとワシは思ったのじゃった。

＊

ガバーナファミリーは解散させ、構成員は他の組織へと転属とする。ガバーナはワシの直属子分という扱いになり、名前を変えてブルムンド本部で働かせる事になった。

金勘定は得意な男じゃし、それなりに優秀じゃからな。遊ばせておくのはもったいないのじゃ。

面倒この上ない仕事だった、列車の運用計画を任せたのじゃよ。

だいたい、諸悪の根源はリムル様じゃよな。

発案するだけして、その後は何でもかんでもワシに雑事を押し付けおる。

いや、いいんじゃよ？

それがワシの仕事じゃし、とても魅力的な計画なのも否定はせぬさ。

じゃがのう、ワシの身が一つしかないというのを、どうか思い出してもらいたいものなのじゃよ。

それに、ワシはリムル様と違って凡庸《ぼんよう》な人間なのじゃからして、毎日の睡眠も必要なのじゃ。「頼んだよ、ミョルマイル君！」と言われてしまえば断り難いが、予算が足りぬ事にして計画を見送るのは、何を隠そうワシの健康の為なのじゃった。

もっとも、これだけ稼げるようになってしまえば、その言い訳も通用すまい。

そんな時だったからこそ、ガバーナを部下に出来たのは幸運じゃったわい。

そのガバーナじゃが、「クソが、感謝はしておるが、山ほど仕事が溜まっておるではないかッ‼　こんなに大変だとは思わなんだぞ」と、毎日愚痴っておるらしい。その仕事もワシがリムル様から無茶振りされたヤツなので、恨むならリムル様の方じゃよ。

だがまあ、ちょっとだけ罪悪感が芽生えるので、給与面だけは優遇してやろうと思ったのじゃった。

そしてアルレキオだが、ゴブエモン殿の預かりとなった。

ビッドの件での因縁もあり、白黒ハッキリつけたいとゴブエモン殿が言い出したのじゃ。

アルレキオには断る権利もなかったのじゃが、勝てば幹部に取り立てるという条件で試合が成立したのじゃよ。

結果は言うまでもなく、ゴブエモン殿の圧勝じゃった。

「これで理解したな。強いヤツなんて、上には上がいるんだ。この俺でさえ、本国じゃあ中の上ってところだからな。強さとはひけらかすものではなく、心の内に秘めるものなのさ。そして、絶対に譲れないものを守る為にこそ、正しく行使するんだよ。俺はそう教わった。今からでも遅くないから、お前も自分を見つめ直してみるんだな」

と、説教された事で、アルレキオも目が覚めたのじゃろう。自ら志願して、ゴブエモン殿の弟分となったのじゃった。

このように、ワシに因縁を吹っ掛けたガバーナ達の処遇は穏健なものとなったのじゃが、表向きの発表は別であった。

〝三賢酔《リエガ》〟を利用して〝四ヶ国通商連盟〟が華々しくデビューを飾らねばならぬ。と同時に、〝三賢酔《リエガ》〟が舐められぬように落としどころを探らねばならんのじゃ。

だから先ずは、〝四ヶ国通商連盟〟のイングラシア支部として購入した邸宅を、木っ端微塵に爆砕させた。職員は事前に退避させておいたので無事じゃが、これはかなりのインパクトを以《もっ》て民衆の話題をかっさらう事になる。

ディアブロ殿から紹介された記者達が、実に良い記事を書いてくれたのも大きいのう。

そうして〝三賢酔《リエガ》〟の恐ろしさをアピールしつつも、それに屈さぬワシの姿も取り上げてもらった。魔国の財務大臣というワシの立場もあり、不当な暴力には屈さぬ理由にも納得してもらえたわい。

ガバーナファミリーが解散したのも大きな記事となったので、〝四ヶ国通商連盟〟が皆の想像以上に大きな組織であるとアピール出来たのじゃ。

その上で、〝三賢酔《リエガ》〟と〝四ヶ国通商連盟〟が痛み分けしたという噂を流した。これが民衆に受け入れられた事で、今回の騒動は無事に決着したのじゃった。

こうして、〝四ヶ国通商連盟〟も無事に稼働し始めた訳じゃが……各支部から上がる収益を見た時ばかりは、流石のワシも言葉を失ったわい。

コッソリ語るならば、一時間で金貨数十枚、一日で年収を超えるほどのお金が懐に入る、といった感じじゃろうか。

この場合の年収というのは、魔国で大臣を務めるワシの給料に相当する訳で……一般人から見たワシは、彼らの年収以上の金を一時間で稼ぐ男、となるじゃろうな。

ちなみに、ベニマル殿やソウエイ殿には、〝三賢酔《リエガ》〟の方から協力費が支払われておる。その額は確か、一ヶ月毎に金貨五十枚程度じゃったかな。

〝三賢酔《リエガ》〟に所属するソウエイ殿の部下の皆さんは、必要経費込みでもっと莫大な報酬を得ておるはずじゃ。

まあ、幹部が貧乏だと、配下の者達に示しがつかんからのう。グレンダやジラードなど、ボスを演じてもらっている手前、かなりの贅沢をしておったわい。

そして、ワシらにも上納金が納められる訳じゃが、リムル様、姉御、ワシ、それぞれが利益の二パーセントずつを貰える事になっておる。一年毎に支払われるのだが、現時点でもビックリするような金額が貯まっておるそうじゃ。

幸運な男だと自認しておるワシじゃが、流石にここまでくると、現実味がなさ過ぎて怖いと思ったわい。

だがな、ワシの野望はこれで終わりではないのじゃ。夢は大きく、小さな成功で満足しておる場合ではないのじゃよ。


ワシの名はミョルマイル。

リムル様との出会いによって、運命が変わった男。

それを後悔する事がないように、この人生でどこまで上り詰められるのか、全力で突っ走る所存なのじゃよ。

最後に訪れる〝死〟の間際まで、ワシの挑戦は終わらないのじゃ。

第二話

遠い記憶

Regarding Reincarnated to Slime

ヴェルグリンドが最初に跳んだのは、どことも知れぬ異界の狭間《はざま》だった。

　そこで時間に囚われず、己の内面と向き合った。そうする事で、究極能力《アルティメットスキル》『炎神之王《クトゥグア》』を、完全に自分のものとしたのである。

　究極能力《アルティメットスキル》『炎神之王《クトゥグア》』には、ルドラの〝魂〟を追跡する権能があった。厳密に言えば、一度指定した存在《モノ》を発見するという効果である。

　ヴェルグリンドはこれによって、どれだけ離れた場所であっても、時間と空間すら超えた先であろうとも、愛するルドラの〝魂〟の欠片を発見出来るようになった。

　後は、それを目指して〝跳ぶ〟だけである。

　究極能力《アルティメットスキル》の中でも更に突出して強大になった権能だからこそ可能な、『時空間操作』と『次元跳躍』の合わせ技――完全なる『時空間跳躍』であった。

　ただし、目的の座標地点を割り出せないので、任意の時と場所に〝跳ぶ〟事は不可能だった。あくまでも、目的地があってこその、『時空間跳躍』なのである。

　もっとも、同一時空上であれば、この限りではない。

　それこそ、時間も無視してどんな距離でも移動出来る為、『瞬間移動』すらも可能となっていたのである。

　そんな訳でヴェルグリンドは、自らの権能を頼りにルドラを追い求めた。

　そうして最初に辿り着いたのは、まだ文明が芽吹いたばかりの、どこかの星の大陸だった。

　赤銅色の肌をした、蛮族の長。

　まだ若き金髪の青年こそが、ルドラの〝魂〟の欠片を宿す者だった。

狩猟民族だった青年達は、やがて大河の流域に拠点を定めた。

ヴェルグリンドは、自重なく手助けを行った。

雨を降らし大河を征して、肥沃《ひよく》な大地を生み出した。

この頃から狩猟一辺倒ではなく、農耕にも着手していく。食糧事情が大幅に改善され、養える口の数も増えていった。やがてその集落は邑になり、周囲の村々から恐れられるようになっていく。

豊かな者が狙われるのは道理だ。

そこでヴェルグリンドは、次なる手を用意した。

この時代にはオーパーツとも呼べる「鉄の融点」に耐え得る高温の炉を与えた。これによって青年達は、石器から青銅器をすっ飛ばし、鉄器を手にするのである。

周辺の集落を併呑《へいどん》し、そして王国へと発展していく事になったのだ。

王の座は息子へ、そして孫へと引き継がれている。

ヴェルグリンドは王国への手助けを止めて、ただただ愛する者に寄り添った。どれだけ懇願されようとも、その権能を揮《ふる》う事はなかったのである。

何故ならば、それが愛する者の望みだったからだ。

「俺様はお前から、返しきれねーほどの恩を受けた。だが、これ以上は要らん。俺様が王を引退する以上、あの馬鹿共には過ぎたる力になるからな」

「ええ、わかったわ。ルドラ」

王の息子達や孫達には〝魂〟の欠片が宿らなかったので、ヴェルグリンドとしては助ける理由がない。気まぐれに手助けしてもいいのだが、王の望みが子孫の自立である以上、ヴェルグリンドはその意思を尊重するつもりなのだった。

「チッ、また〝ルドラ〟かよ。俺様の名前は——チッ、他に想い人がいるんじゃ、俺様が相手にされないのも当然か」

「うふふ。嫉妬かしら？　可愛いわね」

「うるせーよ。こんなに極上の女を目の前にして、生殺しだぜ」

その言葉通り、蛮族の長から大河文明を築くアーシア王国の初代国王へと上り詰めた男は、俺様の女神だと大事に扱いはしたが、ヴェルグリンドを抱く事はなかったのだ。

ヴェルグリンドはそれでいいと思っている。

自分の役割は見守る事だと。

愛する者が子を生《な》し、その血脈が受け継がれていく。

そうしてまた、その子孫にルドラの〝魂〟の欠片が宿るのを待つだけ。

それが、ヴェルグリンドの在り方だった。


発展、そして繁栄の時代。

幸せな時が過ぎるのは早いものだ。

青年は老いて、死を待つばかりの老人となっていた。

『俺様は幸せだった。女神よ。お前は——貴女は私を旦那様と呼んだが、私はそれに応えられただろうか？』

「ええ、十分に。私は幸せだったわよ」

『そうか、それを聞いて安心したよ。貴女に祝福を』

それが、偉大なる王の最期の言葉。

声なき声で、その〝魂〟をヴェルグリンドへと譲り渡したのだ。


こうしてヴェルグリンドは、目的の〝魂〟を手に入れた。

だがしかし、それはほんのひと欠片でしかない。

旅はまだ始まったばかりであり、次なる目的地に向けて、ヴェルグリンドは跳躍する——

王国はやがて周辺の国々を併呑し、帝国となる。

後に残された者達は、それを伝記として後世に遺した。

そうして、神話が生まれる。

青年の血脈が流れる神聖アーシア帝国を盟主とするその地方では、炎を司る〝創世の女神〟として、ヴェルグリンドが末永く崇められる事になったのだ。

＊

ヴェルグリンドは、幾つもの出会いと別れを繰り返す。

そんな中、ヴェルグリンドが理解したのは、ヴェルダナーヴァが生み出した世界は一つではない、という事実だ。

それこそ、数多の世界があった。

同一世界は一つであり、並列世界《パラレルワールド》など存在しない。

だがしかし、別次元世界《アナザーワールド》は存在しているのである。

〝異世界人〟がいたので、その事実は把握していた。

しかし、これほどまでに多様な世界があるなどと、ヴェルグリンドは想像すらしていなかった。

全く異なる法則で営まれており、因果が巡る事もない。大いなる精神世界に内包される物質世界として、多種多様な文明が混在していた。

剣と魔法が主流の馴染み深い世界から、魔素がほとんどなくて魔法が使えぬ世界まで。科学文明とやらが発展し、人類が機械化された珍しい世界もあった。

〝竜種〟が全力解放すれば吹き飛ぶような弱小世界もあれば、覚醒魔王に匹敵するほどの天使や悪魔が、恒常的に争いを繰り広げている荒廃した世界もあった。

ヴェルグリンドは、そうした世界を渡り歩いた。

ただし、それは全て自分の意思ではなく、導かれるがままに辿り着く形であった。

文明レベルも様々で、それがどの次元で、どの時間軸なのかも、ヴェルグリンドには推し量る術《すべ》などない。

また、平行世界が重なり合って存在する事はないので、同一時間軸に同じ存在が重複するのは不可能だ。

つまり、一度行ったからといって、同じ場所に行けるという訳ではないのである。

ヴェルグリンドが存在する次元の同一時間帯ならば、正確な時空間座標を認識出来ている。だがしかし、そこにはその時点のヴェルグリンドが存在している訳で、究極能力《アルティメットスキル》『炎神之王《クトゥグア》』の『時空間跳躍』でも跳べないのだ。

だからヴェルグリンドは、全ての世界、全てのルドラを記憶していた。

星間世界の艦隊司令官。

剣と魔法の世界では、小国の大臣。

魔法のない世界では、稀代の詐欺師。

文明世界では、貧乏な科学者だった。

ヴェルグリンドが呼ばれるのは、ルドラの〝魂〟の欠片を宿す者が危機に陥った瞬間が多い。死の間際になって初めて、その〝魂〟が輝きを放つからである。

だから助けが間に合わず、子供のままに死んだ者もいた。それはとても悲しい出来事ではあったが、それが運命なのだとヴェルグリンドは納得する。

それに、それならそれで〝魂〟の欠片が早く集まるという事なので、嘆く必要はなかったのだ。

ただし、自らの手で時を早めるような真似はしなかった。様々な性格のルドラを見守る事が、ヴェルグリンドにとっての喜びとなっていたからだ。

血脈に意味がないというのも、早い段階で気付いていた。

身体的特徴すら意味がなく、黒髪の者もいれば、赤毛の者もいた。

だが、そうした者達の全員が、ヴェルグリンドにとっては〝ルドラ〟なのだった。

そのように過ごして、幾星霜。

集めた〝魂〟の欠片も膨大になり、美しき形を取り戻していく。

ヴェルグリンドは直感で、残る〝魂〟の欠片が僅かだと確信した。

次か、その次が最後だろうと。

そうして、呼ばれるがままにその世界へと跳躍した。

＊

そこは皇国と呼ばれていた。

その皇帝の居室に、ヴェルグリンドが時空を超えて出現する。

その時の衣装は、絹製の巻衣《まきい》である。深い青色で、ヴェルグリンドに良く似合っていた。

そんなヴェルグリンドを誰何《すいか》するのは、その部屋の主──老いた皇帝だ。

「──誰だね？」

皇帝は老齢故に体力もなくなり、大きく豪奢なベッドに横たわっていた。

そんな中、突然居室に怪しげな女が出現したのだから、驚かぬ方が不自然であろう。声をかけるに留めるあたり、皇帝の胆力は相当なものであった。

　ヴェルグリンドは気にしない。

「あら？　今回はもう老人なのね。懐かしいわ。その見た目だと、蛮族の王を思い出すわね」

　ヴェルグリンドにとって〝老い〟など関係ない。

　それは、人の状態を表す一形態に過ぎないからだ。

　だから慈しむようにその老人の頬に手を伸ばし、顔を近づけて囁《ささや》いた。

「ヴェルグリンドよ。それが私の名前。貴方は？」

「フッ、朕《ちん》を恐れぬか。それにその力、神仏の類なのかね？」

　ヴェルグリンドの喉元に剣が斬り付けられていたのだが、それは、後ろも見ずに差し出された白魚のような指によって遮られていた。

　血の一滴すら流れる事なく、悪鬼を斬り裂く破邪の剣撃が受け止められたのだ。

　無論、それを為したのは皇帝ではなく、守護者として傍に控えていた者である。

　名は、荒木幻世《あらきげんせい》。

悪鬼羅刹《あっきらせつ》や魑魅魍魎《ちみもうりょう》の類から皇国を守護する者にして、魔を払う剣の担い手である。当代一の剣士であり、〝朧心命流《おぼろしんめいりゅう》〟の現当主なのだ。

　まだ三十代前半という若さながら、その強さ故に〝皇帝守護者〟に任じられた男であった。

　そんなゲンセイの剣ですら、ヴェルグリンドを傷付ける事は出来なかったのだ。それは当然なのだが、ゲンセイからすれば理解の範疇を超えた異常事態である。

「――私の剣が通じぬとはな。皆本《みなもと》、陛下の守りは任せた」

「了解！」

　ゲンセイから皆本と呼ばれたのは、まだ二十代前半の若い青年だった。

　皆本三郎《みなもとさぶろう》。ゲンセイ同様、完全に気配を消して皇帝の警護に当たっていた。ゲンセイの弟子の中でも、三番手に位置するほどの達人である。

「あら、そんなに警戒しなくてもいいのに。アナタ達は凄腕なんでしょうけど、私から見れば可愛いものだもの」

「吐《ぬ》かせ。確かに私では貴様に及ばぬようだが、せめて時間は稼がせてもらう」

「それはそうね。信用しろと言うのは難しいでしょうし。まあいいけど、その人を連れ出すのは止めて欲しいものね」

ヴェルグリンドは肩を竦《すく》めてそう言った。

自分が信用されないのは当然としても、皇帝に負担がかかるのは許容出来なかったからだ。

ヴェルグリンドの見立てでは、皇帝の寿命は残り僅かだった。その最後の火を、自分のせいで吹き消すのは忍びない。せめて安らかに、その最期の時間を看取ってあげたいと思ったのである。

割を食ったのは皆本だ。

ヴェルグリンドに視られただけで、全身を硬直させられる羽目になった。

視線の圧を感じただけで、隔絶した実力の差に気付かされた。

いいや、そんなレベルではない。

今まで自分達が相手にしてきた物の怪や妖魔が可愛く思えるほどに、得体の知れない相手だと理解する。

敬愛するゲンセイの剣が通じなかった段階で、ヴェルグリンドがヤバイのは理解していた。しかしそれすらも、まだまだ甘い認識だったと悟る他ない。

自分の役目を果たせそうもないと、皆本は悔しく思った。だからせめて、なけなしの気概を振り絞って、ヴェルグリンドを睨む。

「アンタ、妖魔の首魁《しゅかい》かい？　小競り合いに飽きて、御自ら出向いて来たのかな？」

冷や汗を流しながらの軽口だ。

せめて正体を暴いてやろうという魂胆からの発言だが、ヴェルグリンドはそれを見抜いた上で気にせず答える。

「妖魔？　この世界にもいるのね。本当、どこにでも湧いてくるのね、アイツらは」

「ほう、妖魔とは無関係だと？」

「関係ないわね。そもそも、アナタ達の言う妖魔が、私の知るソレと同じかどうかは疑問だけれど」

ヴェルグリンドならば、どの世界のどんな言語であろうと一瞬で解析し、流暢《りゅうちょう》に語る事が可能だ。その世界で飛び交う『思念』を読み取る事が出来るが故の、権能に頼る事ない特技なのである。

ただし、似た概念だけは混同する場合があり、間違えないように注意する必要があるのだった。

今回の場合、妖魔というのが要注意だ。

ヴェルグリンドが知るソレは、妖魔王《ようまおう》フェルドウェイを頂点とする妖魔族《ファントム》の事である。ありとあらゆる次元に存在した侵略種族《アグレッサー》であり、長い旅路で何度もヴェルグリンドと衝突した敵対者だった。

今回もいたのかとウンザリすると同時に、違う存在である可能性も考慮するヴェルグリンドなのであった。

「妖魔は、妖魔だとしか言えぬ。その正体は朕も詳しく知らぬ故な」

ヴェルグリンドの問いに答えたのは、皆本ではなく皇帝その人だった。

皆本が動けぬとみるや、ゲンセイは即座に方針を変えた。皆本が注意を引き付けている間に、皇帝を逃がそうと動いたのだ。

臨機応変に打ち合わせもなく役割を変えるあたり、ゲンセイ達の信頼関係は極まっていた。

成功する可能性は皆無なのだが、皇帝を逃がそうとする作戦は試すべき価値のあるものだった。だがしかし、皇帝自らがそれを止めたのだ。

「陛下!?」

「良いのだ。この者からは何故か、懐かしい気配がするのだよ。それに、防衛網を張り巡らせた帝都の中でも最も安全なこの場所から、一体何処に逃げるつもりなのだ？　この者はあらゆる警備を掻い潜り、この場まで来たのだぞ。逃げきれるとは思えぬよ」

皇帝の言葉通りだった。

皇国こと大日本征覇帝国《だいにっぽんせいはていこく》は、現在、強大な敵と戦争中であった。だからこその厳戒態勢であり、それを掻い潜られた時点で敗北と同義なのだ。

それに、皇帝はどうしても、ヴェルグリンドを警戒する気持ちになれなかったのだ。自分で言ったように懐かしい気配を感じており、それはどこか安心出来るものだったのである。

だから皇帝は、ヴェルグリンドを信じる事にした。事情を打ち明け、叶うならば味方になってもらおうと考えたのだった。

＊

場所はそのまま、皇帝の居室である。

侍女に命じて、紅茶と軽食が用意されていた。

「先ずは、自己紹介をしましょうか。最初に名乗ったけれど、私の名はヴェルグリンドと言うわ」

「私は、ゲンセイ。荒木幻世《あらきげんせい》だ。陛下の守護を役目としている」

「自分は、皆本三郎《みなもとさぶろう》であります。皇宮警護剣士隊の隊長を任ぜられております」

「そう、宜しく。それで、ルドラは？」

この二人については興味のないヴェルグリンドである。

二人からの挨拶をサラッと流して、愛する者へと視線を戻した。

「この年になって、これほどの美女に見詰められるとはな。悪い気はせぬが、もっと自分が若ければと、残念に思わなくもないな」

「まあ、ルドラでもお世辞を言うのね。珍しい体験だわ」

「フフッ、世辞ではないのだが、まあいい。朕の名は、桜明《おうはる》という。それなりに知られていると思うておったが、自惚《うぬぼ》れであったか」

賢帝として遍く知れ渡ったその名だが、諱《いみな》である。真の名であるとされ、本来は気軽に口にしてはならぬとされていた。

かなり親しい者からも、その名で呼ばれる事はない。だがしかし、この国の臣民ならば、誰もが敬意と共に知っている名前なのだった。

それでも、ヴェルグリンドにとってはルドラなのだ。桜明《おうはる》と呼んではならない以前に、そう呼ぶつもりなど最初からないのである。

「うふふ、貴方を知らないのも当然よ。だって、私がこの世界に来たのが、最初に貴方と出会った瞬間なのだもの。私が知る貴方は、ルドラという名前なの。だからこれからも、そう呼ばせてもらうわね」

と、他の者達からすれば無礼千万なセリフを言い放つ始末であった。

だが、それは公式に許された。

皇帝がそれを、笑って許容したからだ。

「許す」

「陛下⁉」

「構わぬ。それで女神の歓心が買えるなら、安いものではないか。ただ、公の場では隣に立つ事を許容出来ぬがな」

「あら、どうしてかしら？」

「朕にも立場がある。誰とも知らぬ名で呼ぶ者を侍らせるなど、臣下に無用な心配をさせるだけであるからな」

全員に対してヴェルグリンドが力を示せば、それはそれで混乱が生じるだろう。皇帝は穏便に、衆目に晒さぬ方向で事を収めようとした訳だ。

ヴェルグリンドもそれを理解し、それ以上のワガママを言うのを止めた。ルドラから頼まれたら大人しく言う事を聞くつもりだったので、ひとまずはそれで納得したのである。

今はそれよりも、事情を聞くのが先決であった。

「それなら、人前に出る必要があった場合にどうするか考えましょうか。それで、今がどういう状況なのか説明してもらえるかしら？」

ヴェルグリンドに自重などない。

ルドラが困っているのなら、全力で助ける所存である。

そんな超越者の態度を見て、護衛二人は頭痛を覚えた。

（ヴェルグリンドとやら、底知れぬ実力者だな。陛下の御言葉通り、神仏の類なのやも知れぬ。機嫌を損ねるより、協力を願う方が得策か）

と、ゲンセイは考えていた。

一方、皆本はもっと複雑だ。

（陛下に対し奉る態度ではないが、何故だろう？　それが自然だと思えてしまうな。これでは護衛失格だが、陛下がそれを許されるのならば、自分が口を出す問題ではない。だが、奥方様や皇子殿下方に、どう説明したものか……）

　もっと具体的に、これから生じるであろう問題に考えを巡らせていた。

　皇帝という立場上、愛人の一人や二人で咎められる事はない――などという事はなく、逆である。

　御子が生まれようものなら世襲問題にも絡んでくるので、家柄のしっかりした女性でなければ話にならないのだ。また、立場も明確にしておく必要があり、皇后陛下と側室の間には、超えられない身分の差があるのだった。

　今回の場合は、ヴェルグリンドに側室として納得してもらわねばならない。

（果たして、それで我慢出来るような女性なのかね？　皇后にしろとか言い出されたら、自分達でもどうしようもないんだが……）

　そんな事まで考えてしまう心配性な皆本なのだが、彼の本分は皇宮警護である。いや、皇后や側室とヴェルグリンドが揉める事になれば大変なので、心配し過ぎでもなかった。

　皇帝を守る事だけ考えていればいいゲンセイと、皇宮全ての安全に気を配らねばならない皆本では、心理的負担にも大きな差があったのである。

　とはいえ、今はヴェルグリンドの質問に答えるべきだと皆本は考えた。

「それについては、自分から説明します。我等が皇国――大日本《だいにっぽん》征覇《せいは》帝国《ていこく》を取り巻く環境ですが、非常に緊迫していると言えましょう。目に見える大きな敵としては――」

　皇国というのは、皇帝が治める国という意味であり、大日本《だいにっぽん》征覇《せいは》帝国《ていこく》とは別の意味合いを持つ。当代の名称とは違い、東方の島国で連綿と受け継がれた尊称である。

　皇帝とその守護者達によって、魔に属する者共から臣民が守られていた。しかしそれとは別に、世界が混迷を極めていたのだ。

　東方では、皇国が。

南方では、アゼリア合衆国が。

北方では、大ロシアム王朝が。

西方では、神聖アーシア帝国が。

中央では、中華《ちゅうか》群雄《ぐんゆう》共和国《きょうわこく》が。

それぞれの地域で、五大勢力の旗頭として台頭していた。

数十年前までは覇権を競い合っていたのだが、やがて均衡が取れるようになった。虎視眈々と他勢力の衰退を狙っている内に、いつしか経済関係が成熟していく。そうなると争いが表面化する事がなくなり、世界に平和が訪れた――かに見えた。

だが、しかし。

他勢力への不満が消えた訳ではなく、利益を得る者がいれば損をする者が出る。そうした不満が蓄積され、燻《くすぶ》っていく。

そうして、四年前にそれが爆発したのだ。

キッカケは、中華《ちゅうか》群雄《ぐんゆう》共和国《きょうわこく》――中華で発生した大規模な日照りだった。

水不足から飢饉となり、疫病が蔓延した。人心が荒むのは仕方ないにしても、中華政府が自分達の立場を守る為に、その不満を外部へと向けさせてしまったのだ。

これに、世界中が巻き込まれてしまう。

中華が最初に矛先を向けたのは、自国同様に豊かな穀倉地帯を保有する南方である。アゼリア合衆国への侵攻を、全国人民会議にて満場一致で可決。これが開戦の合図となった。

そして瞬く間に、全世界に戦火が広がった。

中華が軍を動かしたのを見て、次に動いたのが北方だ。大ロシアム王朝が、中華に向けて侵攻を開始したのである。

その狙いは明らかで、豊かな穀倉地帯と万年凍らぬ港の確保であった。

現在は日照りという自然災害に悩まされているものの、それは数年で落ち着くだろう。そうした判断の下に、大ロシアムは覇権主義を復活させたのだった。

中華がそれを許容するはずもない。迎え撃つべく残存兵力を集結させて、本格的な戦争状態へと突入する事になった。

これに巻き込まれたのが皇国だ。

食糧輸入を中華に頼っていたからこそ、人道支援という名目で中華に軍を派遣せざるを得なかった。この戦争の早期決着を目指しての事であったが、大ロシアムがこれに激怒する。

また、アゼリア合衆国との関係も悪化した。

アゼリアと中華、どちらに与するかの二者択一を突き付けられた皇国が、生命線である中華との同盟を選択してしまったからだ。

こうして皇国も、アゼリア合衆国との戦争に突入していく事となった。

当初動かなかった神聖アーシア帝国だが、その安寧は一年も続かなかった。今度は自国で飢饉が発生し、各国への援助もままならぬ状態に陥ったのである。

悪い事は続く。石油備蓄基地で事故が発生。これによって、三年分の燃料が焼失した。現場に残されていた痕跡から、犯人は大ロシアム王朝の工作員だと断定されたのだ。

神聖アーシア帝国の民意は、反大ロシアムへと傾いていく。その勢いに乗って、遂には神聖アーシア帝国まで軍事行動を起こしたのだった。

こうした一連の流れに疑問を抱く者がいた。

仏神教、聖霊教、自由教という三大宗教の一つ、聖霊教の聖教会に所属する〝怪僧〟プルチネルラだ。

何者かの悪意を感じる——と、彼は神託を言い残した。

この言葉を受けて各国の聖教会が調査に乗り出し、妖魔という存在の足掛かりを掴んだのである。

だが、時は既に遅過ぎたのだ。

「いいように欲望を刺激され、怒りを煽られたものね」

「面目ない、仰る通りです。冷静に考えてみれば、これは明らかにおかしな流れでした。ですが、一度燃え上がった民衆の怒りは、容易な事では収まらなかったのです」

「聖教会から言われるまでもなく、各国の首脳部も開戦から一年も経たずに異常を察知していたのだ。それなのに、軍部の中にも過激派がいてな。その者達まで敵の工作に乗じて活発に活動を始めてしまい、気がついた段階では戦争を止めようもない状態になっていたのだ」

　皆本の説明に、ゲンセイも補足を加えた。

　各国も同様の有様で、今となっては上層部の思惑から外れている。出撃してしまった部隊にかんしては、制御不能に近い状態に陥っているとの事だった。

　そしてつい先日、海を隔てた先にて、アゼリア合衆国の大艦隊と皇国が誇る帝国海軍による大海戦が演じられた。

　その結果は、敗北である。

　事前の調査では互角の戦力だったはずなのに、蓋を開けてみれば三倍近い戦力差となっていたからだ。

「原因は、中華艦隊の裏切りですよ。厄介な事に、本国の意向とは無関係のね」

　中華の指導層も把握していないのだから、諜報員でも情報を知る術がなかった。気付いた時には手遅れとなっており、手痛い損害を出してしまったという訳だ。

　だが、その敗北は無駄ではなかった。

「この情報は、私の弟子が命懸けでもたらしたものなのだ。敵艦隊に特攻を仕掛けて、華々しく散っていった近藤《こんどう》という男が、死ぬ間際に〝伝達の呪法〟で知らせてくれたのだよ。敵司令官達が、〝妖魔〟という異形に乗っ取られていた、とね」

　ゲンセイが言うには、アゼリア合衆国大南海艦隊総司令官：デビット・レーガン及び、中華群雄共和国《ちゅうかぐんゆうきょうわこく》東海艦隊司令官：李金龍《リー・ジンロン》の両名が、異形の力を発揮して近藤を翻弄したらしい。

　近藤は力及ばぬと悟り、最後まで情報収集に努めた。

　そして、連絡が途絶えたそうだ。

　その命を儚くしたのだろうと、ゲンセイが重々しく告げた。

　それを聞いて、ヴェルグリンドは理解する。

　今のゲンセイの話に登場した近藤とは、ヴェルグリンドもよく知る近藤中尉なのだ、と。

　近藤がルドラに心酔していたのは、皇帝と同じ気配を感じていたからなのだろう、と。

　近藤は本能的に、ルドラと桜明《おうはる》の〝魂〟が同一のものだと気付いていたのだろう。そう悟ったヴェルグリンドは、初めて近藤に親近感を抱いた。

そしてようやく、彼の忠誠が本物だったと信じられたのだ。

そうなると、ルドラの事だけでなく、近藤の心残りについても気になってくる。

よくよく思い出せば、近藤は祖国を守れなかった事を悔やんでいた様子だった。だからこそ、二度と後悔せぬようにと、手段を問わずルドラの為に働いていたのだ。

そうと理解したヴェルグリンドは、今更ながらに近藤の為に何か出来る事はないかと考える。

その答えは、ただ一つ。

近藤の心残りを晴らすしかない。

そう決意したヴェルグリンドは、もっと真面目に話を聞くべく思考を切り替えた。

そうとは知らず、皆本は説明を続けていく。

人に憑依して操る能力がある異形の存在は、速やかに各国首脳部に伝達された。だがしかし、実際に誰が操られているのかなど、現場にいない首脳部では把握しようもなかったのだ。

常の行動から逸脱していた者が怪しいのだが、作戦行動中の将官達を呼び戻すのも難しかった。

事実を公表するという案もあったのだが、それは間違いなくパニックを引き起こす。上官が妖魔だったらと考える者も現れるだろうし、そうなったら指揮系統さえ破壊されてしまいかねなかった。

また、国内でも魔女狩りに発展する恐れもあり、そうなったら大惨事になる。それだけは阻止せねばならぬと、密かに調査が行われていたのだった。

結果わかったのは、妖魔が物の怪などとは違って、組織だった行動を取っているという事。しかも、明確に侵略の意図を持っており、世界中で暗躍していたのである。

「それにですね、ヤツ等は強いんですよ。我が皇国では物の怪の強さを〝怪級《かいきゅう》〟で表すんですが、最弱とされる個体でさえも上位怪級《かいきゅう》に匹敵しやがるんです。上級剣士や上級術士でも歯が立つかどうかというくらいの、恐るべき強さなんです」

〝怪級《かいきゅう》〟とは上から順に、神仏、鬼龍、天妖、上級妖怪、中級妖怪、下級妖怪、という六段階評価となっている。中級や下級を魑魅魍魎といい、上級妖怪から鬼龍に至る手前の天妖までを、悪鬼羅刹と称していた。

今回出現した妖魔だが、最弱の先兵ですら天妖級だったのだ。

近藤とその部下達が、敵艦隊に特攻した際に正体を暴いたのだという。そして、敵の首魁に敗れ、その情報だけを伝えてきたのだと。

「近藤さんは、デビットや李金龍《リー・ジンロン》の〝怪級《かいきゅう》〟を鬼龍級以上だと見立てていました。自分も、その判断に間違いはないと確信しております」

「どうして？」

「それは近藤さんが、ここ日ノ本で一、二を争うほどの強者だからですよ」

特攻を仕掛けた時点の近藤でも、その技量《レベル》は超一流だった。〝朧心命流《おぼろしんめいりゅう》〟の極意である〈気闘法〉を使いこなす事で、鬼龍級上位の戦闘能力を有していたのである。それでも敗北してしまったのは、敵が二人いたからだと考えられる。

「確かに、あの男はそれなりだったわね」

「――？」

「え？」

「もしや、達也《たつや》を知っておるのか？」

「ええ、ルドラ。近藤は私のいた世界でも、貴方に仕えていたのよ」

「朕に？　そうか、ルドラとやらが、朕と同一の〝魂〟を持つのだったな」

「その通りね。そして近藤は、向こうでも貴方の為に戦い、誇り高く死んだのよ」

「……」

皇帝は言葉もないという様子で押し黙る。忠実なる部下であった男の死に、深い失望を覚えていた。

「そんな、近藤さんが……」

皆本は、信じられないとばかりに茫然《ぼうぜん》と呟く。それだけ近藤という剣士の実力が突出しており、もしかしたら生きているのではないか、妖魔に対する切り札となるのでは、と考えていたのである。

死んだという事実を突きつけられて、どうしていいかわからなくなったのだ。

「近藤が生きていてくれたのかと期待したが、残念だ」

師匠であるゲンセイは、平然とした態度を崩さずにそう言ったものの、内心では僅かに生じた希望が消えた悲しみを押し隠すのに必死であった。

責任ある立場として取り乱すなど論外。自分だけは冷静にならねばと、心を強く律したのだった。

誰もがヴェルグリンドの言葉を信じた。それは異常な事ではあったが、彼女の言葉に嘘はないと、不思議と感じ取れたのだ。

ヴェルグリンドは皆に、近藤の最期を語って聞かせた。と同時に、近藤の強さから推測して、敵の正体を探ろうとする。

（〝界渡《かいわた》り〟する前の近藤でも倒せるのだから、天妖級とやらも大した事ないのかしら？　そもそも、〝妖魔《ファントム》〟というのは妖魔族だと思うのだけど、それなら私の敵では――――いいえ、油断は出来ないわね。基準がないから断定は出来ないし、当面は様子見するとしましょう）

最強たる〝竜種〟らしく、ヴェルグリンドは自信家だったのだが、リムルに敗北した事で用心深さを身に付けていた。十中八九敵ではないと思いながらも、もっと情報が集まるまで判断を保留とする。

事実、この時点での彼女の推測だが、正しいようで間違っていた。

この世界では魔素濃度が薄い為、突出して強い魔物など存在しない。それこそ〝異界〟から流れ着いたような特殊個体が、神仏と称されるほどに猛威を揮っていたのである。

そんな個体も、数の暴力に勝てるほどではなく、剣士や術士達が連携する事によって、今ではほとんど見かけないほどに数を減らしていた。だからこそ、魔素溜まりも生じない。それ故、強力な魔物が自然発生しにくい環境となっていたのである。

今のヴェルグリンドはヴェルドラと違って、自分自身だけで魔素の循環が完了している。大気中から補給する必要もなく、体外へと排出する事もないのだ。

これは、多様な世界を渡る際に身に付けた技術であり、だからこそ、この世界の魔素濃度に意識が向いておらず、その事実に気付いていなかったのだった。

そもそもの話、界を逆渡りするというのは、普通ならば不可能なのだ。〝冥界門〟を通じても、門の大きさによって制限を受ける。

ヴェルグリンドのように何の制約もなく『時空間跳躍』出来る方が、世界の法則から外れているのである。

そんな訳で、魔素に満ちたヴェルグリンドの生まれ故郷に比べると、この世界での強さの基準は大きく劣っていたのだ。

それは、この後直ぐに判明する事になる。

＊

皇帝も交えた情報交換によって、ヴェルグリンドは大まかな事情を察する事が出来た。

この世界だが、このままでは起死回生は不可能であり、もう間もなく侵略者の手に落ちるだろうと。

各国の首脳部もその事実に気付いてはいるが、もうどうしようもないほどに民衆の——その意思を体現する軍部の暴走を許してしまっているのが現状だった。

「それで、敵さんの動きはどうなっているのかしら？」

近藤が所属する帝国海軍を撃破した敵連合艦隊だが、その後の動きは不明である。皇国の残存艦もいたはずだが、完全に連絡が途絶してしまったのだ。

「本来なら、負けが確定した時点で降伏している。その情報も本国に届くはずなのだが、それもない」

「自分達の判断としましては、妖魔に拿捕《だほ》されたのだろうと推測しております。敵は人類のルールに縛られていない為、降伏を許さなかった可能性もありますが……」

「近藤の言葉も気になる。乗っ取られていたという表現から、妖魔は人に憑依する性質があるのではないか、とな。であれば、生存者は絶望的だ」

情報を持ち帰る任務を帯びた者もいた。それなのに、連絡はまるでないという。全員が妖魔に憑依されてしまったのだとすれば、この状況にも説明がつくという訳だ。

「大南海上という、逃げ場のないところですからね。各国からも各々の艦隊に打診してもらいましたが、反応ナシだそうです。ここで嘘を吐く理由もありませんので、我々の戦力が奪われたとみて間違いないかと」

可能性の一つではあるが、それが本当なら、状況は最悪だった。

人類最高の剣士でさえ、敵首魁に及ばない。その上、精鋭の軍人達が敵妖魔の贄となってしまったかも知れないのだ。しかも、今後は軍による迎撃が期待出来ないどころか、ミイラ取りがミイラになる可能性の方が高いのである。

打つ手なし。

だからこそゲンセイ達は、帝都防衛に全力を傾ける事にしたのだった。

「時間稼ぎにしかならないわね。勿論《もちろん》、理解しているわよね？」

「当然だ。現状で打てる手は一つ。信頼の置ける者を派遣し、敵の動向を探らせている。その上で、全世界の最高戦力を集結させて、敵の首魁を撃破するつもりだ」

「成功率の低い作戦だとは思いますが、それしか手はないかと。近藤さんだって、一人だけが相手なら倒せていたはずなんですよ！　鬼龍級以上が二人だったから、逃亡も許されなかったんです。だから、荒木師匠や自分、それに加えて天理《あまり》さんや、他の国々の英傑達が手を組めば、妖魔の首魁だって倒せるかも知れないんです!!」

天理《あまり》正彦《まさひこ》という男が、近藤と一、二を争う皆本の兄弟子である。しかもこの男は、剣術だけではなく法術も極めていた。諜報活動を得意としており、現在も極秘任務に従事している。

それに、この日ノ本には他にも隠れた強者がいた。

皇帝桜明《おうはる》はそれを口にしないが、〝皇帝守護者〟はゲンセイの他にもいるのである。

また、各国にも名だたる英傑がいる。

表社会に浸透している者に限らず、裏の世界には〝怪級《かいきゅう》〟にして鬼龍級以上の者達まで存在しているのだった。

有名なのは、先に述べた北方の〝怪僧〟プルチネルラや、中華の〝拳聖〟仙華《シェンファ》だろう。皇国に伝わる話だけでも、両雄がただならぬ実力者なのがうかがい知れた。

この世界的な脅威に対しては、そうした英雄達が手を取り合うしかない。それが出来なければ、滅ぶしかないのだ。

もっとも、それが夢物語なのもまた、桜明《おうはる》の痛感するところだったのである。

それに、問題はそれだけではない。

「問題は、敵の首魁が二名だけとは限らん点だな。それに、考えたくはないが――」

「もっと上がいたら困るって感じかしら？」

「その通りだ」

ヴェルグリンドの指摘に、ゲンセイが苦々しく頷いた。

鬼龍級の怪異を倒すには、同級以上の戦士を倍は当てたいというのが本音だった。だがしかし、敵の規模すら把握出来ていない現状では、世界中の英雄が集結するなど不可能なのである。

皇国もそうだが、自国の要人警護が第一なのだ。

問題は山積みだった。

鬼龍級に相当する妖魔を、個々に誘《おび》き出せれば最上。それが無理でも、勝てる数だけを相手にしなければならない。もしも敵方が数で上回った場合、その時点で敗北は必至なのだった。

だがこの時、事態が動く。

頭を悩ませるゲンセイに対し、ヴェルグリンドが救いの手を差し伸べたのである。

「ふーん、問題だらけね。いいわ。私も手伝ってあげるから、先ずはアナタ達の実力を見せてちょうだいな」

「は？　何を唐突に――」

「敵を知らなければ、作戦も立てられないじゃない。その為にも、妖魔とやらの強さを知りたいのよ」

「貴女は何を言っている？」

「簡単な話よ。ゲンセイと言ったわね、貴方が近藤の師匠だというなら、実力は同等以上なのでしょう？

私はこの世界に来たばかりで、強さの基準がわからないのよ。だから貴方で――」

「なるほど、理解した。私と近藤では、技量《レベル》的には私が上だな。まだ見せておらぬ奥義もあるし、本家筋にしか伝えてはならぬ最高奥義もある。ただし、あの男の信念は称賛すべきものであった。その気迫は凄まじく、勝利への執念も並々ならぬものであったぞ。本気で戦ったなら、勝敗は時の運に委ねなければなるまいよ」

要するに、互角という事だ。

多少の違いなど、ヴェルグリンドにとっては誤差である。基準としては十分なので、さっさと試してみる事にしたのだった。

＊

場所は変わって、修練場。

皆本には最高奥義を見せられないと、ゲンセイが席を外させた。故にこの場には、皇帝以外の立会人はいない。

ヴェルグリンドは出で立ちもそのままに、無手のままゲンセイを見据える。

ゲンセイは愛用の剣を手に、迷いを見せる。

絹製の巻衣は動きを阻害するほどではないが、誰が見ても戦闘には不向きである。まして、防御力など期待出来そうもなかった。

ゲンセイが本気で技を仕掛けるとなると、それは必殺を意味する。それでヴェルグリンドに勝てるとは思えないが、怪我を負わせてしまうかもと考えたのだ。

ゲンセイは意を決して、ヴェルグリンドに問いかけた。

「一つ問いたい。失礼な質問かも知れんが、真剣でいいのか？　我が流派の最高奥義となると、貴女も無事では済まぬやも……」

ヴェルグリンドも、それが自分を心配しての問いなのだと理解する。無視してもよかったのだが、せっかくなのでゲンセイを安心させる事にした。

その方が実力を発揮出来るだろうとの思惑もある。

「優しいのね。でも、安心なさいな。貴方のその武器、打刀と言うんだったかしら？　かなり古くて質も良さそうだけど、残念ながら私には通じないのよ。だから気にせずに、思いっきりかかって来なさい」

実際、ゲンセイの刀は、特質級《ユニーク》にも満たない性能でしかなかった。魔素の薄いこの世界では、刀が進化するという現象が起きないのだ。

そしてゲンセイは、ヴェルグリンドの挑発に乗った。

「キェイッ!!」

爆発的に高まる闘気を集中させて、〝朧心命流《おぼろしんめいりゅう》〟の最高奥義、八重桜《やえざくら》――八華閃《はっかせん》――を放ったのだ。

だが悲しいかな、華は咲かなかった。

その絶技は、ヴェルグリンドの指先で止められてしまったのだ。

変幻自在の剣筋ではあるが、分裂している訳ではない。常人には捉えようもない速度であっても、ヴェルグリンドからすれば遅過ぎたのである。

「それが本気なら、もう十分よ」

「クッ、参りました……」

それはもう、実力差などという言葉では片付けられない。

天と地、いやそれ以上に、ゲンセイとヴェルグリンドの間には超えられぬ差が広がっていた。この結果によって、それが明らかになったのだった。

こうして、ゲンセイの失意と引き換えにして、ヴェルグリンドは正確な情報を手に入れた。

ゲンセイの八華閃《はっかせん》だが、本家筋のみに伝わる奥義であり、近藤には伝授されていなかった。

この世界では、最高にして最強の威力を誇るのは間違いない。故に、その威力量だけを見れば、鬼龍級を超えて神仏級にまで届き得ると考えられていたのだ。

「貴女は本当に神なのか？」

「世界を生み出したのは私の兄だけれど、神ではないわね」

「そうか……我々の認識では、それを神と呼称するのだがな」

「神という概念は、時と場所によっては認識に差があるものね。貴方がどう思おうと私は気にしないけど、

私を滅ぼせる存在もいるというのは、覚えておいて欲しいわね」

ヴェルグリンドが思い浮かべたのは、飄々としたスライムだ。

アレに負けたのだと思うと腹が立つが、もう一度戦っても勝てないのは疑いようがない。

（だからと言って、リムルが〝神〟だとも思えないものね。結論としては、そんな存在はいない、というのが正解なんじゃないかしら？）

と、ヴェルグリンドはそんなふうに考えた。

ぶっちゃけ、考えても答えなど出ないので、直ぐに思考を切り替える。

大事なのは、この世界にとっての敵。

妖魔についてなのだ。

「手合わせ、感謝する。自分の未熟さと矮小さを痛感させられた。この経験を糧として、今後はもっと精進するとしよう」

そんな事を口にするゲンセイを、適当に受け流す。

そしてヴェルグリンドは、高速で仮説を組み立てていった。

ゲンセイと近藤がおおよそ互角。しかしその強さは、出会った頃の近藤と比べたら大きく劣ったものだった。

物質世界の人間が界を渡れば、大半は濃密な魔素によって死に至る。だが希に、魔素によって身体が作り替えられて、強靭な存在へと生まれ変わる者がいた。

そうした者達が、ヴェルグリンドの故郷で〝異世界人〟と呼ばれている者共だったのだ。

（そうなのよね、失念していたわ。この世界は、魔素が薄いのよ。だから魔法の発動も困難でしょうし、身体強化のレベルも低い。肉体強度なんて生来のままだから、むしろここまでの威力を出せる方が凄いのだわ）

と、ヴェルグリンドは指先に感じた衝撃を思い出しながら判断した。

故郷でいう、Aランク相当の威力だった。希少級《レア》程度の武器で、よくぞそこまでと感心する。

さてそうなると、敵の強さも想像出来るというものだ。

（天妖級が、Bランク上位からA^{-}ランク程度でしょうね。鬼龍級でようやく、Aランクオーバーといったところかしら？　だとすれば、妖魔というのはやっぱり、妖魔族《ファントム》で間違いなさそうね）

妖魔族《ファントム》は、半精神生命体の侵略種族《アグレッサー》だ。物質世界では、受肉しなければ短時間しか活動出来なかったはず。特に、魔素が少ないこの世界では、人に憑依しなければエネルギー効率が悪過ぎたのだろう。

その為、その本来の力を発揮すれば、人の肉体では耐えられないのだ。

（弱体化しているのね。まあ、こっちの世界は魔素によって守られていないから、大きな力を使うと壊してしまいそうだものね。滅ぼすならともかく、侵略するのだから力も制御しているのかしら？　だからこそ、今の近藤の実力でも戦いになったのでしょうけど……）

妖魔族《ファントム》が本気になったのなら、この世界の住民では勝ち目がない。ヴェルグリンドはそう結論を下し、今ここに自分がいる幸運に笑みを浮かべた。

ヴェルグリンドには、妖魔族《ファントム》の首魁たる妖魔王《ようまおう》フェルドウェイが相手でも、どうにか出来る自信があったのだ。もっとも、こんな侵略先にフェルドウェイが出向いて来る事はないと思われるので、その心配は杞憂であろう、とも。

事実、ヴェルグリンドが予想した通りであった。

この世界に侵攻中なのは、〝三妖帥《さんようすい》〟コルヌ麾下《きか》の妖魔軍先遣部隊だったのである。

また、この世界に自然発生した〝冥界門〟のサイズは小さく、コルヌの本体が出現するのは不可能であった。現在は拡張作業中であり、世界が支配されるまでもう少しの猶予があったのだ。

そこまで正確に見抜いた訳ではないが、ヴェルグリンドにとっては十分だったのである。

＊

平常心を保っているように見えるが、実は落ち込んでいるゲンセイ。

当然だ。

最強と信じる剣技が、ヴェルグリンドにはまるで通じなかったのだから。

奥義ですらも届かない。次元が違う存在なのだと理解してはいても、感情を納得させるのは困難だった。

それでもゲンセイは、鍛え抜いた精神力でもって、心を乱さないように努力していた。そんなゲンセイに、ヴェルグリンドが微笑みかける。

「貴方は誇っていいわよ。魔素がほとんどないこの世界では、それだけの強さに至る者など少ないでしょうから。魔素を取り込み肉体昇華を行えば、〝仙人《せんじん》〟どころか〝聖人《せいじん》〟にまで至れたでしょうに。その点は残念だったわね」

「仙人か、私にとっては遥かな高みだな」

「そうでもないけど、そうだわ。手合わせに付き合ってくれた御礼に、貴方に褒美をあげましょう。受け取ってくれるかしら？」

「褒美、ですか？」

「ええ。貴方が望むならだけど、その打刀を私の力で鍛え直してあげるわよ」

ヴェルグリンドはそう言って微笑む。


彼女ならば、『物質創造』で神話級《ゴッズ》相当の武器を創り出せるのである。今回の場合は、ゲンセイの刀に魔素を注ぎ込み、進化を促すつもりなのだった。

「そんな事まで……」

可能なのか？

と、ゲンセイは困惑したのだが、それも今更な話かと思い直した。

ヴェルグリンドという女性は、ゲンセイの理解など及びもつかない天上の存在であり、彼女が出来るというのなら出来るのだろうと、ゲンセイは納得したのである。

（先祖伝来の家宝なのだが、ヴェルグリンド殿を信じて託してみるのも一興か）

ゲンセイはそう覚悟を決めて、ヴェルグリンドに頭を下げて愛刀を差し出した。

「お願いしたい」

「ええ、任せなさいな」

ヴェルグリンドは大きく頷き、刀を受け取った。

普段なら気軽に青龍刀を創り出したりするのだが、

今回は勝手が違う。慎重に、刀の成分を見極めて、繊細な調整を加えつつ、自身の魔素を注ぎ込んでいった。

戦闘時よりも真剣な顔で、ヴェルグリンドの作業が続く。

そして、三十分ほどの時が流れた。

古き鍛冶職人の巧みな技と、ヴェルグリンドが完全制御した魔素による強化。この二つが合わさる事で、その剣は神話の輝きを生じさせるようになる。

「完成よ」

本来なら数百年から数千年もかかるような武器進化だが、ヴェルグリンドはこの短時間で、ゲンセイの愛刀を神話級《ゴッズ》へと鍛え上げたのだった。

「こ、これは⁉」

「この世界には存在しないほどの、最高の武器になったわね。もっとも、今の貴方では使いこなせないでしょうけど……それでも、剣には意思が宿っていたわ。剣が認めるならば、少しは力を貸してくれるでしょう」

それが貴方なのか、貴方の子孫になるのかは知らないけどね——と、ヴェルグリンドは笑った。

その笑みはとても美しく、ゲンセイの心を惑わしたのである。

＊

時刻は夕方となった。

食事の時間となった為、桜明《おうはる》は居室に戻る。

ヴェルグリンドも誘われた。せっかくなので、お相伴に与る事にした。

皇宮の侍女達は、厳選された人材から選ばれている。訓練が行き届いており、何事にも動じない。

ヴェルグリンドを見ても眉一つ動かさず、当たり前のように食事の準備を始めていた。

皆本は扉の外で警護の任務に就き、ゲンセイは桜明《おうはる》の背後に立って控える。席に着くのは二人のみだ。

「して、そなたは今後どうするつもりなのだ？」

「貴方の傍にいるわ。そして貴方を守るわよ」

「それは嬉しいのだが、味方になってくれると考えても良いのか？」

「ええ、その通りね」

そう答えて微笑むヴェルグリンドは、ルドラの傍にいられるだけで幸せなのだ。

そんなヴェルグリンドに戸惑いながら、桜明《おうはる》は問いかける。

「フフフ、ならばこの世から争いをなくし、朕を安心させてくれるとでも？」

勿論、それは冗談のつもりで語った軽口だ。それなのに、ヴェルグリンドは笑って答えたのである。

いいわよ、と。

「貴方が望むなら、この世界をプレゼントしてあげるわ。要らない国なんて消し去ってしまえばいいし、文句を言う者も黙らせてあげるわよ。その前に、お邪魔虫な妖魔達を滅ぼしてあげなきゃね」

とても無邪気な笑顔で答えるヴェルグリンドを見て、その場にいる誰もが唖然となった。給仕中だった侍女が、思わずスープを取りこぼしてしまったほどである。

その言葉が本気だと、皆が直感で悟ったのだ。

本気だからと出来る訳ではなし、大言壮語も甚だしい。他の者が言った言葉なら、何を妄言をと笑い飛ばされるところだ。

しかし、そうさせぬ何かがヴェルグリンドにはあった。

まして、ヴェルグリンドの本質を知るゲンセイなどは、それが冗談でも何でもなく現実に可能なのだと知っている。

桜明《おうはる》も同様だった。

「ハハハ、こんなに笑ったのは久しぶりだな。侍女共が本気にするほどの冗談を口にするとは、そなたもなかなかやるではないか。豪気な発言は愉快だったが、その気持ちだけ受け取っておくとしよう」

その場を誤魔化す事で、どうにか事なきを得たのだった。

ヴェルグリンドが常人ではないのは今更であり、夕食時での会話でもそれは明らかとなった。

ただ強いだけではなく、その思考回路も厄介なのだ。

自分の為ならば本気で何でもするだろうと、桜明《おうはる》もようやく理解した。

もしも他国を滅ぼせと命じれば、ヴェルグリンドはそれを実行するだろう。

彼女にとって善悪など二の次であり、大事なのは桜《おう》明《はる》の意思だけなのだ、と。

正直言って、桜明《おうはる》がここまで困惑したのは、生まれて初めての経験であった。

皇国の次期皇帝として生を受け、何不自由なく暮らしてきた。ただし、自由もまたなかったのだが、それこそが王たる者の責務であると、幼い頃から教育されてきたのである。

必要なものは何でも手に入ったが、本当に欲しいものは諦めざるを得なかった。

恋愛なども幻想であり、妻として迎えたのは後ろ盾となってくれる公爵家の令嬢だ。それは契約のようなものであり、断る事など出来なかったのである。

聡明な桜明《おうはる》は、青年になる前に悟っていた。

儚さこそが真理である、と。

世は夢幻の如くなり。


儚いからこそ、全力で夢を叶えようと努力するもよし。

その逆で、運命に抗う事なく身を任せ、その日々にある小さな幸せを積み重ねるのも美しい。

桜明《おうはる》が選んだのは後者だった。好きな事をしたいというのは、全てを手にする皇帝にとっても、叶う事なき贅沢だったのである。

そんな桜明《おうはる》だからこそ、ヴェルグリンドには驚かされた。

その自由さは、何人《なんぴと》にも束縛されぬのであろう。それなのに、桜明《おうはる》ただ一人に従うと言う。

(不思議な女性だ。いや、女神だったな。朕がルドラとやらの代理なのだとしても、存外、素直な好意というのは面映ゆいものだな)

そんなふうに感じた桜明《おうはる》は、久しぶりに穏やかな夕餉を楽しんだのだった。

＊

明けて翌朝。

本日は大本営による会議が開催される。

ここで問題となるのは、ヴェルグリンドの扱いだ。

桜明《おうはる》が宣言したように、第三者の前で恋人のような態度は厳禁だ。

となると、ヴェルグリンドの身分をどう説明するのか、先ずはそれを考える必要があった。

続いて問題となるのは服装である。

異国の衣装など論外。

身分にあった服装を調える必要があった。

優秀な侍女達が総出で様々な衣装を並べていく中、ゲンセイや皆本の意見も聞き入れながら、桜明《おうはる》がヴェルグリンドの身分をどうするか思案していた。

「侍女は――」

「侍女が会議に参加出来るか、馬鹿め」

皆本の案はゲンセイによって、最後まで言い終える前に却下される。

「護衛、も難しいであろうな」

「陛下、それも一考しましたが、ヴェルグリンド殿の容姿が目を引き過ぎです。どうみても異国人ですので、スパイではないかと疑われてしまうでしょう」

日本人であるならば、ここまで悩まずに済んだ。しかしヴェルグリンドは北欧系の美女である為、この国では目立ち過ぎるのだ。

護衛や隠密と紹介しようにも、どうして外国人を重用しているのだという話になる。かと言って、留守番しろと言ってもヴェルグリンドは納得しないだろう。

それにそもそも、ヴェルグリンドが味方になってくれると言うのに、その戦力を無駄に遊ばせておくのはもったいなかった。

さてどうしたものかとなった時、当のヴェルグリンド本人から意見が出される。

「仕方ないわね。本当はあまり好きじゃないし、やりたくないのだけど、私の見た目を変えてあげるわよ。これでいいかしら？」

そう言うなり、ヴェルグリンドの見た目が変化する。

黒髪に黒目。肌の色も、ほんのりと赤味がかった薄い黄色になっていた。

「うわ、そんな芸当まで出来るんですね！」

思わずといった口調で皆本が感心し、それくらい不思議でも何でもないかとゲンセイも納得する。

「悩むまでもなかったか」

と、桜明《おうはる》も若干気が抜ける。

色素の配列を変えただけで、大きく印象も違って見えていた。これでもまだ日本人離れしてはいるが、誤魔化せなくはないレベルとなったのだ。

そんなヴェルグリンドに渡されたのは、ゲンセイと同じ制服だった。会議に出席する為の身分として、桜《おう》明《はる》が〝近衛〟に任じたのである。


ちなみに、皇帝の警護には三つの組織が存在する。

一つ目が、皇宮警護剣士隊。

宮殿内で武装を許された、たった一つの部隊である。ただし、皇帝の居室に立ち入りを許されているのは、隊長である皆本一人だけであった。

二つ目が、皇宮警護術士隊。

こちらは、呪術等から魔術的に皇帝を守護していた。霊的な守護結界を維持している部隊であり、個々人の戦闘能力だけを見れば剣士に劣っている。隊長のみが皇帝に拝謁出来るというのは同じなのだが、帝都の防衛にかかりきりであり、ここ数日は姿を見せていなかった。

そして最後の組織こそ、〝皇帝守護者〟という個々の集団である〝近衛〟だった。

ゲンセイのような、表にも顔の売れた者ばかりではない。

闇に潜み魔を払う者。

超常の力を秘めた者。

皇帝の影武者を演じられるように、皇家から分派した者までいる。

そうした様々な用途で役立てる者達が、陰になり日向になり皇帝を守護していた。

誰も知らぬ者がいたとしても不思議ではなかった。だから今回、桜明《おうはる》はヴェルグリンドに〝近衛〟の地位を与える事にしたのだった。

「ヴェルグリンドよ、そなたを〝皇帝守護者〟に任じよう。その容姿であれば、他の者共に説明する手間も省けるだろうからな」

「承ったわ。他の者達の前では、ちゃんと臣下として振る舞うわね」

軍服を纏《まと》ったヴェルグリンドは、ノリノリでそう答えた。

その様子に誰もが不安を感じたが、他に妙案もない。何か問題が起きたとしても、妖魔という侵略者と比べれば大した事はない。そうした判断のもと、準備が進められていったのだ。

＊

大本営会議場に、続々と人が集まり始める。桜明《おうはる》は控室にて、その様子を眺めていた。

大本営とは、皇帝直属の最高統帥機関だ。

皇軍――大日本征覇帝国《だいにっぽんせいはていこく》の軍隊だが、海軍と陸軍の両翼から構成されている。

両陣営の頂点に立つのが、陸軍大臣と海軍大臣だ。

大本営会議には、その両大臣の参加が義務付けられていた。代理人でも構わないのだが、皇帝に対する不敬であるとして、本人以外が参加する事など滅多にない。

ここ数日は恒例となっているが、内容の大半は現況報告に占められる。

大南海での海洋決戦で、帝国海軍が大敗した。生存者の消息すら不明なのだから、各陣営が総力を挙げて調査に乗り出しているのだ。

もっとも、陸軍はどこか他人事であった。海洋上に出向く手段を持っていないからと言い訳しているが、本当の意味で脅威を理解していないからだろうと桜明《おうはる》は考えていた。

(馬鹿共が。今は身内同士で手柄を競い合っている場合ではあるまいに)

というのが本音であったが、それを口に出せないのが皇帝という立場なのだ。

あまりにも権限が大き過ぎるが故に、その言葉は重い。私的な場であればまだしも、公的な場での発言は慎重にならざるを得ないのである。

そんな桜明《おうはる》の苦悩など知りもせず、陸軍所属の将校が喚き立てる。

「貴様、何者か！　この神聖なる大本営に、女が立ち入るなどけしからん‼」

ああ、やはりそうなったか——と、頭を抱えたくなる桜明《おうはる》である。

プライドだけが肥大した者は、身分の上下や礼儀作法に煩い。だからこうなるのは自明の理だったのだが、桜明《おうはる》が同伴して紹介すれば、もっと大騒ぎになるだろう。そのように全員の意見が一致した為、ヴェルグリンドをゲンセイに任せたのだ。

（やはり案の定、血の気の多い男が難癖をつけおったか。彼女の逆鱗に触れれば、その身どころかこの帝都すら滅ぶというのに……）

大きく溜息を吐く桜明《おうはる》。

ヴェルグリンドに振り回されるのは、ルドラの〝魂〟を持つ者の宿命なのかも知れなかった。

「もしかして、私に言っているのかしら？」

「そんな事もわからんのか、馬鹿めがッ‼　これだから——モガァ⁉」

突如、その将校の喚き散らす声が止まった。

ヴェルグリンドが目にも留まらぬ動きでその男の胸倉をつかみ上げ、その開いたままの口に拳銃を突っ込んだからだ。

薄く笑みを浮かべながら、ヴェルグリンドが言う。

「剣や槍で戦っていた大昔ならいざ知らず、引き金を引けば人を殺せるこの御時世で、男とか女とか関係ないと思うわね。今の時代の戦で大事なのは、状況分析能力と感情を排した冷静で合理的な判断力でしょうに。そんなに喚き立てるなんて、貴方、この場にいる資格がないんじゃないかしら？」

そもそもが、力でも敵わないのだが、拳銃という誰にでも理解出来る暴力を目にした事で、会場にいる者達も騒然となった。

「き、君！　参謀総長を放したまえ」

「銃の持ち込みは禁止だぞ‼　衛兵、誰か衛兵を呼べぇ——ィ‼」

小馬鹿にするようにヴェルグリンドが嗤《わら》う。

「お馬鹿さんね、オモチャ一つに大騒ぎして。そんな事で、栄えある帝国軍人と言えるのかしら？」

それを聞いた何名もの者達が、顔を真っ赤にして怒りの眼差しをヴェルグリンドに向けていた。

それらを意に介さず、ヴェルグリンドは参謀総長を突き放した。そして持っていた拳銃のオモチャを向けて、引き金を引いた。

ピュッと飛び出す水が、参謀総長の股間を濡らす。

「うふふ。お漏らししたみたいね。さっさと帰って着替えたら？」

「き、きさ、貴様ッ――」

屈辱のあまりわなわなと震える参謀総長だったが、ヴェルグリンドの目を見るなり言葉を飲み込んだ。

それは、ゾッとするような視線だった。

これ以上無様に騒ぐようなら殺す――と、そう言われているような気がして、参謀総長は一気に血の気が引いていく。

「は、ははは、失礼。ワシも少々、熱くなり過ぎておったようじゃ。水鉄砲とは懐かしい。童心に戻ったようで、頭も冷えましたわい」

「そう、それはよかったわね。会議に参加するつもりなのなら、もう少しお行儀よくしなさいな」

参謀総長がコクコクと頷く。

彼は短気で少々傲慢な性格ではあったが、馬鹿ではなかった。最初の出会いでは失敗したが、その後の対応では間違わなかったのだ。ここでまだごねるようなら、ヴェルグリンドの殺気を浴びて心臓発作を起こしていただろう。

ヴェルグリンドにとって、大事なのはルドラだけ。無能な人間がルドラに仕えるというのも、彼女にとっては面白くない話なのだった。

そんなこんなで無能を排除しようとした訳だが、参謀総長の処分については少しだけ保留である。ただ短気で女性蔑視だからというだけでは、消す理由に足りないと考えたのだ。

（フッ、私も優しくなったものね。この旅で色々と経験したからかも）

などと、自画自賛するヴェルグリンド。

言うまでもなく、過大評価であった。

ルドラが傍にいるから御機嫌なだけで、そうでなければ結果は違っていたのだ。

毎回毎回〝魂〟の欠片を目指して跳躍している訳だが、次の目標が見つからない場合もあった。そんな時は数年から数十年単位で、ルドラの転生者が生まれるのを待つ必要があったのである。

愛する者を見送った後のその時間は、ヴェルグリンドにとっては拷問に等しい。そんな時期に彼女の逆鱗に触れたならば、その者の運命など決まったも同然なのだった。

参謀総長は運が良かったのである。

場が落ち着いたところで、海軍大臣が仕切り直すべく口を開いた。

「それで、荒木殿。その女性はどなたなのかな？」

齢は五十代。海軍大将でもあるその男は、威厳ある眼差しでゲンセイを見据える。

ゲンセイも、その言葉に乗っかった。

「失礼、紹介が遅れました。彼女は私の同僚でして、本日、陛下の許諾を得て大本営会議に列席する事と決まったのです。名を――」

「龍凰《りゅうおう》と申します。どうぞ、お見知りおき下さいな」

ゲンセイの紹介を遮って、ヴェルグリンドがしれっと偽名を名乗った。〝竜種〟から龍の字と、こちらの世界で炎を司る神獣――鳳凰から凰の字を、適当に組み合わせた名前である。

ところが、それは大問題だった。

「なっ、龍に鳳凰ですか？」

「名前に龍を頂くとは、不遜な。皇帝陛下に対して不敬である！」

「それとももしや、貴女は陛下に所縁《ゆかり》が――？」

せっかく落ち着いたのに、またも騒然となったのである。

ゲンセイは頭を抱えた。

（ワザとやっているのか？　いや、違うな。ヴェルグリンド殿は、我等の事情など全く気にしていないのだ。変装までしたのだから、ちゃんと偽名も考えておくべきだった……）

自分の落ち度だと、ゲンセイは反省する。

同じく桜明《おうはる》も、別室で溜息を吐いていた。

長く生きているが、ここまで振り回されるのは初めての経験である。だから逆に、何だか愉快な気分になってしまったほどだ。

桜明《おうはる》は立ち上がり、議場へと踏み入った。

「危急の時である。朕の手札を開示する事、何の不思議もあるまい？」

桜明《おうはる》に気付いた者達が立ち上がり頭《こうべ》を垂れる前で、彼笑いながらそう告げる。

果たして、主上からそう断じられてしまっては、彼等も納得するしかない。たとえ文句があったとしても、それを堂々と口に出せる者などいなかった。

こうして、この世界でのヴェルグリンドは、龍凰《りゅうおう》と名乗る事になったのだ。

＊

「始めよ」

桜明《おうはる》の一言で、大本営会議が始まった。

「それでは、報告します」

そう言って立ち上がったのは、海軍所属の情報将校だ。

ここ数日、変わり映えのない内容が続いていたが、本日は様相が異なっていた。

「敵連合艦隊ですが、アトランティス大陸へと寄港したそうです」

「間違いないのか？」

「はい。現地の諜報員からの入電ですので、間違いありません」

「幾つかある補給地の中でも、やはり最大規模の軍港がありますからな。だが、それが欺瞞《ぎまん》ではないと断言出来るのか？」

「左様じゃな。大南海には、幾つかの群島があったのう。そこにアゼリアが秘密基地を用意しておるという報告もあったはずじゃが、そちらにも諜報員を派遣しておるのかね？」

軍令部総長が問うと、海軍大臣もそれに追従する。

情報将校は淀みなく、それらの質問に答えていく。

「そちらは数が多く、全島に手を回せないのが現状であります。ですが、アトランティスに入港した敵方残存艦数も出撃前の情報と一致しておりますし、別働艦隊がある可能性は消えたと言えましょう。我が帝国海軍の軍艦も拿捕されているとの事。ここで悠々と整備を行い、我等の戦意を挫くつもりなのでしょう」

帝国海軍の大敗北は、既に大本営の知るところである。だから今更驚く者などいないが、自軍の艦艇が拿捕されたと聞いては黙っていられない様子だ。

「敵の動向が掴めたのは重畳。それで、その、我が軍で逃――転進に成功した艦はあるのか？」

「ある訳なかろう。あったらとっくに連絡が入っておるわい」

意外と図太かった参謀総長が指摘する。

自分で言ったように冷静になったらしく、その指摘は的確だ。

「参謀総長殿の仰る通り、我が方の艦隊で無事な艦は、全て鹵獲《ろかく》されたとみて間違い御座いません」

「チッ！　それではみすみす、敵の戦力を増大させたようなものではないか！」

「仕方あるまい。未知なる敵、妖魔とやらが相手だったのだ。その場にいたのが私であっても、同じ結果となったであろうよ」

陸軍大臣の発言に、軍令部総長が反論する。

「失礼。海軍を侮辱するつもりではなかったのだ。ただ、悔しくて……」

「謝罪を受け入れるとも。悔しいのは皆同じだからな」

会議はピリピリとしていた。

現状は、皇国始まって以来の窮地であると言える。

最強と自負していた皇軍の、帝国艦隊が敗北してしまった。その上、最新鋭艦を含む数多の艦艇が、敵の手に落ちてしまったのだ。

誰もが不安を感じ、未曽有の危機に頭を悩ませていた。文句を言っても仕方ないのだが、愚痴の一つも飛び出るというものである。

軍令部総長が大人の態度を見せなければ、この場はもっと荒れたものになっていただろう。

少しだけ弛緩した空気の中、その機を逃さず桜明《おうはる》が口を開く。

「それで、我が皇国の軍人達は捕虜となっておるのか?」

その質問に、海軍側の参加者が緊張する。大切な仲間の安否だ、気にならない訳がない。勿論、陸軍側にとっても大事な同僚であり、また、今後の方針にも影響を及ぼす一大案件でもあった。

これが普通の戦争なら、戦時協定によって捕虜の安全は約束されている。だがしかし、今回は未知なる侵略者が介入しているだけに、その大前提が崩されている可能性があったのだ。

今まで通りならよし。

もしもそうでなかったならば……。

情報将校に視線が集中する。

「それが……」

「どうした、さっさと答えんかッ!」

言い淀んだ情報将校だが、上官に促されて続きを口にした。

「目撃情報によりますと、帝国海軍の将兵達が自らの手で、拿捕された艦艇を操舵していたとの事であります。敵方軍人の姿もあったそうですが、極少数。銃などで脅されている気配もなく、まるで、自らの意思で寝返ったように見受けられたと――」

言い淀むのも当然だと、それを聞いた者達は思った。

桜明《おうはる》も同じだ。誇りある帝国軍人が、そう簡単に職務を放棄するなど有り得ない。まして、敵に寝返るなど考えられぬ話であった。

「それでは、命を賭けた近藤さん達が浮かばれないじゃないですか……」

という皆本の呟きが、静まり返った議場に響く。

妖魔に乗っとられている可能性を信じる方がマシ――というのが、この場にいる者達の本音であった。

そしてその想いを、ヴェルグリンドが明るく肯定する。

「うふふ、お馬鹿さんね。安心なさいな。アナタ達の御仲間は、誰も裏切ってなんかいないわよ」

ヴェルグリンドだった。

海軍将校達は、仲間が裏切ったなどと思えなかったし、それを示唆する状況証拠を突き付けられて困惑していた。だからこそ、ヴェルグリンドの発言に希望を見出す。

「龍凰殿《りゅうおう》、それはどういう意味ですかな？」

皆を代表して、海軍大臣が問いかける。

ヴェルグリンドは笑って答えた。

「簡単な話よ。妖魔は確か、憑依能力を有しているの。出現したばかりで、こちらの世界では大した力を揮えないけど、人に憑依してその肉体を奪う事で、少しずつ十全な力を発揮出来るようになるわね。ヤツ等の力の源たる魔素も少ないし、完全同化には時間がかかるんじゃないかしら？」

それはまさしく希望であった。

「なるほど、やはり操られておったのか！」

「同化に時間がかかるという事は、今ならば助けられるという事じゃな？」

「我等が仲間を愚弄するとは、許せん!! 妖魔共め、必ずや討ち滅ぼしてくれるわ!!」

「直ぐに救出作戦を——」

「まてまて、事はそう簡単じゃないわい」

議場が騒然となる。

どうしてそんなに詳しいのかと疑問に思う者もいたが、皇帝の切り札であるなら不思議ではないと思い直し、素直にその言葉を受け入れていた。

そして、全員の意見が仲間の救出で一致したのだが、それが難問であるのを思い出し冷静さを取り戻していく。

そもそも皇国は、故国存亡を賭けた一戦で敗北したばかり。救出作戦など、簡単に思い浮かぶものではなかったのである。

先ず第一に、皇国に残る軍艦の数が足りていなかったのだ。

空母、六隻。

戦艦、四隻。

重巡洋艦、四隻。

軽巡洋艦、二隻。

駆逐艦、十八隻。

これだけの艦艇を失った今、皇国全土からかき集めたとしても、この半数に満たない艦艇しか集められなかった。

それらを全て運用したところで、艦隊を一つ構成するだけで精一杯だ。これを救出に向かわせてしまえば、本土防衛が覚束なくなってしまうのだった。

「だが、世界各国の首脳部とて、現状を把握しておるのだ。ここは密かに和睦し、妖魔という敵に集中すべきではないか？」

「そんな事は皆がわかっておる。手綱から放れた軍の存在が、それを不可能としておるのだ」

「他国も不甲斐ないが、我等とて同じ。中華に派遣した陸軍部隊の動向を把握しきれておりません」

「まして今、決戦戦力を奪われたばかり……」

首脳部が和解したとしても、何の解決にもならなかった。

軍が暴走したままでは、戦争終結を発表しようもない。故に、事態解決には妖魔を何とかするのが先決となるのである。

それ以前の話として、誰もが気付きつつも口に出来ない不安があった。

それは何か――

「この中にも、妖魔に憑依されている者はおらぬだろうな？」

ついにそれを口にしたのは、陸軍大臣である。

海軍側の参加者を睨み付けている事からも、彼が何を考えているのか明白であった。

「なっ!!　我等を疑うのかね？」

「いえいえ、そうは申しておらんだろう。ただ、今の報告を聞く限りは、そう疑われても仕方ないのではないか？」

「ふざけるな！　それを言い出すなら陸軍もだ、中華で暴走しておるではないか！」

「ぬっ、それは――」

議場が険悪な空気に包まれかけたが、それを遮ったのは桜明《おうはる》だ。

「我が勇敢なる兵士諸君が無事であったのは、朗報である。彼等を救い出すのは当然と思うが、果たしてここでいがみ合っていて、それを達成出来るのか？　英邁なる君達なら、正しい答えを理解していると思うのだが」

「「ハッ、陛下！　失礼致しました!!」」

その言葉で、一同は冷静になった。

流石の威厳だが、桜明《おうはる》としては綱渡りをしている気分である。

動揺しているだけでは事態は解決しないので、この場では強く窘《たしな》めるしかない。将校達の不安も理解出来るだけに、桜明《おうはる》も何も出来ない自分自身にもどかしい思いを抱いていた。

「龍凰《りゅうおう》殿、陸軍大臣の心配ももっともだが、貴殿なら人と妖魔を見分けられるのか？」

そう問うたのはゲンセイだ。

敵味方の識別、それが出来なければ話にならない。

全ての対策は、それを前提として成り立つのだ。

再び静まり返った議場にて、皆がヴェルグリンドの返事を待った。

「この場にいるはずないじゃない。いたら真っ先に教えていたわよ」

それを聞いて、誰もが安堵した。

「そうか、そうだな」

ゲンセイも同じだ。

天妖級の妖魔が人に化けたなら、見分けられない可能性があった。ここにいるヴェルグリンドでも無理なら、もう諦めるしかないところだったのである。

希望はまだ残されていると、ゲンセイはそう感じていた。

ところが、ヴェルグリンドは違う。

「呆れたわね。アナタ達、同族かそうでないのか、それすら見分けがつかないのかしら？　妖魔、私は妖魔族《ファントム》と呼んでいるんだけど、ヤツ等が人に憑依するのは、それが必要だからなの。この世界で生きる為にね。そして完全同化したならば、最早人とは言えない姿になるのよ」

同化が完全ではないならば、この帝都を守る『結界』で十分に見抜けるだろう。人に化ける事は出来ても、その存在の根源が異質だからだ。

そうした不安定な存在だからこそ、安定するまでは出歩かないはずだ――と、ヴェルグリンドは説明した。

「それにね、最下級である〝兵卒〟共は、知恵はあるけど自我が弱いの。上官からの命令に従うだけの雑魚だから、軽い尋問で直ぐに見抜けるでしょうよ」

憑依した人物の記憶を読み取れるが、それは表層部分だけである。深い部分について質問すれば、答えられずにボロを出すだろう。

ヴェルグリンドがそう説明すると、議場の気配が安堵したものになった。

更に説明は続く。

会議が深刻だったのは、この時までだった。

ここから先は、ヴェルグリンドの独壇場である。

「アナタ達は何も知らないようだから教えてあげるけど、妖魔族《ファントム》には明確な序列――階級があるのよ。今言った〝兵卒〟なんて雑魚も雑魚。しかも、完全同化するまでは一段落ちた強さしかないから、上級妖怪程度でしかないわね」

上級妖怪と簡単に言うが、本来なら対策本部が必要となる危険度である。だがしかし、ヴェルグリンドにとっては知ったこっちゃないのだ。

「り、龍凰《りゅうおう》殿、それでは完全同化してしまったら、〝兵卒〟とやらが天妖級になるという事かね?」

陸軍大臣からの質問だが、ヴェルグリンドはこれにアッサリと答える。

「お利口さんね、その通りよ」

「なっ⁉」

陸軍大臣が絶句したのは、馬鹿にされたと感じたからではない。最下級の兵士達が天妖級に相当するという絶望的事態に、言葉を失ったのだ。

ヴェルグリンドとの温度差が酷すぎて、哀れなほどであった。

この場には、陸軍大臣を笑える者などいない。皆が同じ感想を抱いていたのだった。

「何を驚いているのかしら? その程度なら、そこのゲンセイでも倒せるじゃないの。〝兵卒〟を指揮する〝指揮官〟級なら、苦戦するかも知れないけど倒せなくはないわよ」

下級上位たる〝指揮官〟級は、異界での強さがAランクに相当する——のだが、憑依が完全なものとなるまでは、Bランクより多少強い程度の力しか発揮出来ないのだ。

完全同化して鬼龍級になってしまえば、苦戦は必至であろう。だがそれでも、ゲンセイならば十分に倒せるだろうと、ヴェルグリンドは判断したのだった。

「高評価で痛み入るが、二体相手では近藤でも負けたのだ。期待されても困るぞ」

「弱気なのはダメね。近藤は最後まで、自分の信念を貫いたわよ」

そう言われて、ゲンセイも気付く。

自分が弱気になっていた事を。

すると、今までどれだけ視野が狭くなっていたのかに気付けた。腰に下げた刀からも、確かな熱を感じ取れたのだ。

それが呼び水となり、ゲンセイは自信を取り戻す。

「そうだな、貴殿の言う通りだ。弱気になっては、勝てる戦にも負けてしまうものだったな」

「そうね。まあ、貴方が弱気になったところで、私がいるのだから負けようがないけど」

ゲンセイの覚悟など台無しにするヴェルグリンドだった。

＊

そんな感じで、大本営会議の流れが変わった。

ヴェルグリンドの説明は続く。

「上位になればなるほど強いのだけど、エネルギーが大き過ぎてこの世界に出現するのが困難なのよ。多分だけど、今こっちに来ているのは、上級下位の〝将官〟級くらいまでだと思うわ。だからね——」

「待て、待ってくれ！」

「何かしら？」

説明を中断されて、ヴェルグリンドは不機嫌になった。桜明《おうはる》の前でなかったら、話を遮った者を許しはしなかっただろう。

「その、妖魔族《ファントム》とやらの階級だが、軍部のものと同じと考えていいのかね？」

「私の言語能力を疑っているのかしら？」

「いや、そういう意図ではなく、〝指揮官〟と〝将官〟の間に、〝尉官〟や〝佐官〟級はあるのかという疑問が生じてだね……」

それを聞いたのは海軍大臣だったが、これについても全員が気になっていた。ヴェルグリンドにとってはどうでもいい有象無象でも、こっちの世界の住人にとっては絶望的な相手だからである。

「ゲンセイ殿が苦戦するとなると、〝指揮官〟級とは〝鬼龍〟に相当するのであろう？」

「そうですね、近藤が敗れた相手と思われますし、ほぼ間違いないかと」

「であれば、〝将官〟とはどれほどの強さなのだ!?」

鬼龍の上位、下手をすれば神仏級となる。

人の身では勝てぬから、神仏と区分しているのだ。そんな相手が攻めて来るのなら、どんな抵抗も無意味というものだった。


そう悟った者達が、次々に顔を青褪めさせていく。

「では、もしかしたら近藤は、その〝将官〟とやらに負けた可能性も――」

「そうかも知れないけど、興味ないわね。どっちでもいいし」

誰に負けたかなどどうでもいいと、ヴェルグリンドは意に介さない。

大事なのは、負けたという事実だけなのだ。

「そうそう、思い出したから教えておくけど、妖魔族《ファントム》がこちらの世界に出現する方法は二つだけなの。〝冥界門〟を通るか、上官から召喚されるか、そのどちらかね。海上には〝門〟がないでしょうから、召喚したのだと思うけど」

〝将官〟級なら一万体以上は呼べたはず――と、ヴェルグリンドは軽い調子で口にした。

聞く者からすれば、それは絶望的な数字である。

誰もが絶句し、ヴェルグリンドを見詰める事しか出来ない。

「龍凰《りゅうおう》殿ならば、その、勝てるのかね？」

それだけが最後の希望だと、海軍大臣が問いかけた。

自分でも無茶な質問だなと、笑いだしたくなる海軍大臣である。

敵の〝将官〟級個体が相手でも、人類を滅ぼせるほどの強敵であろう。それが配下を率いているのだから、どう考えても打つ手はない。

龍凰《りゅうおう》と名乗る謎の女性がどれだけ強くても、個人で軍団を相手に出来る訳がないのだ。

「相手は想像を絶する力を持つ、神々の軍団なのだろう？　古今東西、人が神に勝った話など神話でしか聞かぬが……」

「世界が滅ばぬように、祈るしかないのでは？」

参謀総長や陸軍大臣も海軍大臣と同じ気持ちだったのか、そう追従した。

ヴェルグリンドは鼻で笑う。

「お馬鹿さんね。もしも私に勝てるとしたら、妖魔族《ファントム》の王たるフェルドウェイだけじゃないかしら？　もっとも、負けるつもりはないし、アイツはこっちに顕現出来ないでしょうけど」

どうして敵の王の名前を知っているのか——等々、疑問は尽きない。だが、それを指摘する者は誰もいなかった。

この女性なら何も不思議ではないと、そう思ってしまったのだ。

一つだけ、確認しておかねばならぬ事があった。

「あのう、龍凰《りゅうおう》殿、貴殿が強いのは疑っておらぬ。だからこそ問いたいのだが……」

勇気を振り絞って問いかけたのは、ずっと沈黙を守り成り行きを見守っていた教育総監だ。陸軍三長官の一人であり、会議が紛糾した際の仲裁役を担っていた人物でもある。

ヴェルグリンドは教育総監に目を向けた。

「何かしら？」

「我が国は滅亡の危機に瀕しておる訳ですが、貴殿がそのう、敵に討って出てはくれぬのですかな？」

「出ないわよ。だって、私の身は一つだもの」

勿論、嘘である。

彼女の『並列存在』ならば、皇帝の守護をしながら討って出る事も可能なのだ。

けれど、それを教える理由はない。ヴェルグリンドは〝皇帝守護者〟という身分を盾にして、陛下の護衛に専念すると宣言した。

その理由は一つ。

見極めだ。

困った時に他人に頼るだけでは、これ以上の成長など見込めない。そんな国など、どっちにしろ将来はないと考えているのである。

それならば、ここで滅んでも一緒だと考えていた。

ヴェルグリンドは愛情深いので、まだこの国を、人類を見捨ててはいない。これがヴェルザードだったならば、そんな惰弱な精神を持つ者達など生かしてはおかなかったに違いない。

ルドラが死ぬまでは全ての面倒を見るつもりだが、それ以降の事などヴェルグリンドには関係ない——と、旅に出る以前ならば考えた事だろう。それが今や、大きな視点で物事を見られるようになっていた。これもまた、リムルと出会いその考え方に触れたからこその変化であった。

今のヴェルグリンドにとって大事なのは、ルドラと、その愛する民達。そして、延々と続く血脈を守る事なのだ。

だからこそ、毎度毎度の事ではあるが、自分が去った時に遺された者達が何も出来なくならないように、ヴェルグリンドなりに配慮しているのである。

言葉は厳しいが、ヴェルグリンドは自ら動かないと宣言した。

「でも、安心なさいな。陛下の御身は、私が必ず守るから。だからアナタ方は、精一杯自分の出来る事を頑張りなさいな」

要するに、根性を見せろという事なのだった。

＊

敵の強さを把握したところで、議会の方向性は今後の対策へと移る。

ヴェルグリンドの協力によって、皇帝の安全は約束された。

　大本営に列席する将校達も馬鹿ではないので、ヴェルグリンドの言わんとする事を理解する。だからこそ、それ以上を望まずに先ずは自分達で何とかしようと考えた。

「それでは、敵艦隊の動向は厳に注視するように」

「承知しました。二重三重に手を回し、その動きを見落とさぬよう命じておきます」

「妖魔が人に憑依して完全に同化するまで、どのくらいの猶予があるのだ？」

「そうねえ、魔素が多ければ一週間もかからないでしょうけど、こっちでは最低でも二ヶ月はかかるんじゃないかしら」

　ヴェルグリンドもルドラの手前、聞かれた事には隠し立てせず、素直に答えていく。それによって、迷走する事なく方針が定まっていった。

「敵艦隊が補給と整備を終えて出港するまで、少なくとも一ヶ月は必要とするでしょう。時期も一致しますし、敵が動くのは一月後だと考えていいのでは？」

「それはどうかな？　拿捕したての我が艦隊を再編制するのに時間はかかろうが、今運用中のアゼリア及び中華の両艦隊ならば、燃料補給だけで出撃可能なのではないか？」

「だとすれば、アトランティスから皇国まで、二週弱といったところでしょう。天候にも左右されるでしょうが――」

「されないわよ。天候操作なんて基本だから、最大船速で航海すると考えなさいな」

「は……はいッ！」

　この頃になると、将校達もヴェルグリンドの性格を把握し始めていた。

　尊大な態度ではあるが、意外と面倒見のいい面があるぞ、と。

　質問に対しては真面目に答えてくれる上、アドバイスもくれたりする。どこまでが許容範囲なのか見極めさえすれば、怒らせる事もない。

　実に有益な味方なのである。

　それを利用しない手はないと、有能な者達がここぞとばかりに質問を浴びせかけていく。その結果として、大まかな作戦指針が定まったのだ。

「オホン。本土で迎え撃つというのも一つの手ではありますが、そうすると、捕虜となっている我が勇敢なる同胞達を助け出す事が敵わぬ。ここは討って出て、敵首魁を滅ぼすべきでしょうな」

「左様。ワシも同意じゃが、誰が行くべきかという問題がある」

「龍凰《りゅうおう》殿が陛下を守って下さるのなら、後顧の憂いはない。私も行くぞ」

「おお、荒木殿が加わってくれるなら、鬼に金棒というものですな」

「剣士隊も、全員参加でお願いします！」

「皆本君、頼むぞ！」

と、そんな感じで話が纏まったかに思えた。

そこで口を挟むのは、やっぱりヴェルグリンドである。

「……アナタ達、本気？　それとも、自殺願望でもあるのかしら？」

「と、言いますと？」

陸軍大臣が目を輝かせて、ヴェルグリンドを見た。もしかしたら参加してくれるのかもと期待したのだが、それは甘過ぎる考えであった。

「自分達だけで頑張る姿勢を見せた点は評価してあげるけど、それだけじゃダメよ。敵は強大なのだから、ちゃんと全力を尽くさなきゃね」

何を言って――と大半の者が思ったのだが、答えに気付いた者もいた。

その一人が陸軍の参謀総長である。

「我が国だけでは足りぬと、そういう事ですかな？」

意外に思うヴェルグリンド。

一番初めに自分に絡んできた男なので、もっと浅慮だというイメージがあったのだ。

(早々に見切らなくて良かったわね)

という本音を押し隠し、ヴェルグリンドは頷いて見せたのだ。

「確かに、この世界的な危機を前にして、国同士で争っておる場合ではない。ワシ等とてそれは理解しておるのだが、先程の説明にもあった通り、軍部が暴走しておる状況でして……」

自分も悔しいのだと、陸軍の参謀総長が言う。

だが、そこで皆本が述べる。

「やはりここは、他国からの協力も取り付けるべきでしょう！　どうせ生半可な戦力では、敗北して妖魔に憑依されるだけ。だからこそ自分達は精鋭部隊のみで挑むのですから、他の国々からも精鋭だけを派遣してもらうしかありません」

それを聞いて、他の者達も同意する。

「それしかないな。これはもう戦ではないのだ。妖魔との生存競争であるからして、手段を選んでおる場合でもない。大戦の結果以前に、妖魔を追い出すのが先決であった」

「そうだな。これはもう、皇国だけの問題ではない」

「左様。至急連絡を取り、歩調を合わせるべきである」

それしかないとばかりに、口々に意見を述べたのだった。

「正解。アナタ達は弱いのだから、もっと頭を使わないとダメよ」

それを聞いていたヴェルグリンドが、満足そうに笑ってそう答えた。だが、事務方からすれば無茶苦茶な話である。

「お待ち下さい！　各国首脳部も、現状が不味いのは理解しているでしょう。ですが、だからと言って手を取り合おうとはしないはず」

「うむ、それは難しいでしょうな。いきなり停戦しようと持ち掛けたとて、ハイと頷く国などありますまい」

「我が国とて、そんな提案をされても困りますしな」

それらは実に常識的な意見である。

停戦中に何かあっては一大事。それが可能となるには、少なくとも暴走している軍部を掌握する必要があるのだ。

それに、他にも問題は多い。

民意だって納得しないだろう。

この機に乗じて策謀を巡らす可能性がある国もある。

疑い始めればきりがなかった。

疑心暗鬼では前に進めないという意見もあるが、そうした不安を払拭出来ねば、手を取り合うなど不可能なのである。

この状況では共闘関係など有り得ないのだが、ヴェルグリンドは笑みを浮かべて言うのだ。

「試しもせずに諦めるのかしら？　まあ、それならそれでも構わないわよ。陛下と、陛下の御膝元であるこの帝都だけは、私が守ってあげるから」

馬鹿にしたようにそう言われては、外交担当官も反論するしかない。

「わかりました。それでは、連絡を取ってみます。最大限の誠意を見せて、少なくとも会談の場だけは用意してやろうじゃありませんか!!」

逆ギレに近い勢いだったが、それでもヴェルグリンドの挑発に乗ったのは上出来だった。

「そうじゃな。どちらにせよ、やらねば滅ぶのじゃ」

「やっても滅ぶかも知れんが、どうせなら意地を見せたいわいのう」

「それよ。負けるにしても、全力で抗ってやらんと気が済まん」

「民や家族には申し訳ないが……」

「仕方あるまい。協定の通じる相手ならいざ知らず、敵は妖魔なのだ。種を賭けた生存競争である以上、我等の敗北はそのまま国家の滅亡を意味する。今出来る事を全てやらねば、後悔してもしきれぬというものよ」

と、見事に煽られる将校一同。

思い通りになって、ヴェルグリンドは満足だ。

（それでいいのよ。出来る出来ないを論じる前に、行動に移しなさいな。もしも失敗したら、その時は私が何とかしてあげるから）

という本音を心の中で呟いて、微笑みを浮かべる。

皆が為すべき事を弁えて、行動に移った。

こうして、皇国最後の抵抗が始まったのだ。

●

アトランティス大陸。

アゼリア合衆国の東端に位置する最小の大陸だ。

気候は熱帯雨林。その大半の面積では森林が生い茂り、ジャングルを形成していた。

だが、この大陸にはもっと大きな特徴があった。鉄鉱石の鉱山と、石油を産出する油田があったのだ。その豊富な埋蔵資源を利用する事で、アゼリアの勢力圏の中でも最大の軍事拠点となっていたのである。

それが不幸の始まりだった。

その軍事拠点の付近には古代遺跡があったのだが、そこには運悪く、異界と通じる〝冥界門〟が開いていたのである。

遥か昔に、先住民族による儀式が行われた。神々と交信しようと試みたのだろうが、その結果として、時空に小さな綻びが生じてしまった。それを発見した妖魔族《ファントム》によって、今では安定した〝冥界門〟として固定されていたのだ。

先住民族に憑依していた妖魔族《ファントム》は、新たな憑依先となるアゼリア人を歓迎した。そして、築き上げられた軍事施設を奪い、侵略の足掛かりとなる橋頭堡にしたのだった。


国防色《こくぼうしょく》と呼ばれる帯赤茶褐色《カーキ》の軍服を着た男が、様々な人種が入り交じった大勢の者達を指揮していた。

黒髪を後ろに撫で付けた風貌。酷薄そうな細目が、眼鏡の奥で理知的に光っている。

その正体は、天界時代からのコルヌの副官だ。変異進化して妖魔族《ファントム》になる前は、智天使《ケルブ》として活躍していた。

名前などなかったのだが、今は天理正彦《あまりまさひこ》と名乗っている。この世界に顕現した際に受肉したのだが、その肉体の持ち主だった男の名前だった。

ちなみに、妖魔達の首領たる〝三妖帥《さんようすい》〟によっては、自分の配下に名前を付ける者もいる。コルヌは配下との絆を重視していなかったが為に、コルヌ一派の妖魔達には名前がなかったのだった。

妖魔族《ファントム》にとって人種など関係ないが、天理正彦《あまりまさひこ》は日本人だった。アゼリアの軍事施設を探りに来た諜報員であり、近藤と一、二を争うほどの強者だった人物である。

優秀だったが、運がなかった。

近藤が敗北したという情報もなく、敵の全容を把握した時には手遅れだった。

多勢に無勢、敗北してその肉体を乗っ取られてしまったのである。

天理正彦《あまりまさひこ》の肉体は〈気闘法〉で強化されており、妖魔族《ファントム》の依代《よりしろ》としては最高の素材であった。顕現から百日以上経過した今、上級上位――〝参謀〟級だったコルヌの副官は、この世界でも十全な力を発揮出来るようになっていたのである。

比類なきその力は、存在値にして一千万に届くほど。天理正彦《あまりまさひこ》自身の知識と技量《レベル》も我が物とした事で、大幅に力が上昇した結果であった。

「拡張作業を急げよ。コルヌ様が降臨なさるには、この〝門〟は小さ過ぎるぞ」

本来、異界から完全顕現可能なのは、〝冥界門〟のサイズ未満の魔素量《エネルギー》しかない者達に限られる。

そうでない者達は、本体を異界に残したまま、〝魂の回廊〟で結ばれた『分体』を送り出し、少しずつ力を取り戻すという方法を取っていた。

だが、しかし。

これに当てはまらないのが〝三妖帥《さんようすい》〟である。

〝三妖帥《さんようすい》〟は〝魂〟そのものの力も大きい為、生半可な〝冥界門〟では意味がないのだ。最低でも百万レベルのサイズの〝門〟でなければ、顕現する事さえ不可能なのだった。

ちなみに、本体が異界に残っていれば、『分体』が死んでも復活出来る。ただし、完全顕現していないせいで、最大でも半分以下という弱体化した力しか発揮出来ない。

また、復活するといっても記憶と経験しか継承されず、また別の憑依先を探す必要があった。

メリットもあるが、デメリットの方が大きいのである。

〝冥界門〟を拡張すれば受肉したままでも異界に戻れるので、妖魔族《ファントム》は完全顕現を目指しているのだった。

その〝冥界門〟だが、日々拡張された事で、ヴェルグリンドの予想よりも上回る速度で広がっていた。存在値にして十万程度、中級下位である〝尉官〟級ならば、何の問題もなく完全顕現出来るほどになっていた。

精神支配されて捕虜となった者達が、〝冥界門〟の前に並べられる。そして続々と、妖魔に憑依されていく。

この受肉という仕組みだが、妖魔族《ファントム》にとって最大のメリットが、名前を奪えるという点だった。半精神生命体である彼等は、不安定な存在なのである。肉体と名前を得る事で、確固たる自我を確立するようになったのだ。

奪った肉体から知識を得て自我が生じた結果、最下級である〝兵卒〟達までも、それなりに使える駒になっていた。

「天理様、そう慌てずとも宜しいでしょう。計画は順調。この世界の戦力も調査しましたが、脅威となるような者はほとんどおりませんでした」

天理正彦《あまりまさひこ》に進言したのは、デビット・レーガンである。その身に憑依した妖魔は上級下位の〝将官〟級であり、魔王種の中でも上位の実力に相当する。完全顕現を果たした強者の一人であり、その存在値は六十万に達するほどだ。

近藤が勝てないのも当然なのだ。

そんなデビットに苦言を呈するのが、同格の李金龍《リー・ジンロン》だ。

「オイオイ、何度も忠告しただろうが。忘れたのか、まだこっちには〝拳聖〟仙華《シェンファ》がいるんだぜ？　オレの記憶にあるあの女だが、下手をすりゃあ〝佐官〟共でも負けるかも知れんからな」

〝佐官〟とは、妖魔族《ファントム》の階級では中級上位の存在だ。異界では魔王種相当の実力があり、千人規模の連隊長として侵攻の要となる者達であった。

下級と違って馬鹿に出来ない戦力であり、それを失う事は計画に重大な影響を及ぼす。李金龍《リー・ジンロン》の忠告は実に正しいものだったのだ。

だが、デビットは笑う。

「大丈夫だ。あの御方、プルチネルラ様が始末に向かわれた。仙華《シェンファ》など相手にもならん」

李金龍《リー・ジンロン》はそれを聞いて驚くも、ニヤリと笑って納得する。

〝怪僧〟プルチネルラ――人類の希望たる最高戦力の一人だった彼は、神託を残した後、各地の調査に自ら赴いた。そこで妖魔と熾烈な戦いを繰り広げたのだが、無念にも敗北し、囚われてしまったのだ。

その理由はただ一つ。

優秀な依代として、天理正彦《あまりまさひこ》と同格たる〝参謀〟級の妖魔を宿す為である。

その悲劇は成就してしまう。今では天理正彦《あまりまさひこ》と同格の、妖魔の支配者になっていたのだった。

「マジかよ。オレが行くつもりだったのに、先を越されたぜ。殺すだけなら簡単なんだが、オレ達じゃあ壊しちまうからな。その点、プルチネルラ様ならば問題なさそうだ」

少々不遜な物言いではあるが、その意見にはデビットも賛成だった。

この世界の人間は弱い。そんな中で飛び抜けた強さを有する仙華《シェンファ》ならば、彼等の長たるコルヌの依代として十分に耐えられる。誰しもがそう考えていた為に、部下達に任せるのをためらっていたのだ。

〝将官〟級である自分達でも、人間相手には強過ぎた。本気を出せば戦いにもならず、かと言って、不慣れな肉体では手加減も難しい。その点、コルヌの副官達ならば次元が異なるレベルであるので、無理なく作戦を遂行可能だろう。

その絶対的な信頼から、仙華《シェンファ》の命運は尽きたも同然だとデビットは笑うのである。

「まあよ、コルヌ様が女の肉体を嫌がるようなら、その時は代わりの依代を用意して、オレが仙華《シェンファ》を貰い受けるぜ。オレの肉体の持ち主だった男は、あの女にえらくご執心だったみたいでな、オレまで気になっちまうのさ」

「軟弱な事を。コルヌ様は性別など気になさらぬだろうから、そんな心配は不要であろうさ」

もう問題は解決したとばかりに、李金龍《リー・ジンロン》とデビットが下らぬ会話を始めた。

それを聞き流しながら、天理正彦《あまりまさひこ》はどうにも不安を消せないでいた。

現時点での成果に不満があるわけではない。満足している訳ではないが、この世界の侵略に王手をかけたと言っていい状況である。

コルヌ魔下の戦力の内、二大参謀と四将軍の顕現が達成されていた。

〝冥界門〟の拡張も順調で、コルヌの為の依代の目途も立っている。

プルチネルラと残る二人の将軍による工作も実を結び、世界は破滅へと向かっているのだ。

残る重要任務は、コルヌを顕現させるだけである。

(そうであるはずだ。ここから逆転の目などない。私は何も見落としていないはず……)

冷静に状況を分析した結果、やはり問題など何もないという結論に達する。

だが、天理正彦《あまりまさひこ》の不安は正しかったのだ。

ヴェルグリンドが出現したなどと、想定する方が無理というものだったのである。

「人類の抵抗など取るに足らないが、それでも油断するべきではない。まだ最後の仕上げが残っているのだ。各員、総力を挙げて事に当たれよ」

不安を振り切るように、天理正彦《あまりまさひこ》はそう命令を下したのだった。

●

大本営会議が終わった後、ヴェルグリンドが真っ先に向かったのが大図書室である。

図書館と言っても過言ではないほど広大なフロアに、膨大な量の蔵書が納められていた。

何故ここに来たのかと言うと、会議中の発言に気になるものがあったからだ。

それは国家の名称であったり、人名であったりした。

例えば、神聖アーシア帝国だ。

これは彼女が導いたアーシア王国と、何らかの関係がありそうだ。

または、アゼリア合衆国の大統領の名前である。

ジョージ・ヘイズというらしいが、この時空に跳ぶ前に触れあった人物と同じだったりした。

ヴェルグリンドの記憶通りなら、その父親がルドラの〝魂〟の欠片の所有者だった。名前をローラン・ヘイズと言って、青年時代から大往生するまで連れ添った間柄だったのだ。

他にも気になる点は多いのだが、そうした事柄はちゃんと調べておく必要があった。

同一世界線上ならば間違いなく、同一国家、同一人物だと断定出来るのだが、別次元世界《アナザーワールド》には似通った世界があるからだ。

世界の成り立ちや法則に明確な差異があるから、並列世界《パラレルワールド》ではないと断定されるのだが、名前なんかは何故か似通ったりしていた。

今回も偶然である可能性は否定出来ないので、ヴェルグリンドは歴史を調べようと思い立ったのだった。

最初に調べたのは神聖アーシア帝国の成り立ちだが、アーシア王国という記述が確認された。その王の名や重臣達の名前にも見覚えがあった事から、この世界がアーシア王国の流れを受け継いでいると断定する。

続いて、ジョージ・ヘイズについて調べてみると――

「ああ、やっぱりそうなのね。父親の名前はローラン・ヘイズ。七代前の大統領となっているから、間違いないわね。そう……ジョージ君も、大統領になれたのね」

父親を尊敬していたジョージを思い出し、ヴェルグリンドは笑みを浮かべる。

父親のように立派な大統領になる――というのが、ジョージの願いだったのだ。

ローランは六十二歳で大往生だったが、当時のジョージは二十七歳だった。今のジョージは五十二歳らしいので、今回の跳躍では同一世界の二十五年後に出現した事になる。

二十五年前なら桜明《おうはる》も健在だったはずなので、ルドラの〝魂〟の欠片を持つ者が同時代に存在した事になる。

これはとても珍しいパターンだが、死を前にした時に〝魂〟が強く反応を示すので、絶対にないとは言い切れなかった。

だからこそ別人の可能性を疑いつつも、こうして大図書室まで出向いたという訳だ。

ちなみに、ローランはギャングに囲まれて殺されそうになっていた。その場にヴェルグリンドが呼ばれて救出したのが、ローランとの馴れ初めなのだった。

それを思い出し、懐かしく思うヴェルグリンドである。

気持ちを切り替えて、調べものを再開する。

「ジョージ君には、幼い男の子がいたわよね――」

ヴェルグリンドが祝福を与えたのだから間違いない。人名録の記載を調べると、ちゃんと息子の名前が載っていた。

エミール・ヘイズ――それが記憶にある名前と一致した事から、もはや疑いようもないと確信する。

満足して頷くヴェルグリンド。

その時、人名録に気になる記載を発見した。

「え⁉　ローランの結婚が遅くなったのは私のせいですって？」

と、不満気に呟く。

ふざけるなという話であった。

ローラン・ヘイズには、常に付きまとう謎の美女の影があった――などと、人名録にまで記載されていたのだ。

事実だったのだが、ヴェルグリンドには自覚がないし悪意もなかった。だから、本人からすれば不満なのである。

恋愛するのは自由よと常に公言していたし、ローランを束縛したつもりもない。というのがヴェルグリンドの主張だが、絶世の美女を連れている男に言い寄れる女性が少ないのは間違いあるまい。

どう考えても、ローランの結婚がかなり遅くなったのは、ヴェルグリンドが原因なのだった。

「これ、誰が書いたのか知らないけど、文句を言ってやりたいわね……」

著者はとっくに亡くなっていたのだが、それはある意味で幸運だったのかも知れなかった。

調べものを終えた後も、ヴェルグリンドは自由時間を満喫していた。

彼女を止められる者などいない。

いるとすれば桜明《おうはる》だけなのだが、彼は彼でヴェルグリンドの好きにさせていた。それが一番穏健な結果に繋がると、本能で理解していたからだ。

勿論、ヴェルグリンドに絡む者もいる。

彼女の本質を知った軍人達ではなく、その奥方達だ。桜明《おうはる》の妻である皇后もその一人だった。

「穢《けが》らわしいこと。どこの馬の骨ともわからぬ女が、いつの間にか陛下に近づくなんて」

と、出会い頭から喧嘩腰だ。

公爵家出身の皇后は、御年五十歳である。

医学と魔術の発展により、平均年齢が六十歳ほどになったこの時代、皇后はまだまだ元気一杯であった。

とはいえ、ヴェルグリンドからしてみたら可愛いものだ。ルドラと長く過ごした際にも、そうした事は多々あったのである。

「あら、そんなに怒ると可愛い顔が台無しよ。桜明《おうはる》だって、妻には常に美しくあって欲しいと願っていると思うわ」

などと言って取り合わない。

その上、皇后の顔をそっと撫で上げる始末だ。

皇后が逃げようとする間もないほどの早業であったが、驚くべきはここからだった。何と、みるみるうちに皇后の肌が瑞々しさを取り戻していったのである。

「ほら、綺麗になったわね。でも、大事なのはその状態を維持する事よ。私が精気を調整する呼吸法を教えてあげるから、ちゃんと実践しなさいな」

「——え？」

皇后は絶句した。

言葉にならないとは、まさにこの事であろう。

付き従っていた高官の奥方達も、同様に目を点にしている。

何しろ彼女達の目の前で、女帝たる皇后陛下が美しさを取り戻したのだ。驚くのは当然だった。

「ま、まさか……若返りの秘術？」

と、誰ともなく呟いたが、ヴェルグリンドは笑って否定する。

「若返りとは違うわね。これは細胞を活性化させて、見た目を麗しくしただけ。種族が変わったわけでもないし、寿命は有限のままよ」

寿命には限りがある。生命が発する精気を操る事で細胞を活性化しただけだから、寿命は延びない――とヴェルグリンドは説明した訳だが、これには誤解があった。

ヴェルグリンドからすれば誤差程度だが、寿命は延びるのだ。

肉体が健康になり、大抵の病を癒せてしまう。食事によるエネルギー摂取も効率的になるので、完璧なまでの老化への抵抗《アンチエイジング》が為されるようになるのである。

その結果として、皇后の寿命は倍以上になっていた。

ヴェルグリンドから呼吸法を教わり実践すれば、より長く寿命を全う出来るようになるだろう。

「龍凰《りゅうおう》様、私は貴女様を誤解していたようです」

現金なもので、皇后は一瞬にしてヴェルグリンドを慕うようになった。

それは勿論、お付きの者達も同じである。

「私もです！」

「わたくしもですわ!!」

「だから是非、ワタクシ達にもその呼吸法とやら、教えて頂きたく存じます!!」

と口々に叫びながら、自分達も若さを取り戻そうと必死になるのだった。

＊

ヴェルグリンドがこの世界に来てから、数日ほど経過した。

女性達に呼吸法を指導したり御茶の時間を楽しんだりと、ヴェルグリンドは気ままに優雅に過ごしている。

それとは反対に、軍部は忙しなく働いていた。

各国首脳部との話し合いが難航しており、会談の目途も立っていなかったのだ。

進展がないので、大本営会議の開催も見送られている。無駄な会議に時間を費やすより、建設的な事に労力を注ぎ込むべきだと判断されたのだ。

桜明《おうはる》がそれを許可した。

だからヴェルグリンドも、文句はない。

しかし、不満は募る。

貴重な時間が失われているからだ。

こうしている間にも妖魔の準備は整っていると考えられるので、早くしなければ国際会談を開催するどころではなくなってしまう。そうなると、人類が纏まる前に自分が出なければならないだろう。

（まあいいけど。そうなった場合、妖魔族《ファントム》を何とかしても戦争が終わらないのよね……）

そうなったら面倒だと、ヴェルグリンドは憂鬱な思いだった。

そこで、少しだけ手助けする事にした。

何のかんのと言って、面倒見のいいヴェルグリンドなのである。

「交渉は上手くいきそうかしら？」

そう問いかけながら、外務省情報部に突入する。

昼過ぎの穏やかな時間だが、情報部は修羅場のような現場だった。そこに乱入されたせいで、官僚達も大慌てである。

けれど、ヴェルグリンドはどこ吹く風だ。

「龍凰殿《りゅうおう》、困りますよ。ここは関係者以外立ち入り禁止で――」

「黙りなさいな。もう三日目になるけど、会談に応じる国はあったのかしら？」

「そ、それは……」

担当者が重い口を開く。

中華群雄共和国《ちゅうかぐんゆうきょうわこく》からの返答は、他の国が参加するならという条件付きでの応諾。大ロシアム王朝も同様で、それはつまり消極的拒否と同義であった。

何故ならば、アゼリア合衆国と神聖アーシア帝国からは、それどころではないという返答があったからである。

この状況下では、首脳陣が国外に出向くなど論外。通信会議を行うにせよ、そんな余裕はないというのが各国の本音なのだった。

「というのが現状でして、根気強く説得しているところであります」

と、担当者が困ったように告げる。

それを聞いて、ヴェルグリンドが呆れたように言う。

「悠長なものね。仕方ないから、私が少しだけ手伝ってあげるわよ」

マサユキなどから見れば、ツンデレそのものの発言であった。

それなのに、頭が固くプライドが高い官僚達は納得しない。

「ですが――」

「黙って聞いていれば偉そうに！　貴女が強くて美しいのは認めるが、情報戦略は我等の領分。口を挟まんで欲しいものだね」

腹が立っても、ヴェルグリンドの美しさは認めるしかない。そんな高官の、素人に口出しされたくないという気持ちは理解出来るが、この反応は悪手であった。

「貴方達に任せていたら、敵が動き出すまでに間に合わないじゃない！」

とまあ、ヴェルグリンドを不機嫌にさせてしまったのだ。

いいから席を替わりなさいな――と、ヴェルグリンドは担当者をどかして通信設備の前を陣取った。

使い方も、ザッと見ただけで理解しているのである。迷いなく操作して、一発でアゼリア合衆国情報部への接続に成功する。

『聞こえているわね？』

相手の確認もせず、上から呼びかけるヴェルグリンド。相手も答える義理はないだろうに、不快そうに応答がある。

『しつこいぞ。貴国の要望は上に伝えたが、大統領は忙しいのだ。交渉の時間はないと理解してくれ』

敵国ではあるが、妖魔に利用されたという点では同じだ。だからこそ無下にはせず、ちゃんと対応してくれたのだろう。

だが、それでも会談まで至れないのは、嘘偽りなく合衆国内部でも混乱していたからなのだった。皇国側もそれを理解していたからこそ、無理を通せなかったのだ。

しかし、ヴェルグリンドには関係のない話だった。

『いいからジョージ君、貴方達の大統領を呼びなさい』

『わからんヤツだな。しかも、大統領の名を軽々しく口にするとは失礼ですぞ。こちらは忙しいと――』

『ヴェルグリンドが呼んでいると伝えれば、話を聞いてくれると思うわよ』

『何だと？』

相手側から戸惑う気配が感じられたが、ヴェルグリンドは通信を切った。

敵国とされるアゼリア合衆国の大統領が知り合いなのだから、それを利用しない手はないのである。

後は向こうの出方次第。

ジョージ大統領に伝言を伝えてくれるなら、話は早い。そうでなければ、それこそ自ら出向くつもりであった。

二十五年前――感覚的には数日前にいた場所なので、ジョージのいる国の座標情報は把握済み。時空間経過も座標に反映させてあるので、問題なく『空間転移』が可能なのだった。

（一日待っても連絡がなければ、こちらから出向くとしましょうか）

そう考えたヴェルグリンドは、今度は神聖アーシア帝国へと打診する事にした。

こちらの交渉についても、どうするか考えてあった。

呪術的な通信回路を精密に操作し、一瞬にしてチャンネルを繋いだ。そして通話先を呼び出し、一方的に要求を突き付ける。

『帝王に伝えなさい。大日本征覇帝国《だいにっぽんせいはていこく》の要請に応じよ、と。そうすれば、神器《じんき》をもう一つ用意してあげるわ。剣でも槍でも弓でも、お好きなものをね。この私、ヴェルグリンドが約束してあげるから、早急に動きなさいな』

言われた方は戸惑うばかりだ。

ヴェルグリンドと名乗る女性から命令される覚えもないし、従う義務もないのだが、この通話は正式な国際回線を利用したものである。無視するという選択肢はなかった。

かと言って通信士官レベルでは、帝王に会おうと思っても会えるものではない。無茶を言うなよというのが本音であった。

だが、それでも彼は上官へと報告した。

理由は、神器という言葉である。

神聖アーシア帝国には、他国にまで名を轟かせている戦闘集団が存在した。

国家戦力である彼等は、帝臣《ていしん》〝七神器《しちじんき》〟と称される。

人智を超えた戦闘能力を有する七名の者達なのだが、有名なのは彼等が所有する武器の方なのだ。

武器である神器に所有者であると選ばれて初めて、〝七神器《しちじんき》〟を名乗れるのである。

国家創世の頃より伝わる逸話なので、アーシアの民で知らぬ者はいないだろう。他国人が知っていても当然ではあるが、それを用意するなどと軽々しく口にするのは大罪だった。

国家間の通話で口にするなど以《もっ》ての外。

通信内容が証拠として記録されている以上、これを理由として戦争が激化しても不思議ではないのである。

だからこそ彼は、伝えるしかなかったのだ。

それを見越した上での、ヴェルグリンドの交渉術であった。

ただし、聞いていた者からしたらたまったものではない。

「き、貴様ッ！　アゼリア合衆国についてはいい。いや、良くはないが、貴様一人の責任と言い張れなくもない。だが、し、神聖アーシア帝国については言い逃れ出来んぞッ!!」

「そ、そうですよ！　しかも、偽名まで使うなんて姑息です。絶対にバレますし、大問題になりますよ!!」

ヴェルグリンドには偽名を使っているつもりなどないのだが、事情を知らぬ者からすれば騙そうとしているように感じられたのだ。誤解なのだが、ヴェルグリンドは説明するのも面倒なので、聞き流す事にした。

どちらにせよ、先方の対応次第だ。ここで騒いでも意味はないのだった。

＊

そんな感じで、仕込みを終わらせたヴェルグリンド。

苦情など無視だ。

優雅に紅茶を用意させて、それを楽しみながら連絡を待つ。

外務省情報部の責任者は、怒り心頭という様子で黙り込んでしまった。相手国の対応次第では、何としてもヴェルグリンドを罪に問う心づもりなのだ。

（小娘め、貴様が強いのは認めよう。しかしな、私は騙されんぞ。陛下の御前だから黙っておったが、皆の心が弱った隙をついて、過大な嘘で騙す心算《しんさん》なのだろうて）

大本営会議の最中はけむに巻かれたが、冷静になって考えてみれば、ヴェルグリンドの話は荒唐無稽過ぎるのだ。

その話が本当ならば、人類に希望など残されていない。ヴェルグリンドがどれだけ強いのか知らないが、神話の軍勢に勝てる訳がないのである。

そう考えるだけに、その高官はヴェルグリンドへの敵意を募らせていた。

それは恐怖心の裏返しであるのだが、本人はそうとは気付いていなかった。ただただ、怒りで不安を紛らわせているだけである。

そして、待つ事しばし。

『ヴェルグリンド？　僕だよ、ヴェルグリンド！』

その通信はアゼリア合衆国からだった。

これは常から比べると、驚くべき速さである。

しかも、通話の相手は紛れもなく――

『あら、ジョージ君ね。聞いたわよ、大統領になったのですって？　ローランにも、立派になった貴方を見せてあげたかったわね』

ジョージ大統領本人だった。

『ああ、本当にヴェルグリンドなんだね。嬉しいよ。もう二度と会えないと思っていたから』

その会話を聞いていた者達は、言葉にならないほど驚いている。

（はあっ⁉　ヴェルグリンドというのは偽名ではなかったのか？　いや、そんな事などどうでもいい。龍凰《りゅうおう》殿が大統領閣下と知り合いとか、本気で意味がわからんぞ……）

と、高官も混乱していた。

生意気で嘘吐きな女だと見下そうとしていたのに、一瞬にして敬意まで芽生える始末である。

当のヴェルグリンドはというと、周囲の反応など気にもしていない。

『それでね、ジョージ君。悪いんだけど、積もる話は後にして大事な用件を先に済ませたいの。状況は伝わっているかしら？』

『そうだね、その通りだ。僕の方も貴女に相談したい事があるんだ。その用件とやらの後でいいから、話を聞いてくれるかい？』

『勿論よ。君はローラン自慢の息子なのだから、私にとっても子供みたいなものだもの』

『ありがとう。それを聞いて安心したよ。それで状況だけど、すり合わせが必要だろうね』

『同感よ。それでは、こちらからの要請に応じてくれるという事でいいかしら？』

『問題ない。会談の日時は？』

『ルドラ――皇帝陛下に確認してから返事するわ』

『そうか、父と同時代に、もう一人いたんだね。わかったよ。僕はここで待機出来ないけど、何時でも応じられるように手配しておく』

こうして通話が終わった。

ヴェルグリンドは見事に、大統領との約束を取り付けたのである。

アーシアからの連絡も、それほど待たずに入った。

『ヴェルグリンド様はおられるか？』

『私よ』

『失礼。自分は神聖アーシア帝国〝七神器《しちじんき》〟第一席、ブライトと申します。ヴェルグリンド様と会話する栄誉を賜《たまわ》るという僥倖《ぎょうこう》で感無量なのですが、一点、確認させて頂きたく――』

『……何かしら？』

『貴女は本当に、我等が女神様御本人という事で、間違い御座いませんか？』

『はあ？　その質問に意味があるのかしら？』

ヴェルグリンドの言葉が本当か嘘か、どうやって調べるつもりなのかという話であった。

『それとも、私の言葉の真偽を判断出来る者が、まだ生き残っているのかしら？』

『いや、それは……』

『そもそも、私の名前を出したのに王が対応しないとは思わなかったわ。情けないわね。シンの子孫は、こんなにも器が小さくなってしまったのね』

『シン？　まさか、シン神祖帝《しんそてい》陛下の事か⁉　貴様、アーシア帝室への侮辱は――』

『それに、気になっていたのだけど、どうして貴方達は〝七神器《しちじんき》〟と呼ばれているのかしら？　私が残した神話級《ゴッズ》は十二個だったはずよね。まさかとは思うけど、失くしたり奪われたりしたとか？　有り得ないけど、主として認められる実力者がいないとか、そんな訳はないわよね？』

ブライトの怒りが霧散する。

〝七神器《しちじんき》〟筆頭である彼は、この時点で確信したのだ。問答相手であるヴェルグリンドを名乗る女性が、紛れもなく本物の女神である、と。

（神器が十二個あったというのは、私の御師匠様からも聞いた覚えがある。口伝でしか残されていない実話だから、それを知る御方なら本物で間違いあるまい――）

かつて神器は、確かに十二個あった。

国家戦力であり切り札だからと、公開するのは七つまでと定められていたのだ。

だからと言って、神器所有者が十二名いるのかというと、そうではない。ヴェルグリンドが指摘したように、現時点では八名しかいなかったのである。

神聖アーシア帝国が誇る四千年を超える歴史の中で、三つの神器が失われた。裏切りが一名、未帰還者が二名。これにより、アーシア保有の神器は九つしか残っていないのである。

そして現在、帝王の懐刀として秘匿戦力が一名いるだけで、主なき神器が一つ、国宝として保管された状態で死蔵されていたのだ。

ヴェルグリンドに見事に言い当てられたので、ブライトは動揺してしまったのである。

というのが根拠でもあるが、それだけではない。

ブライトはヴェルグリンドの〝声〟を聞いただけで、気圧《けお》されてしまったのだ。その覇気を感じ取り〝本物だと感じた〟というのが、より大きな理由なのだった。

だからヴェルグリンドの発言内容とは関係なく、ブライトは通信設備に向かって低頭したのである。

相手からは見られていないとか、そんな理屈はどうでもいいのだ。ヴェルグリンドへの敬意が、彼にその行動を取らせたのだった。

『申し訳御座いません、女神様。直ちにアーシア帝へと奏上し、貴方様の要望をお伝えします!!』

『……あら、そう？　それなら、御託はいいからさっさと動きなさいな』

『ハハッ!!』

まだ文句を言い足りないヴェルグリンドだったが、目的を優先させてブライトを許した。

こうして、神聖アーシア帝国も要請に応じる事になるのであった。

＊

「さて、次は大ロシアム王朝ね」

そう呟いたヴェルグリンドは、またも通信設備を操作して、大ロシアムの対外情報庁へとチャンネルを合わせた。

ところが、繋がるはずの電波が、何らかの障害によって邪魔されてしまった。

「おかしいわね。そこの貴方、前回大ロシアムに連絡したのは何時なの？」

指名された担当者は、慌てて答える。

「本日の早朝であります！　日に六度、昼夜問わず定期的に連絡を取り合っておりました」

戦時下であるのだから、時差など関係なく窓口を開いていた。これは各国での取り決めに従っての行動であり、戦況に応じて速やかに交渉を行う為の措置なのだ。

本来なら停戦交渉なども行うのだが、今回は妖魔という共通の敵に対する情報共有などで利用されている。

互いに軍部の暴走を許してしまった立場であるので、民衆への説明時期を検討する上でも、現状把握に努めていたのだった。

「その際に異常はなかったのね？」

「はい、特には……」

進展もなかったが、異常もなかった。担当者は、戸惑いながらもそう答える。

今が丁度、昼の定期連絡の時刻である。相手が不在というのも考えられないし、通信設備も一つではないので機械の不調というのも有り得ない。

確かに、異常事態が発生している可能性が高いと、その担当者も思い至ったのだ。

そんな状況の中、ヴェルグリンドは平常運転である。

（魔法的干渉という事は、この世界のレベルではないわね。つまり、妖魔が何か仕掛けたとみて間違いない。それにしても、私が用事があるタイミングで仕掛けるなんて、運のないヤツ等だわ。いいえ、違うわね。流石だわ、ルドラの幸運が作用しているのでしょうね。流石だわ、ルドラ！）

的な感じで、幸せな思考で対応していた。

まあ、この世界では魔術や呪術が主流であり、世界の法則に干渉可能な魔法の行使は困難である。であるから、ヴェルグリンドの推測は実に正しいのだ。

だがしかし、ここでルドラを褒めるのは過大評価というものだった。今の桜明《おうはる》にはそんな力などないので、今回の一件は単なる偶然だったからである。

言ってしまえば、妖魔族《ファントム》が不幸だったということ。ヴェルグリンドが本格介入した時点で、侵攻計画の崩壊は約束されていたのだった。

ヴェルグリンドはテキパキと通信設備を操作しつつ、精密な魔法陣を中空に描く。直径三十センチほどのサイズの魔法陣が二つ、不思議な輝きを発して通信設備を照らした。

ヴェルグリンドの魔力が電波へと変換されて、距離を隔てた大ロシアムの地へと届けられる。そこで再び干渉波となって、妖魔族《ファントム》が仕掛けていた妨害工作を一瞬にして破壊した。

常人には——否、この世界の達人クラスの術士でさえも、理解が及ばぬ芸当であった。

『誰かいるかしら？　いたら返事を——』

『繋がった！　助けてくれ、王宮に妖魔が攻め込んで来たんだ！　外部への連絡手段も断たれて、途方にくれていたんだよ!!』

『慌てないの、お馬鹿さん。こちらの所属は大日本征《だいにっぽんせい》覇帝国《はていこく》なのよ。協力しないとは言わないけど、いきなり助けを求められても困るわね』

物凄く正論であった。

ヴェルグリンドからの返答を聞いた大ロシアム軍人達も、冷静な判断力を取り戻したらしい。相談でもしているのか、少しだけ間があった。その後、落ち着いた声の人物と交代して、会話が再開されたのだ。

『先程は失礼した。当方は大ロシアムの対外情報庁長官、セルゲイだ。恥を晒すようだが、支援をお願いしたい。当方から大ロシアム各地に通信を飛ばしているのだが、反応がない。だからすまないが、貴国から連絡してはもらえないだろうか？』

応じてくれるならば、各地の軍事基地に繋がる暗号コードを渡すつもりのセルゲイである。

王宮での抵抗は続いているが、妖魔の力は圧倒的だった。

今はとにかく隠れ潜んでいるが、このままでは避難場所まで突き止められてしまうのは明白。そうなってしまえば、連れ出した王族方を守り通せないと理解しているのだ。

だからこそセルゲイは、各地から応援部隊を派遣させて、妖魔が混乱している隙を突いて逃亡するという策に賭けたのである。

今、まさに、皇国の対応に大ロシアムの命運が託されていた。

それなのに——

『言ったでしょう、勝手な要求をされても困るのよ』

『待ってくれ、協力してくれたら——』

『落ち着きなさいな。そちらの事情など私には関係ないの。貴方達は、私の要望に頷けばいいのよ』

人の要求は聞かず、自分の要求は伝える。しかも、応諾しか認めないというのがヴェルグリンドの言い分だ。

勝手極まりないその態度が、実にヴェルグリンドらしかった。

『何を勝手な――』

『要求を伝えるわ。世界意思を確認する為の国際会談を開催するから、王族か統帥権を有する者を応じさせなさい。そうすれば、貴方達を助けてあげるわ』

どうやって――と問うべきなのに、セルゲイは何故か信じてしまった。思わず室内を見回し、そこに身を寄せていた守るべき貴人達をチラリと見る。

（この方々を御守りするのが、この私の使命なのだ。今は――）

他に手段などないと、セルゲイは理解していた。

他国の、誰とも知れぬ相手の言葉を信じるなど、普段ならば絶対に冒さない愚行である。だが今は、その言葉に縋って騙されたとしても、滅ぶまでの時間は変わらないのである。

（リスクという面で考えれば、信じるも信じないも変わらないな。ならば最後に、希望を夢見て果てるのも一興か。自分の愚かさに王家の貴人方を巻き込むのは申し訳ないが……）

そう思いつつも、覚悟を決めるセルゲイである。

「失礼、こんな時に馬鹿な事をと御思いでしょうが、先方が国際会談の開催を要求しております。陛下に参加して頂くのは可能でしょうか？」

「――応じよう」

そう答えたのは、この室内にいる最高権力者だった。

………

……

…

大ロシアム王朝マゼラン大帝、御年三十五。まだ若いが、帝位を継いで十年になる。故に野心的で、絶対的な支配者として北方の大陸に覇を唱えるべく中華への侵攻を決断してしまった。

勿論、軍部からも反対意見は出たのだが、好戦的な意見も多く、マゼランの意思が優先される形で戦争が始まってしまったのだ……。

そんなマゼランも、ここにきて大きな挫折を味わっていた。

人類の常識では測れないような敵を前に、無力感に苛まれていたのである。

今更な話ではあったが、マゼランは自分の決断を後悔している。

中華に向けて作戦行動を開始したまではいいが、それが政情不安に繋がった。

マゼランは贅沢を好んでいたが、そこまで悪政を布いていた訳ではない。本来ならば民衆だって、自分達の暮らしが安堵されているのならば、大帝が雅な暮らしをする事に否やはないのだ。

だが、戦争が状況を一変させた。

民の為に豊かな穀倉地帯を奪う。

国防の為にも、凍らぬ港を手に入れたい。

そんな、自国の利益しか考えていない方針から始まった今回の戦争は、神聖アーシア帝国が大ロシアムに侵攻した事で最悪な状況へと変わった。

動くも退くもままならぬ、一触即発の状況へと。


それが妖魔の作戦だったと気付いた時には、既に挽回不可能なまでに混沌とした状況になっていたのだった。

（今思えば愚かな事であったな。あの時、ヤツの言葉に耳を貸さなければ良かったのだ……）

当時の腹心の言葉が、マゼランの意識を戦争に向けさせたのは事実だった。そして後に、その腹心が妖魔に乗っ取られていたのが判明する。

妖魔とは不思議な存在で、自らの手で世界を亡ぼすのではなく、人類同士を争わせて世界を滅びへと導くのを愉しむ傾向にあるらしい。

だからこそ、マゼランはまだ生きている。

（あの妖魔、恐るべき強さだった。勝てぬ。あれではプルチネルラがいたとしても、我等は敗北していただろうて……）

腹心の姿で高笑いする妖魔を思い出し、マゼランは身震いする。

しかも今では、その頼みの綱だった〝怪僧〟プルチネルラまで敵の手に落ちてしまった。

そのせいで、首都でも暴動が発生しているらしい。

確かに今は戦時中で、民衆の間にも不安が広がっていた。けれど、国土までは戦火に晒されていなかったし、食糧の供給が途絶えた訳でもない。

断じて暴動が起きるような状況ではなかったのだが、状況は一気に悪化したのだ。

プルチネルラを信奉する者達――妖魔族《ファントム》が扇動したのが原因だった。

こうなってはもう、帝室警護庁だけでは王宮を守り切れるものではない。王宮の外も危険とあっては、捕まるのも時間の問題だと思われた。

だからマゼランも、望みもないまま敵国からの申し出に頷くしかなかったのだ。

………………

……

…

「御意！」

マゼランの言葉に、セルゲイが敬礼する。

そして通信設備へと向き直り、ヴェルグリンドとの会話を再開した。

『全て了承致します。ただ残念ながら――』

大ロシアムは今、緊急事態の真っ最中だ。

出向きたくても出向けない――と、セルゲイは伝えようとした。

会談に応じるなら助けてくれるというのだから、援軍を派遣してくれるのだろう。皇国が救出に向けて早急に動いてくれるならば、自分達も助かる可能性がある。いや、セルゲイ自身は命など惜しくないのだが、王朝の象徴たる大帝一族だけは、なにが何でも落ち延びさせねばならぬと考えていた。

だが、ここで驚くべき事が起きる。

ヴェルグリンドは、助けると言ったのだ。

ならばそれは、確定した未来となるに決まっているのである。

『宜しい。お馬鹿さんじゃなかったみたいで安心したわ。それじゃあ、そこに〝門〟を出現させるから、それを潜って、さっさとこっちへ来なさいな』

ヴェルグリンドの発言が終わると同時に、セルゲイ達の目前の空間が歪んだ。そしてその裂け目の向こう側は、ヴェルグリンドが座す場所に繋がっていたのである。

それこそが『時空連結』――異なる二つの空間座標を、距離を無視して繋げる超常現象であった。

「「馬鹿な――」」

その場にいたヴェルグリンドを除く全ての者達の心が、一つになった瞬間であった。

その女性――ヴェルグリンドだけは絶対に敵に回してはダメだと、誰が一番という序列もなく、皆が同様に理解したのだった。

＊

「というか、え？　どうしてここに大ロシアムの方々が？」

「いやいやいや、これは夢？　って、痛い……」

現実が認められない者達の中には、自分の頬をつねってみる者までいる。

「信じられん。文献によると、神仏級には転移の呪術を扱う者がいると記されてはいたが……」

頑張って今起きた現象を分析しようとする者もいたが、理解が追い付いていない。距離を隔てた空間を繋ぐなど、想像を絶する超能力なのだから仕方ないのだ。

「あっと言う間に、三国を……」

実務的な方向に思考を切り替えた者こそ、一番優秀だったのかも知れない。

ともかくとして――

「女神、まさしく貴女様は女神様ですな!!」

外務省情報部の官僚達は、ヴェルグリンドの手腕と実力に舌を巻いた。

ここまでくると、ヴェルグリンドに逆らう者など誰もいない。

高官もヴェルグリンドに向けて芽生えた敬意を大切に育てて、今ではクルリと手の平を返している。忠実なる犬となって、太鼓持ちも辞さない覚悟なのだ。

「残るは中華のみだけど、三国が会談に同意した今、条件は達成されたのよね？」

「ハハッ、その通りであります！」

「ならば、後は貴方達だけでも交渉出来るわよね」

「「勿論です！」」

当然だが、ここで断るような愚か者などいない。

官僚達は自身の誇りにかけて、中華との交渉を成功させると約束する。

頷くヴェルグリンド。

続いてその視線を、唖然となっている大ロシアム一行へと向けた。

「さて、これで全員かしら？　悪いけど、あの部屋にいた者以外を助け出せと言われても、それは契約外だから。でもね、短期間で妖魔を滅ぼしてしまえば、助け出せると思うわよ」

こちらの陣営の者達も、コクコクと頷くしかなかった。

確かに王宮には、他にも逃げ遅れた者がいた。だがしかし、そうした者達を助け出すのを諦めたのは、自分達の方が先なのである。

ここでヴェルグリンドに責任転嫁するなど、そんな愚かな真似が出来るはずもないのだった。

「御助力、感謝致します」

いち早く混乱から立ち直り、セルゲイが感謝の言葉を口にする。

それを聞いたマゼランも、この場は礼を言うべきだと考えた。

「余からも礼を言う。全てが終わった暁には、望むままに褒美を取らすと約束しよう」

それを聞いたヴェルグリンドは、興味なさそうに鼻で笑う。大帝が相手だろうと、ヴェルグリンドは傲岸不遜なのだ。

「要らないわよ。どうせ貴方達では、私の望みを叶えられないもの。それよりも、今後の作戦ではしっかりと協力して欲しいわね」

「それは……いや、勿論だとも」

褒美が要らぬと笑われて、マゼランはムッとした。が、ここで怒るほどの短慮ではなかった。

この場では、大ロシアム王朝の大帝という地位には、それほど大きな意味はない。利用価値があるから助けられただけなのだと、流石に理解しているのだった。

「せめて、恩人たる貴女の名前を教えてくれぬか？」

「龍凰《りゅうおう》と呼びなさいな」

「わかった。龍凰《りゅうおう》殿、今後とも宜しく頼む」

「ええ、宜しくね。それじゃあ、会談の日取りが決まったら連絡させるから、それまでゆっくりと休んでおきなさい」

ヴェルグリンドがそう告げる。

その態度は、まさに女帝。この場では、彼女こそが法であった。

素早く官僚の一人が立ち上がり、部屋を出て走り去る。予期せぬ客人達を持て成すために、客室を用意させに向かったのだ。

また、別の者がマゼラン達に向かって一礼し、案内を買って出た。客室の準備が整うまで、応接間にて接待する為である。

何の打ち合わせもしていないのに、流れるように役割分担が行われた。そうした連携は、見事の一言である。


この時ばかりはヴェルグリンドも、外務省情報部の官僚達を少しだけ見直した。

更に、その時。

機を見るに敏、一番偉そうな高官がヴェルグリンドに胡麻をする。

「龍凰《りゅうおう》殿、紅茶だけではなく、こちらの玉露なども是非！」

中華からの返事を待つ時間を無駄にせず、自分のアピールに余念がない。

「あら、気が利くじゃない」

「は、ありがとうございます！　私、山本莞爾《やまもとかんじ》、その言葉だけで満たされる思いでありますぞ!!」

高官——山本は、全力で媚び続けていた。

それもまた才能だなと、部下達が感心したほどである。

「美味しいわね。甘みを感じるふんわりとした香りなのに、後味はスッキリしているのね」

「私の気に入りの店にて取り寄せておる、自慢の品で御座います」

「気に入ったわ」

「それでしたら、こちらの茶菓子なども楽しめるかと」

山本が取り出したのは、上品な甘さに仕上がった、生チョコレートのフォンダンショコラだ。この戦時下では、贅沢極まる嗜好品であった。

山本が権力と財力に物を言わせて用意させた、自分の為の一品だったのだが、ヴェルグリンドに提供したのである。

とても美味しかったので、ヴェルグリンドも満足だ。

「山本莞爾《やまもとかんじ》、だったわね。その名前、覚えておくわ」

「ははぁ――ッ！　ありがたき幸せに存じます!!」

興味のない人間など眼中にないのに、山本の名前を覚えるヴェルグリンドである。

賄賂に弱いという、意外な一面があったのだった。

もっとも、金銭では動かなかっただろうから、山本の機転勝ちと言えるかも知れなかった。

そんなこんなで、待つ事しばし。

「中華から応答アリ！　会談に応じるとの事です!!」

待ち望んでいた返事は、応諾。これにより、五ヶ国国家首脳会談が実現する運びとなったのだった。

＊

「何だと、それは真実か？」

「ええ。私が貴方に嘘を言うはずがないじゃない」

ヴェルグリンドからの報告を受けて、桜明《おうはる》が驚愕した。

実現不可能と思われた首脳同士の会談が、いとも簡単に実施される流れになったからだ。

（相変わらず、底知れぬな。この者が味方であったのは幸運だが、好意の上に成り立つ関係など、余りにも歪《いびつ》過ぎて信用に足らぬわ）

ヴェルグリンドの気分次第で、良好な関係性が変わり得る。それが怖いと、桜明《おうはる》は思った。

信頼関係とは、積み重ねなのだ。

ここまですれば相手が怒る、または、ここまでは許されるなどと、同じ時を過ごしながら探るのが本来の姿である。

それは国家間も同じであり、その価値観を共有出来ないのならば、付き合うのは困難だ。

妖魔族《ファントム》のような侵略者が相手だと、会話が成立しないので問答無用の敵認定となる。知的生命体として暴力に頼るのは残念だとも思うが、どこかで線引きは必要となるので仕方ない。

ところが、ヴェルグリンドの場合は……。

「良かったわね、ルドラ。会談の場も私が段取りするから、何時が都合が良いかしら？」

ヴェルグリンドが自分に向けて全幅の信頼を寄せているのは明白で、だからこそ気を引き締めねばならぬと桜明《おうはる》は考える。

好意には、好意を。

それが、桜明《おうはる》の出した結論だ。

ヴェルグリンドを信じるしかないのだから、迷う必要はない。自分が感じた感謝の気持ちを、ただ全力で返すのみ。

それしかヴェルグリンドに報いる術はない——と、桜明《おうはる》はそう考えたのだった。


「感謝するよ、ヴェルグリンド。これからも朕を助けてくれると嬉しい」

「うふふ。いいのよ、気にしなくて」

そう笑うヴェルグリンドは、心の底から嬉しそう。

彼女にとっては、ルドラの幸福こそ自分の喜びなのだから、桜明《おうはる》の対応は大正解なのだった。

会談の日時だが、翌日の昼食後に決まった。

妖魔への対策は早急に立てる必要があるので、大々的に調整する期間などない。なので、効率を優先させるというのが桜明《おうはる》の判断だ。

時差どころか相手側の都合なども、一切合切お構いなしである。

それを各国に伝え、了承を得る。

矢面に立った外務省情報部は大変だったのだが、ヴェルグリンドが配慮する訳がなかった。

「山本だったわね。御苦労さま」

そう労っただけでも、最大限に配慮していると言えた。

もっとも、頑張ったのは山本ではないので、本当に可哀想なのは官僚達なのだが……。

それが仕事なのだから文句を言うなとばかりに、ヴェルグリンドは次なる要求を告げる。

「それじゃあ、明日の朝までに会場の用意をしておくように。皇帝陛下の恥とならぬよう、荘厳な感じでお願いね」

「よ、喜んで！」

かなりの無茶振りをするヴェルグリンドだが、山本に断るという選択肢はなかった。それどころか、若干嬉しそうですらあった。

変な扉を開いたのかも知れないが、それもまたヴェルグリンドの関知するところではなかったのだ。

「そうそう、通信設備を一式、少し広めの部屋に移動させておいてね」

「と、言いますと？」

通信による会談を行うのだから、広めの部屋ではなく第一会議室に用意する予定であった山本である。ヴェルグリンドの発言の意図が読めず、思わず問い返してしまう。

「大ロシアム一行を呼んだみたいに、他の国の者達もこっちに来てもらうのよ。その方が労力の節約になるでしょうし、無駄も省けると思わない？」

「は？」

思う思わないの話ではなく、常識外の提案であった。

そう思う山本なのだが、それが可能ならその方がいいと、理性のどこかで理解している。

「何よ、文句でもあるのかしら？」

「い、いいえ！　滅相も御座いません。直ぐに、即座に準備に入らせますです!!」

「そう？　なら、お願いね」

ヴェルグリンドは機嫌を直し、にこやかに笑ってその場から去って行った。

残された山本は官僚達を見回す。

「どうします？」

「馬鹿モン！　言われた通りにするに決まっておろうが！　会場のセッティングは見直しじゃぃ」

「わかりました！」

「それと並行して、第二会議室に通信設備一式を移しておけよ！」

「了解であります！」

外務省情報部の長い夜が始まったのだった。

＊

人類存亡を賭けた、運命の日。

一晩で様相が変わった第二会議室にて、ヴェルグリンドが満足そうに頷いた。

通信設備一式と、その前には豪華な椅子。

ゆったりと座れるように、柔らかいクッションも完備である。

広めの室内からは余計な備品が運び出されており、来訪予定の各国首脳を迎え入れるべく見栄えも整えられていた。

壁際には軽食と飲み物も用意されており、給仕も数名立ち並んでいる。

飾られている調度品も上品で、皇国の品格を貶める事がないように配慮されていた。

「気に入ったわ。良くやったわね、山本」

「ははぁ！　ありがとうございます。そう言って頂けただけで、この山本、天にも昇る心地であります！」

ごますりを得意とする男、山本莞爾《やまもとかんじ》。

一世一代の監修によって、ヴェルグリンドから認められる事に成功したのだった。

ちなみに、ヴェルグリンドの目は異常に肥えているので、これは本当に偉業なのである。たった一晩でよくぞこれだけと、様子を見に来た軍高官達も感心したほどだ。

山本の無茶振りに応えた部下達も、誇らしそうに胸を張っていた。

「さて、時間もないし始めましょうか」

ヴェルグリンドが椅子に座る。

女帝のように優雅に、それでいて速やかに。手慣れた様子で通信設備を操作していく。

最初の通話相手は、アゼリア合衆国だった。

「ジョージ君、元気だったかしら？」

「あ、ああ。懐かしいよ、相変わらず無茶苦茶なんだね。でもさ、言い方は変だけど、君が変わってないようで安心したよ」

ジョージ大統領が混乱するのも無理はない。

何しろ、通話での挨拶もそこそこに、『時空連結』によって皇国まで来る事になったのだから。

一緒にやって来たアゼリア政府閣僚達も、我が目を疑い混乱したままだ。

「うふふ。変わる訳がないわよ。貴方にとっては二十五年になるでしょうが、私にとっては数日前に別れたばかりなんだもの」

「そうか、そうなんだね」

昔話に花を咲かせるヴェルグリンドとジョージ。

そんな二人の会話を邪魔せぬように、山本が動く。

さりげない目配せで、給仕達が働き始めた。

混乱していたアゼリア勢も、一息ついて頭が回転し始めたようだった。

その横では、ヴェルグリンド達の会話が盛り上がっている。

「懐かしいわね。あの人のお陰で、毎日退屈しなくて済んだわ」

「いつもいつも、父さんの大法螺に付き合ってくれたんだってね」

「ええ。台風の前日に、『明日は晴れるさ』って大見得をきったりね」

「知ってるよ、その話。寝物語に、何度も聞かされた。貴女のお陰で、本当に晴れたんだってね」

「そうね。あの日は野球の試合があってね、それを近所の子供達が楽しみにしてたの。あの人、いっつもいっつも子供達をからかって遊んでて、嘘ばっかりついてね。だからかしらね。『たまにはさ、俺の言葉が本当になったっていいだろ？』ですって。それで私を働かせるんだから、本当に呆れたわ」

台風を消し去ったという話の方に、皆はドン引きだった。

「嘘だろ……」

「自分が普通じゃないと隠す気もないんかい」

などと、驚きを隠せない者も出る始末だ。

そうとは気付かず、いや、気付いても気にせずに、ヴェルグリンド達の会話が続けられる。

「そうだったんだ？　父さん、『子供達がビビッてて超面白かった』しか言わなかったから、そんな理由だなんて初めて知ったよ……」

「うふふ。子供達もね、大喜びだったのよ。その日は選手達も張り切ってくれて、特大のホームランも飛び出したのよね」

「それはそうだろうね。僕の子も野球が大好きでね」

ここでヴェルグリンドは、ジョージの表情が曇った事に気付いた。

それは常人では気付かぬような僅かな変化だったが、ヴェルグリンドは会話に乗った『思念』から他人の感情まで読み取れるので、それに気付けたのである。

「そう言えば、エミールちゃんはどうしているの？」

エミール・ヘイズ、ジョージの息子の名前だ。

ヴェルグリンドはジョージとの会話から、ジョージが憂う原因がエミールにあると推測した。だから敢えて名前を出す事で、ジョージが話しやすいように呼び水としたのである。

「流石だね、ヴェルグリンド。敵わないな、君は何でもお見通しなんだね……」

「そんな事はないわよ。ただ、息子同然の貴方が心配なだけだわ」

「ふふ、ありがとう。こんな事を相談するのは、国家を預かる者としては失格なんだと思う。それでも、頼れるのは君しかいないんだ。僕を助けてくれるかい？」

「勿論よ。だって貴方は、私が愛した天才詐欺師《ローラン・ヘイズ》の息子なのだから」

それを聞いて、ジョージは涙をこぼす。

そして、息子を助けて――と呟いてから、事情を話し始めたのである。

事情を聞けば、かなり厄介な事態になっていた。

アゼリア合衆国の軍部が妖魔族《ファントム》に乗っ取られたのは、既に合衆国の国防総省も把握している。それだけでも最悪なのだが、渦中の艦隊総司令官：デビット・レーガンから政府に対する要求を携えた使者が派遣されてきたのだと。

その要求とは、合衆国政府は妖魔の支配を受け入れよ、というものだった。

妖魔の目的は、人類の滅亡ではない。この世界を支配して、自分達の楽園を築く事だ。だからこそ、国家を統率する組織を壊滅させてしまえば、その後の処理が面倒になると考えたのだろう。

「――そんな訳で、ヤツ等は僕達に従うようにと告げたのさ。そうすれば、政府高官の自由意思は奪わないし、今後とも安全は保障してやるとね」

「ふーん。それで、要求を呑まなければ？」

「大南海艦隊を派遣して、我が合衆国の首都を狙うそうだよ。それと並行して、合衆国国民に向けて、現状を正しく報道するそうだ。そうなれば政府の威信は地に堕ち、制御不能なパニックが発生するだろうね。もうお手上げというのが本音なのさ」

選択肢を与えられた事で、意見は二分された。だがしかし、どちらを選んだとしても妖魔族《ファントム》に損はないのだ。

それに――と、ヴェルグリンドは考える。

妖魔の目的は、人類の奴隷化。自分達の数が増えた時に備えて、依代となる肉体を確保しておこうと企んでいるのだろう。

統制された奴隷を獲得する方が望ましいが、この世界には五つの勢力圏があるのである。その内の一つが滅んだところで、他の国々への見せしめになるだけだった。

妖魔族《ファントム》の総数に比しても、人類の数の方が多い。人類が十分の一以下に減ろうとも、依代は十分足りるのである。

「なるほどね。中華も似たような状況なのでしょうし、大ロシアムは要求を突っぱねたのか、暴動によって王家が存亡の危機にまで陥っているわ。こうしてみると、皇国は比較的マシな状況だったのね」

「時間の問題だろうけどね。我が国と中華の連合艦隊が、間もなくやって来るんだろう？」

「ええ、私がいるから問題ないけど。それよりも、エミールちゃんの話を聞きたいわね」

大艦隊の話をサラッと流したヴェルグリンドに、山本をはじめとした皇国官僚やアゼリア政府閣僚達が物言いたげな表情を浮かべた。

だが、誰も口を挟まずジョージの発言を待つ。

ここで邪魔して、ヴェルグリンドの不興を買うのを恐れたのだ。もうこの時点で、ヴェルグリンドは逆らってはダメな人物であると、誰もが共通認識を得ていたのだった。

「やって来た使者が、エミールだったのさ。僕の息子と同じ顔で、同じ知識を持っているのに、とても邪悪な表情だったんだよ……」

エミールは成人して軍人になっていた。そして不幸にも、例の艦隊に派遣されていたのだ。

「大丈夫よ、ジョージ。落ち着きなさいな。言ったでしょう?」

話を聞いたヴェルグリンドは、大丈夫だと微笑む。

それは一切の動揺が見られない、完璧な淑女の笑みだった。

その笑みは、見る者の心を鎮静化させる効果もあったらしい。

「はは、いつも冷静に、だろ？　ちゃんと覚えてるよ、ヴェルグリンド」

ジョージは平常心を取り戻すと同時に、大統領としての職務も思い出したのだ。

「上出来よ。安心しなさい、エミールちゃんは私が助けるから。ついでに、合衆国の名誉も守ってあげる」

「ありがとう。君がそう言ってくれるなら、もう安心だね。頼むよ、合衆国と……僕の息子を救ってくれ」

「任せなさいな。妖魔が人と完全に同化するまで二ヶ月ほど猶予があるわ。エミールちゃんは大丈夫よ。ついでに、他の将兵達もね」

「それを聞いて気持ちが楽になった。だが、出兵してからもう三週間経つから、猶予まで残り日数に余裕はないが……」

「大丈夫よ。その為に、今日の会談があるんだから」

ジョージが大きく頷いた。

「わかった。我が国も、出来る限りの協力を惜しまないと約束する。会談が実りあるものとなるよう、期待するとしよう」

そう告げて、ジョージが席を立つ。黙って様子を見守っていたアゼリア政府閣僚達も、それに続いた。

話し合いは終わったのだ。

山本が合図し、即座に案内係が扉を開ける。

「それでは、皆様の控室まで御案内致します」

ヴェルグリンドの力強い言葉を聞いて、皆が安堵した様子になっていた。口々に感謝の言葉を述べながら、案内されるがままに部屋を辞去したのだった。

＊

ヴェルグリンドが次に呼び出したのは、神聖アーシア帝国の御一行様だ。

意味もわからぬ『時空連結』で、海を隔てた先までやって来た。そんな彼等の心境を想像すれば、混乱するなというのが無理というものだ。

「馬鹿な……極少数の関係者しか知らぬ秘密の場所なのに、どうして……」

と、大臣の一人が呟く。

それを聞きとがめたヴェルグリンドは、つまらなそうに鼻で笑った。

「場所を特定されたくなければ、可能な限り『結界』などで隔離して、外部との連絡を完全に絶つ事ね。それでも、空気の流れなどから気配が漏れ出るから、貴方達レベルでは隠蔽は不可能でしょうけど」

「外部との連絡……そうか！　貴女は電波を辿って、我等が潜む場所の特定をしたという事ですか？」

青年の一人が声を上げた。

背負った弓が神話級《ゴッズ》だったので、ヴェルグリンドはその青年が〝七神器《しちじんき》〟の一人なのだろうと悟る。

だが、特に興味もないので、「正解よ」と言うに留めた。

騒然となるアーシア勢だが、それに付き合うようなヴェルグリンドではない。彼女からすれば児戯にも等しい芸当なのだから、いちいち騒ぐなという心境であった。

そしてもう一人、傲岸不遜な者がいた。

「そなたがヴェルグリンドか。我こそが今世のアーシア帝、ザングである。我が太祖たるシン神祖帝《しんそてい》に加護を与えた女神カルディナだと詐称しておるそうだな？」

まだ二十代前半と若く、金髪碧眼にして均整の取れた肉体を持つ美男子。

神聖アーシア帝国の頂点たる帝王、ザング・ユーラン・ドルテ・アーシアその人であった。

「カルディナ？　ああ、そうも呼ばれていたわね。真名《まな》を呼ぶなど畏れ多いとか何とか言われたけど、まさか愛称の方が定着しているとは……もしかして、本名の方は記録に残っていないのかしら？」

「まだ認めぬとは、笑止千万！　それとも、その美貌なら妄言が赦されるとでも思ったか？」

ヴェルグリンドの発言を嘘だと決めつけ、聞く耳を持たない。

その態度は大問題だった。

トップが間違えば、謝罪では済まない場合が多いからだ。

これが部下の暴走だったなら、その者一人の責任で処理する事も可能であろう。もしくは、その上の者が謝罪する事で、事なきを得る場合もあるかも知れない。

だがしかし、最高責任者が間違った選択をしてしまったならば、取り返しのつかない結果を招く事になりかねないのである。

〝七神器《しちじんき》〟第一席のブライトは、ザングの発言を聞いて鼻水が出そうになった。

（馬鹿野郎が！　あれだけ説明したのに、ヴェルグリンド様のヤバさを理解してなかったのかよ!?　それ以前にさあ、たった今、目の前で起きたばかりの超常現象を目にしたらさあ、その御業が神の所業であるのは一目瞭然だろうがよ!!）

と、内心で大慌てでだ。

ヴェルグリンドの『時空連結』だが、矮小なる人の身では不可能なのは明白だ。それを為せる者となれば、神でなくてもそれに近しい存在なのは疑う余地もない。

そんな相手を怒らせてどうするという話であり、それをやったのが自分達の帝王だとなれば、どうフォローすればいいのか困ってしまうというものだった。

そしてもう一人、この状況に頭を悩ませる者がいた。

山本莞爾《やまもとかんじ》である。

（オイオイ、アーシアの帝王は信じられんほどのアホじゃったか⁉　じゃが、どうする？　このままでは、この恐ろしい龍凰殿《りゅうおう》がお怒りに……）

決して他人事ではないので、山本は必死に頭を働かせた。

最初に行ったのは、側近への伝言だ。

「至急、陛下をこの場にお連れせよ」

「しかしそれは――」

「馬鹿モン！　不敬なのは重々承知しておるが、龍凰《りゅうおう》殿を止められるのは陛下だけじゃい‼」

実に正しい意見に、側近も反論の声を失う。

「承知しました！」

小声で了承を告げるなり、その場から走り去る。

山本莞爾《やまもとかんじ》、普段は偉そうにしているだけの愚物だが、逆らってはならない人物を見抜く目だけは本物であった。その能力を遺憾なく発揮して、今回の有事に備えたのである。

周囲の者達が危機感を抱く中、その発言をした当人は悠然たるものだ。

「クックック、我が簡単に騙されぬと知って、言葉も出ぬか。まあ、それも当然よな。貴様のようなペテン師は知らぬであろうが、我は愚鈍なる他の者共とは違うのよ。この我もまた、神器に認められし者なのだ‼　王にして、〝七神器《しちじんき》〟第七席。それこそが、貴様が取り入ろうとした者の正体であるッ‼」

ザングが誇らしげに言い放った。

その言葉は真実であり、ザングの腰には輝きを放つ神話級《ゴッズ》の剣が吊り下げられていた。

勿論、ヴェルグリンドも気付いている。

それ以前に呆れていたので、声が出ないだけだった。

「――嘘でしょう？　私を見てもそんな反応をするなんて……シンの子孫から、こんなお馬鹿さんが生まれてしまったの？」

そう嘆くと同時に、そうか――と、ヴェルグリンドは思い当たった。

自分の呼びかけに応じなかった時点で、このザングという王はヴェルグリンドの事を信用していなかったのだ。

王たる者、疑い深くあるのは当然。なので、その点に文句を言うつもりはない。

ないのだが、当事者しか知り得ぬような秘事を指摘されても相手を疑うようでは、色々な意味で残念であると評価するしかなかった。

秘事を告げられたのにそれでも信じなかったのなら、論外。

秘事が漏れていたと判断したならば、機密保持能力を疑うしかない。

どちらにせよ、アウトである。

それに加えて認識力の欠如は、王としての器が小さい以前の大問題であった。

「馬鹿、だと？　それはまさか、我の事か？」

「そんな事も理解出来ないとは残念だわ。でも、四千年以上の歴史を積み重ねたみたいだし、血脈が劣化するのは仕方ないいか」

ヴェルグリンドはそう苦笑する。ザングの暴言に呆れはしても、その程度で怒るほど狭量ではないのだ。

だが、ザングは激怒した。

「フフフ、まだ演技を止めぬどころか、我を愚弄するとはな。愚かな。ならば問おう！　貴様は不遜にも女神の名を騙るだけではなく、その御業を再現出来ると豪語したそうだな？　神器を創れると言うならば、見せてもらおうではないか。ただし！　覚悟せよ。それが敵わぬ時、それは貴様の化けの皮が剥がれる時だと！」

「面倒くさいわね」

「フンッ！　言い訳など聞かん。不可能事を口にしたのだ、その代償は贖《あがな》うべきであろうが。何、殺しはせぬ。実力はそれなりにあるようだし、その器量だ。我の慰み者として囲ってやる故、安心するが良かろう」

どこまでも愚かな事を口にするザングである。

ヴェルグリンドとザングを除く者達は、どうなる事かと固唾を呑んで見守っていた。

明らかにザングの言動に問題があるのだが、直ぐに怒りだすと思われたヴェルグリンドが我慢強い事に、一抹の希望を見出していた。

このまま上手く話が纏まりますように――と、誰もが祈るようにヴェルグリンドを見ている。

「どうせ出来もせぬ――」

「言いたい事は色々とあるけど、まあいいわ。約束だったし、用意してあげるわよ」

ザングの言葉を遮るように、ヴェルグリンドは青龍刀を一本出現させた。自身の魔素を固めて、『物質創造』で創り出したのである。

「これでいいわね。どうせ貴方達には扱いきれないでしょうけど、紛れもなく神話級《ゴッズ》の性能があるわよ」

「なっ――ッ!?」

思わず受け取ったザングは、その青龍刀の輝きに魅入られた。ヴェルグリンドの言葉を疑うまでもなく、それは本物の輝きを宿していた。

王たる者として、ザングは無能ではなかった。傲慢な性格ではあるものの、暴君という訳でもなく、ちゃんと配下の言葉に耳を傾けるだけの良識も持っている。

今回は五大国初の頂上会談とあって、舐められないように普段以上に居丈高になっていた。

それが仇となった。

この時になってようやく、ザングも己の失態に気付いたのだ。

(まさか本当に？　いや、有り得ん。だってオカシイだろう？　数千年前の、神話の時代の登場人物が、現実世界に存在している訳がないではないか!!)

と、大いに混乱するザングである。

ルドラだった男の血縁だからか、ヴェルグリンドはザングに対して甘い対応を取っていた。

これが無関係な者だったならば、とっくに交渉は終了している。血の雨が降っていた可能性の方が高いほどだ。

それなのに、ザングは己の幸運に気付かない。

それどころか――

(――いや、待てよ？　神話の女神が実在するのなら、それこそ我に相応しいではないか！　そうだ、そうだとも。女神を手に入れたならば、全ての問題が片付くというものよ!!)

などと、起死回生の妙案を思いついたとばかりに、とんでもない行動に出る。

「クックック、そうであったか！　女神よ、ヴェルグリンドよ！　我に会う為に、時を超えたのだな？　愛《う》いやつめ、健気ではないか。良かろう。その想いに応えてやる。我が貴様を娶り、愛してやると誓おう！」

大勢の者が見守る前で、勘違い発言を炸裂させたのだった。

これにはヴェルグリンドも困惑する。

「はあ？　何の冗談を言っているのかしら？」

「フフッ、照れるでない。今は戦時故に御披露目は出来ぬが、全てが片付いた後は、お前を正妃に据えてやるとも。神祖帝《しんそてい》は女神との間に子を生さなかったらしいが、我との間ではどうかな？　女神の血を取り込めるならば、我がアーシアは更なる発展の時を迎えるであろうぞ!!」

ビックリするほどの独走っぷりに、ヴェルグリンドも言葉を失った。

というか、ここまで侮辱されたのは初めてかも知れないと、理解が追い付かない始末である。追い付かないというか、理解したくないというか……。

如何に演算にも優れた者でも、頭が空回りする事もあるという証左だった。

当事者であるヴェルグリンドはともかく、観客達の反応も様々だ。

青褪めたのは、〝七神器《しちじんき》〟の皆さんだった。

（止めろ、陛下を御止めしろォ――ッ!!）

と、絶叫したいがグッと我慢して、大臣達に目で合図する。

このままでは恐ろしい事になると、本能で理解していた。

女神を意のままにしようなどと、人の身で望めるはずがない。神罰が下る前に、ザングを黙らせるべきなのだ。

それなのに、大臣達は動かない。

というか、動けなかった。

ヴェルグリンドの表情が無になったせいで、その美貌が際立っていたのだ。

そしてそれが、とても恐ろしく感じられたのである。

自分の心に疚しい事があるからこそ、余計に。

こうなるともう、大臣達には期待出来なかった。

〝七神器《しちじんき》〟達は焦り、彼等のリーダーに視線を向ける。

それを受け止めて、ブライトは自分の不運を嘆く事になったのだ。

皇国側も、他人事ではなかった。

馬鹿なんじゃないの、アーシア帝って——と、会談を前に緊張していた外務省情報部の官僚達も、徹夜明けの頭で考えていた。

その度胸は大したものだが、ヴェルグリンドが怒ったら全員が巻き添えになる。それは勘弁して欲しいなと、皆の意見が一致している。

「どうだ、素晴らしい提案であろうが！　残りの寿命も僅《わず》かな皇国の老いぼれに尽くしても、可愛がってももらえまい。その点、我ならば毎晩——」

「あ?」

部屋の空気が凍りついた。

恐れていた事が現実になったと、誰もが悟ったのだ。

ヴェルグリンドの怒気をまともに受けて、ザングが硬直する。自分の失言に気付いたが、吐いた言葉は飲み込めなかった。

（なッ!?　何だ、何なのだ、この神気はっ!?　神話の女神——想像以上であった。こ、こんな超常の存在を正妃になどと、我は何という身のほど知らずな——）

支離滅裂になりそうな思考が、ザングの脳内を駆け巡った。そして、自身の愚かさを嫌というほど理解する。

女神の血を取り込むというのは、実に素晴らしい案であると考えた。それ自体はその通りなのかもしれないが、出来る事と出来ない事があるのである。

女神から愛されたと伝えられる神祖帝《しんそてい》でさえも、子を生す事は敵わなかった。その子孫でしかないザングなど、女神からの寵愛を受ける資格すら有していなかったという事だ。

そして、文献に記されていた女神の人となりだが、噂半分としてもかなり苛烈なものだった。愛する者を侮辱された時など、国すらも滅ぼしてみせたという。

文献に従ってその地方で発掘調査を行った結果、埋もれた地層から都市があった形跡が発見された。出土した建物の外壁などは、超高温で溶かされてガラス状になっていたと報告されている。

そうした情報を、何故か思い出したザングである。アーシアの国々が灼熱の炎に焼かれる未来を幻視して、ザングは青褪めた。もしかしたら我は、最大の禁忌に触れてしまったのでは——と思うものの、後の祭りなのだ。

このままではザングの破滅が確定するところだったのだが、ここで動いた者がいた。

山本だ。

ここでヴェルグリンドの暴走を許したら、全責任を負わされる事になる。それ以前に、自分達の命も危ないのだが、山本にとってはそんな事は二の次だった。

山本は普段は偉そうな上に仕事にも熱心ではないのだが、いざという時に責任から逃げるほど腐った性格をしていなかった。むしろ、戦争になった時点で誰かが責任を取らねばならぬと心得ており、それが自分の役目だと考えていた。

そんな山本だからこそ、ザングの発言を聞いて誰よりも早く行動に移れたのだ。

「この、戯けモンがッ!! 我が皇帝陛下を侮辱するとは、どういう了見であるか!! 事と次第によっては戦争も止むなしであるが、返答や如何にッ!!」

ヴェルグリンドが何かを言う前に、否、何も言わせないように飛び出して叫んだ。

人とは、自分より先に他の者が怒っていると、冷静になるという性質がある。それは〝竜種〟であるヴェルグリンドにも適用され、怒りを爆発させるのを未然に防いだのだ。

山本莞爾《やまもとかんじ》、本日最大のファインプレーであった。

それに、ここでもう一つの根回しが生きてくる。

「何を騒いでおる」

不敬を承知でご足労願った皇帝が、絶妙なタイミングで間に合ったのだった。

「あら、陛下——」

「龍凰《りゅうおう》よ、若者の言葉に心惑わすでない。ザング殿は試したのであろうよ。そなたが本当に信用に足るかどうかを、な」

やって来た桜明《おうはる》は、落ち着いた態度でヴェルグリンドに声をかけた。内心は焦りまくっていたし、廊下を小走りしたのも数十年振りの事だったのだが、そんな様子はかけらも見せない。

実に堂々たる王者ぶりであった。

そんな桜明《おうはる》を見て、ヴェルグリンドも怒りを忘れた。平常心を取り戻し、言われた言葉を吟味する。

「敢えて私の感情を逆撫でして、どこまでやれば怒るか調べようとした――」

「う、うむ。そんなところではないかな？」

ともかく、ヴェルグリンドを納得させたい桜明《おうはる》である。この場を取り繕えるのなら、自分が侮辱された事くらいどうでもいいと考えていた。

その甲斐あって、願いが叶う。

「そうか、そういう事だったのね。シンの子孫がそこまで馬鹿だとは思いたくなかったし、それなら納得だわ」

ヴェルグリンドが大きく頷き、笑みを浮かべたのだ。


それはとても美しく優し気で、桜明《おうはる》を安堵させるものだった。

「さて、アーシアの方々もお疲れであろう故、控室に案内するがよい」

ここぞとばかりに、桜明《おうはる》が指示を出す。

本来なら皇帝自ら行わないのだが、その時ばかりは仕方なかった。魔法が解けたように皆が一斉に動き出し、大いなる危機が去ったのだった。


ちなみに、後の時代のアーシアでは――

親日家が多いのだが、その中でも特に山本姓が、絶大な人気を誇るようになる。

アーシアの危機を救った人物として、歴史の教科書に載っているほどだ。テストにも必ず毎回出題されており、山本の名を知らぬ者がいないほどに有名になる。

当時の帝王ザングを諌めた友――と記される事になるのだが、当の山本にとっては知る由もない話なのだった。

＊

アーシア一行がいなくなり、部屋の中が落ち着いた雰囲気を取り戻す。

皇帝も胃薬を飲みに自室へと帰った為、ヴェルグリンドは仕事を再開する事にした。

「それにしても、誰かに試されたのなんて久しぶりだわね。ザングだったかしら？　流石はシンの子孫なだけあって、面白い成長の仕方をしているじゃない」

「そ、そうですな。はは、私も驚かされましたぞ」

ふざけんなと思う山本だが、彼は悪くない。部下達からの信頼がうなぎ上りに高まっているので、それで我慢してもらいたいところであった。

「さて、残るは――」

「中華群雄共和国《ちゅうかぐんゆうきょうわこく》ですぞ」

「そうだったわね」

皇国の同盟国であり、他の国々が会談に参加するならという条件で、最後に参加を了承している。ヴェルグリンドは直接交渉していない為、詳しく知らないのだ。

今回招待するのは、人民代表たる国家主席と、政を執り行っている数名の指導者達、それに加えて各人が用意した護衛達だった。

部屋を訪れた一同は、驚愕を押し隠してヴェルグリンドと対峙した。

鋭い視線をヴェルグリンドに向けて、国家主席が口を開く。

「王栄仁《ワン・ロンレン》という。貴殿が龍凰《りゅうおう》殿かな？」

「ええ、そうよ」

「フンッ！　見た目は人間そっくりなのだな。だが、我等は騙されんぞ。妖魔よ、我等が同盟国たる皇国に取り入ったか？　それとも、そう思わせる為の小細工か？」

王栄仁《ワン・ロンレン》は、敵意剥き出しでヴェルグリンドに言い募った。それに戸惑うのは皇国の官僚達で、当のヴェルグリンド本人は「またか」と察している。

王栄仁《ワン・ロンレン》の反応から、何かあったのは明白だった。それを聞き出すまでは迂闊な事を口にしない方が無難だと、ヴェルグリンドは判断する。

「ここが何処かは知らんが、敢えて虎穴に飛び込んでやったのだ。策が上手くいったと、増長するなよ妖魔めッ！」

王栄仁《ワン・ロンレン》がそう叫ぶなり、中華からやって来た護衛達が動いた。

動きやすそうな白い長袍《チャンパオ》を着た一団である。その一糸乱れぬ洗練された動作からも、彼等が武道の達人であるのは明らかだった。

だがまあ、ヴェルグリンドにとってはどうでもいい話で――

「妖魔よ、その恐るべき力は認めよう。だがな、その〝名〟を騙る事は断じて許されん！」

「その通りよ！　我等が〝龍拳〟の開祖たるロン様を導いたとされる御方の御名、妖魔如きが口にするなど不届き千万なり‼」

烈火の如き怒りを込めて、武人達が叫んだ。

が、しかし。

皇国側の反応は、どこか冷めたものになる。

誰もが思ったのだ。

まさか、と。

本人なんですよね、わかります――というのが、官僚達の感想であった。

そして同様に、ヴェルグリンドも気付く。

「ロンですって？　そう言えば、あの人は自分の技を〝龍拳〟と名付けていたわね。そうか、ロンが生きたのもこの世界だったのね。それで、貴方達はロンの弟子で、あの人が極めた技を継承してくれていたと。嬉しいわね」

この世界の歴史については調べたヴェルグリンドだが、流石に偉人全てを把握してはいなかった。まして皇国に、他国が秘している拳法に関する資料などあるはずもないのだ。

ヴェルグリンドが〝龍拳〟の開祖ロンの存在に気付かなかったのも、ある意味で当然だった。

とまあ、懐かしさに感激するヴェルグリンドだが、中華側の人間達からすれば理解出来ない状況である。

「貴様、何を勝手に納得したフリをしている？」

「誤魔化す気か？　だが、甘いな。我等は選りすぐりの精鋭、ここで貴様達を滅ぼし、その野望を打ち砕いてくれるわ！」

「先ずは貴様だ。我等にとって尊き名を騙る貴様を滅ぼし、祖国の誇りを取り戻してくれようぞ!!」

そう口々に叫びながら、武人達が戦闘の構えを取っていった。

それを見て、ヴェルグリンドが嬉しそうに笑う。

「あらあら、この世界の人間にしては、闘気の練度が高いわね。鍛錬を怠らず、己を高めていたのね。ロンの教えをよく学んでいるようで、私も嬉しいわ」

もはやヴェルグリンドが武人達を見る視線は、敵に向けるそれではなく愛弟子を眺める師そのもの。その温度差が、武人達の怒りを増す原因となっていた。

「おのれ、我等を愚弄するか……」

「構わん。こうなれば、一斉に――」

武力に頼ろうとする武人達だったが、それを止めた者がいた。一人だけ龍の刺繍が入った黒い長袍《チャンパオ》を着た、小柄な人物だ。

「止めなさい。貴方達に勝てる相手じゃないから」

透明で澄んだ声質のその者は、黒髪黒目の美少女だった。

「シェ、仙華《シェンファ》様!?」

「ですが……」

怒りのままに反論しようとした武人達だったが、その人物――〝拳聖〟仙華《シェンファ》の様子を見て口を閉ざす。

常日頃から冷静沈着で、どんな敵が相手でも涼し気な顔をしていた最強の〝拳聖〟が、脂汗を浮かべて緊張していたからだ。

「私が相手する」

そう断言されてしまうともう、言い返せる者など一人もいなかった。

「貴女が継承者なのね。見事な闘気だわ、褒めてあげましょう」

「そうです。私が歴代の〝拳聖〟から〝魂魄〟を継承せし者。最強を受け継ぎし当代の〝拳聖〟です。貴女が本物の龍凰《ロンファン》様だというのなら、一手、お相手願えま

すか？」

「構わないわ。指導してあげるから、光栄に思いなさいな」

という感じに、いきなり話が纏まった。

他の者達が口を挟む隙もなく、戦いの結末を見守る事になったのである。

………

……

…

結果は言うまでもなく、ヴェルグリンドの圧勝だった。

というか、勝負にすらなっていなかったのだが、そうと悟ったのは仙華《シェンファ》のみである。

他の者達の目には、仙華《シェンファ》が一方的に攻め立てたように見えていた。〝龍拳〟を学ぶ高弟達も、青白い雷光を拳と足刀に纏わせた仙華《シェンファ》がヴェルグリンドを追い詰めたように感じていたのだ。

〝龍拳〟とは一子相伝──血縁に由来せず、弟子達の中で最高の技量を持つ者に、全ての奥義が継承される。

継承される技の中で一番重要なのが、仙華《シェンファ》が口にした〝魂魄〟だ。これは、自分が習得した全ての技を記録して継承者に伝えるという、禁断の秘儀であった。

しかも、〝魂魄〟に付随して精気の一部も継承される為、闘気の質や量がどんどん大きくなっていたのである。

継承者が全ての力と技を習得出来るとは限らないのだが、〝魂魄〟が継承される限り、次代に希望も託される。そしていつか、最強の拳士が誕生する事を夢見て、ロンは身罷《みまか》ったのだ。

そうした歴史の中で仙華《シェンファ》が誕生した訳だが、彼女こそまさに最強の名に相応しい〝拳聖〟であったといえる。

継承した〝魂魄〟と自身の精気を完全に融合し、全ての技と力を己のものにした。その結果、この世界では異質なほどの強さへと到達していた。

存在値換算で、十万超え。

ヴェルグリンドが生まれた〝基軸世界〟と定められる半物質世界でならば、〝仙人級〟に分類されるほどの圧倒的強者だったのだ。

　この世界では比する者なし――なのは間違いないが、今回はまあ、相手が悪過ぎた。仙華《シェンファ》はヴェルグリンドに軽くいなされて、敗北を喫してしまったのだった。

「――参りました」

「うふふ。素晴らしい強さだったわ。間違いなくゲンセイより強いし、この世界でなら、近藤にも勝てたでしょうね」

　敗北したにもかかわらず、仙華《シェンファ》は清々しい気分だった。ヴェルグリンドを疑う気持ちなど吹き飛び、まさしく本物だと認める事が出来たからだ。

　そしてヴェルグリンドも、愛するロンの望みが継承されている事に、無上の喜びを見出していた。仙華《シェンファ》を筆頭としたロンの弟子達に、とても好ましい感情を抱いている。

　今ならば神話級《ゴッズ》の一つや二つ、無条件で与えてもいいと考えるほどだ。それは実現しなかったのだが、ヴェルグリンドが喜んだのは間違いのない事実なのだった。

＊

色々あったが、これにて各国首脳が勢ぞろいした。

　ちなみに、中華からやってきた指導者達だが、国家主席の王栄仁《ワン・ロンレン》以外は拳士達が化けた偽者だった。妖魔の罠だと思い込んでいたらしいので、仕方ないかなと皇国側の者達も思ったのだった。

　今は本物と入れ替わっている。

　そんな彼等の事情だが、聞いてみればよくある話だった。

　人質である。

　ただ、その規模が国家的であるというだけのこと。

　中華における妖魔族《ファントム》の活動は、指導者達の子弟を狙う事から始まったのだ。関係者を増やして繋がりを作り、目標と接触。その上で洗脳し、拠点へと連れ去ったのである。

　教師や、同僚、上司、家族。少しずつ憑依していき、目的を七割がた達成したのだった。

そんな訳で、アゼリア合衆国への侵攻が、全国人民会議にて満場一致で可決されてしまったのだった。

「謝罪しても許されるとは思わんが、我等にとっても本意ではなかったという点だけは、御理解下さると有難い」

そう言って、王栄仁《ワン・ロンレン》が頭を下げる。

これに応えるのが、ジョージだ。

「構わないさ。各国それぞれに、事情があるのは理解しているよ。僕だって、息子が連れ去られているしね。自分の家族と国家を天秤にかければ、選ぶ答えは一つしかない。それが大統領たる僕の責任だけど、それでも最後まで諦めたくはないものさ」

「うむ。心中、お察しする」

頷き合うジョージと王栄仁《ワン・ロンレン》であった。

「それを言い出すなら、余も謝罪しよう」

そう口にするのは、大ロシアム王朝大帝マゼランだ。

軍部が制御不能になり、中華に攻め入っている。これを止める術がない事を、マゼラン自身が認めたのだ。

「そういう事なら、我も同罪だな。大ロシアムへの侵攻、妖魔に踊らされた故の大失策であったわ。今となっては、我も認めようではないか」

帝王ザングらしからぬ、神妙な態度だった。

ザングは山本と桜明《おうはる》の機転で助かった後、案内された控室で冷静になった。落ち着いてみれば、自分のしでかした事がどれだけ危険であったか理解する。

ザングとて、無能ではないのだ。現状を認めるだけの分別は持ち合わせていたのである。

そして、他の〝七神器《しちじんき》〟とも腹を割って相談した。

皇帝の懐刀が、今の第四席である。

〝七神器《しちじんき》〟の一人が大ロシアムへと攻め入ったまま、未帰還となっていた。それ故に今回、代理として表に出ているのだ。

行方不明になった者は女性だったのだが、戦意高く作戦を具申し、本部の決定も待たずに独断で部隊を動かしてしまった。

これは明らかに軍規違反である。

〝七神器《しちじんき》〟という国家戦力が、皇帝の命令も待たずに他国に攻め入るなど、あってはならない大問題なのだ。

そもそも彼女は、一貫して開戦には否定的だった。それなのにここ最近、急に心変わりした様子を見せていたのである。

そんな彼女の態度は関係者達を戸惑わせており、疑いの目を向けるに十分な理由となっていた。そこに今回の独断専行とあり、〝七神器《しちじんき》〟という英雄相手に遠慮はあったものの、調査対象となったのであった。

それでもまだ、妖魔に乗っ取られているという決定的な証拠は見つかっていなかったのだが……もはや認めるしかないとの結論に至ったのである。

彼等がそうと断定したのは、高いプライドがへし折れたからだ。

ヴェルグリンドと仙華《シェンファ》の試合は中庭で行われたのだが、控室からよく見えたのである。

〝七神器《しちじんき》〟が束になっても勝てぬような仙華《シェンファ》が、ヴェルグリンドに赤子のようにあしらわれていた。

それを見た〝七神器《しちじんき》〟達は、虚勢を張る意味がないと理解したのだ。それはザングも同様であり、神聖アーシア帝国による世界統一という野望を、綺麗サッパリ諦めたのだった。

（フフフ、思い出したわ。女神の祝福を得た者こそが、世界の覇権を握る。それこそが真理であるならば、今の時代の覇者は桜明《おうはる》殿という事になろう）

ザングはそう理解したからこそ、全面的に恭順する姿勢になったのだった。

そんな感じで、最初に各国による謝罪合戦が行われた。

「朕も――」

「いやいやいや、皇国の立場は理解出来る」

「そうだね。合衆国としても、強引に選択を迫った事を反省しているよ」

桜明《おうはる》も乗っかろうとしたのだが、王栄仁《ワン・ロンレン》とジョージが間髪容れずに遮った事で断念する。

壁際に直立不動で起立して会談を観察していた山本などは、各国首脳の考えが手に取るように理解出来た。

（まあのう。ここで陛下に罪があるなどと言えば、彼

の御方が不機嫌になるであろうからなあ）

自分だって同じように判断すると思いながら、ヴェルグリンドをチラッと見る山本であった。

謝罪合戦が終わると、場が仕切り直される。

本格的に、対妖魔についての作戦が練られる――のだが、全員の視線がヴェルグリンドに向けられていた。

「それで、龍凰《りゅうおう》殿……そのう、妖魔にはどのような戦略が有効だと御考えなのでしょう？」

陸軍大臣の発言だ。

それはとても恥ずべき質問である。

皇国を守護する軍首脳部として、他力本願などあってはならないのだ。

が、しかし。

今回ばかりは、誰からも咎められる事はなかった。

それどころか、他の国々の首脳達も、ヴェルグリンドの返事を待つ構えであった。

それも仕方ない話である。

人智を超えた敵を相手に、対抗し得る戦力もないのだから。

唯一の希望であるヴェルグリンドに視線が集中する中、当の本人は悠然たるものだ。しょうがないわねという感じに、発言者へと目を向けた。

「軍を出しても無意味というのは、貴方も理解しているわね？」

「不本意ですが、勿論です。艦隊を本土に接近させないという点では意味がありましょうが、艦隊戦そのものは成立しませんからな。各艦にここに集っている方々が搭乗するにしても、妖魔に抗うのは不可能でしょう」

陸軍大臣が言う通りだった。

本土に接近されると、艦砲射撃で都市部が標的となる。それを阻止するという意味では海上に防衛線を築く意味があるのだが、どちらにせよ勝機がないのでは無駄になる。

まして、妖魔が都市破壊を行うかどうかも未知数なのだ。

人類に憑依する力があるのなら、都市をそのまま利用する可能性が高かった。であれば、艦隊戦を挑む理由も皆無になるというものであろう。

　ヴェルグリンドも頷いて答える。

「その通りね。銃器などは妖魔に通じないし、一般の兵士では戦力にならないものね。そこで、選択肢は二つに絞られるわ」

「それは一体――」

「全てを私に任せるか、少しは自分達で頑張ってみるか、そのどちらかね」

　ヴェルグリンドの発言は、誇り高い軍人達にとっては屈辱的なものだった。だが、それに反論出来ないのが現実なのだ。

　この場に集った人類最高戦力たる勇士達は、互いの反応を確認し合うように目線を交わし合う。そして、出した結論は同じであると、互いの眼光の鋭さから察し合った。

　皇国の剣士、荒木《あらき》幻世《げんせい》と皆本《みなもと》三郎《さぶろう》が口火を切る。

「これは私達の問題だからね。下手な誇りなど口にする気はないが、龍凰《りゅうおう》殿に頼ってばかりでは情けない。私に出来る事があるのなら、命を賭して挑みたい」

「自分も同感であります」

　アーシアの〝七神器《しちじんき》〟達が続く。

「皇国の者だけに恰好を付けさせたくないものよ。その作戦、我等も参加させてもらいたい」

「ザング陛下は論外ですぜ。俺達に任せてもらいたいね」

「その通りです。陛下は生き残ってこそ責務を果たせましょう。ここは我等にお任せを！」

　ザングを残し、六名が参戦を表明した。

　それに加えて中華の〝拳聖〟仙華《シェンファ》が、決意を告げる。

「龍凰《ロンファン》様――貴女様が人類を守護して下さるのならば、私達は何者も恐れません。たとえ私達が敗北しようとも、大局的な勝利は約束されたも同然なのですから。ですのでどうか、矮小なる私達にも、成長の機会を与えて下さいませ」

　そう言って仙華《シェンファ》は、恭しく頭を下げたのだ。

　こうして、九名の戦士が名乗り出た訳だが、最後にもう一人名乗り出た者がいた。

「あのう、私も同行させてもらって宜しいか？」

そう割り込んだのは、合衆国シークレットサービス代表のビリーだ。ジョージの護衛としてこの場に参加した、戦闘のプロフェッショナルである。

年齢は二十八歳と若く、頬に傷のある精悍な男である。呪術にも堪能で、銃の弾丸は幽霊《ゴースト》だろうと成仏させるお手製の特製品を利用していた。

そんなビリーだったが、この九名の面子と比べれば見劣りする。

身体能力は言うに及ばず、武器だって話にならない。自分は役に立たぬと諦めてしまった他の者達よりはマシだが、戦力になるかと問われると微妙なレベルと判断される。

ビリーはそれを自覚しているのか、緊張した面持ちでヴェルグリンドからの返答を待った。

ここでジョージも加勢する。

「ビリーは僕の護衛として、とても優秀な男なんだよ。僕も何度も命を助けられてるし、エミールも懐いてる。迷惑なら諦めるけど、もし良ければ連れて行ってあげて欲しい」

優秀な護衛がいなくなるという事は、自分の身にも危険が及びやすくなるという事だ。そうと理解出来ぬジョージではないのだが、人類存亡の危機に何もしないという選択肢はなかった。

ビリーならば、下級の妖魔なら互角に戦えるだろう。そう信じて、少しでも戦力が高まるようにと申し出たのである。

人類の戦力を結集したチームを作り、妖魔の本拠地を叩く。ヴェルグリンドが言うところの〝冥界門〟とやらを破壊して、根本から侵略者の脅威を取り除くのだろう。

と、誰もが決死の覚悟を抱いたのだ。

それなのに、ヴェルグリンドは穏やかに笑う。

「ここで私に任せるという選択をしたなら、私が守りたいものだけを守るつもりだったのよ。でも、やる気があるのは素晴らしいわ。その覚悟に免じて、少しだけ手助けしてあげるわね」

実はヴェルグリンド、この選択肢で前者の回答があったならば、本気で人類を見捨てるつもりであった。

桜明《おうはる》やジョージ達だけを連れて、別の世界へと移住してもいいとまで考えていたほどである。

女神とは、気まぐれなものなのだ。

人類の代表は正しい選択を行った。

故に、ヴェルグリンドもそれに応えるのである。

「ビリーだったわね、貴方の参加を認めるわ。拒否する理由もないものね。それに、貴方の強さはそこにいる皆本と同程度だもの。その武器を何とかすれば、戦力強化は十分に可能でしょうし」

そう判断したヴェルグリンドは、皆本とビリーに武器を出すよう命じた。

皆本は愛刀を、ビリーは愛用のS&WM27《マグナムリボルバー》を、言われるがままに差し出した。それを受け取ったヴェルグリンドは、何の迷いもなく神話級《ゴッズ》へと生まれ変わらせる。

「――――ッ!?」

「こ、これは……」

見るからにヤバくなった愛用の武器を返されて、皆本とビリーは絶句した。


ゲンセイは一度体験しているので、驚きはない。平然とした表情で、頷くのみ。しかし、他の者達はそうはいかず、それが何なのかを理解している〝七神器《しちじんき》〟達など『神器がこうも簡単に他国に流出するのか』と唖然とするばかりであった。

だが、戦力面では頼もしいのも事実。

ヴェルグリンドに自重を求めている場合でもない為、桜明《おうはる》も見守るのみなのだった。

「それを使えばマシになるでしょう。でもね、これだけは肝に銘じて欲しいのだけど、本当に戦力と呼べるのは仙華《シェンファ》だけなのよ。そっちのブライトだったかしら？」

「は、はい！」

「そう、貴方。一番マシな貴方でも、神話級《ゴッズ》の力を三パーセントも引き出せていないのよ。他の者達は論外。一から二パーセント程度だから、もっと頑張って欲しいものだわ」

神話級《ゴッズ》の力を真に引き出せたならば、精神生命体として覚醒し、大半の妖魔を倒せるようになるだろう。

だがしかし、今の彼等の力では、覚醒など到底不可能であった。

ヴェルグリンドがシンの血筋の者には使えるように、創った時に設定しておいただけの事。使えるが、本来の力には遠く及ばないのだった。

だが、それを恥じる必要はない。

この世界は魔素が薄く、あらゆる面で脆弱《ぜいじゃく》なのである。もしも彼等が界を渡り、肉体が作り替えられたなら、〝仙人〟以上に覚醒出来るだろう。仙華《シェンファ》に至っては、〝聖人〟として覚醒する可能性が濃厚だった。

そんな訳で、戦士達の準備は整った。

そしてこれより、大反撃が始まるのだ。

●

妖魔――デリアは、大ロシアム宮殿を闊歩する。

………………

……

…


人間だった頃のデリアは、〝七神器《しちじんき》〟第四席として活躍していた。

その日もデリアは、重要な任務を申し付けられた。エミールと名乗る妖魔が工作活動を行っており、それを阻止せんと動いたのだ。

だが、それはエミールが仕掛けた罠だった。

情報局員すらエミールの手に堕ちており、デリアを誘い出すのが目的だったのである。

そしてデリアは、エミールに敗北した。

完全武装で挑んだデリアだが、ラフな恰好をしたエミールに翻弄されて、完膚なきまでに叩きのめされたのだ。

屈辱だった。

だが、それ以上に――

人類の中でも圧倒的な強者であったデリアは、その日、生まれて初めて恐怖したのである。

恥も外聞もかなぐり捨てて、デリアは命乞いをした。

エミールは穏やかに笑い、「勿論だよ」と答えた。

ただし、それが何を意味するのか――知った時には手遅れである。

デリアは、知識や立場、名前までも奪われて、妖魔として完全に生まれ変わる事になったのだった。

そんなデリアの階級だが、李金龍《リー・ジンロン》やデビットと同格の〝将官〟級である。

アーシアから大ロシアムに侵攻するのに併せて出奔し、大ロシアム壊滅作戦に従事していた。

妖魔の侵攻作戦だが、第一目的は支配領域の確保だ。

そして第二目的が、人類の隷属化であった。

眷属の憑依先として、依代を確保する為だ。

誰でもいいという訳ではなく、魔素による変化に耐え得るような、強靭な肉体が望ましい。そこで大事なのが、選別である。

半精神生命体である妖魔は、人に憑依したとしても基本的に食事は不要である。食べられない訳ではないし、食事からの栄養補給も可能なのだが、なければないで構わないのだ。

だが、憑依先となる肉体は優秀な方がいい。そこで、徹底的に人類を管理する方法を模索した。

そうして考案された作戦では、五大国の内、気象条件が悪い国を破棄する事にしたのである。

それが、大ロシアムだった。

作物の実りも悪く、国土の大半が開発に不向き。

過酷な環境であるが故に兵士は精強なのだが、その地に国家は不要であると判断した訳だ。

支配地に王家を残すのは、国土と国民の管理を任せる為である。だが、大ロシアムは不要と判断された事で、ロシアム王朝の血筋を残す意味も消えた。

妖魔としては、大ロシアムの民衆を皆殺しにするつもりはない。大ロシアム王家を滅ぼせば、現存する国家体制も崩壊するだろうと目論んだ訳だ。

こうした思惑から、〝怪僧〟プルチネルラが民衆を煽ってクーデターを画策し、デリアもそれに従っているという訳である。

………

……

……

宮殿内を一通り巡回し、デリアは忌々し気に溜息を吐いた。

何処を捜しても、大ロシアムの王族が見当たらなかったのだ。

ロシアム大帝以下、その家族達。

政府高官と、その家族達も同様だ。

付け加えるならば、宮殿で働いていた騎士に加え、侍女や侍従達までも姿を消している。隠し通路等がないか隈なく探したが、何一つとして痕跡は発見されなかった。

部下を憑依させて城に詳しい者の記憶を読み込んでみたが、それでも手掛かりすらない。こうなるともう、消えてしまったと考えるしかないのが現状だったのだ。

「どうだい、そっちは?」

そう声をかけるのは、デリアの同僚であるエミールだ。今や両者は同格の立場なので、気安い感じで付き合っていた。

「お手上げよ。大ロシアム大帝が何処に逃げたのか、さっぱり見当もつかないわ」

「そうか、困ったね。ボク達のように『空間操作』を行えるとも思えないし……」

「フッ、無理ね。そんなの、この世界の人間にとっては神の御業だったもの。〝七神器《しちじんき》〟の誰一人として、〝転移〟すら不可能だったわよ」

デリアはそう断言した。

この世界の強者だった者としての記憶が、それは絶対だと確信させている。

魔素が希薄なので魔法を扱える者もおらず、元素魔法・拠点移動《ワープポータル》などもこの世界にはない。今のデリアならば行使出来るようになったエクストラスキル『空間移動』などもあるが、同時に〝転移門〟を潜れるのは数名が精々だった。

完全包囲した宮殿からの逃亡など、どう考えても不可能。そのはずなのである。

エミールは、ここ最近集められた者達の中で一番身体能力が高かったから、上級下位である〝将官〟級の妖魔を宿す事になっただけの男だ。世界の強者というには弱過ぎるので、そうした知識は皆無なのだろうとデリアは察する。

宿った肉体の強度も、こちらの世界での知識量も、自分の方が上なのだ。それを思い出し、少しだけ優越感にひたるデリアである。

「それじゃあ、包囲に穴があった事になるけど、どうもそうじゃないとボクの勘が囁くんだよね。何か、とても重要な事を見落としているような、さ」

思案気にそう言いながら、エミールはデリアの槍に目を向ける。〝七神器《しちじんき》〟の由来でもある、女神が創造したとされる神器の槍に。

エミールはその槍を見ると、何故か懐かしい気分になるのだ。その原因に心当たりはないが、自分の記憶に答えがあるのではと考えていた。

妖魔は、憑依した人間の記憶を読み込む事が出来る。

ただし、重要な知識ならばともかく、普段の会話のような日常的に繰り返されていたようなものは、膨大な量になり過ぎて精査するには時間がかかり過ぎた。大した意味もないものに労力を費やせないので、大半が無視されているのが普通である。

エミールとて例外ではなく、自分の身分や技能、職場での人間関係や職務内容などは把握しているが、幼い日の思い出などは無視していたのだ。

だからこそ、祖父の傍にいた美女について、〝グリンお姉ちゃん〟という単語しか思い出せずにいた。その人物がヴェルグリンドであると気付いていたら、最重要事項として判断し、全ての作戦の見直しを進言していたのは間違いないはずだ。

（あの槍、どうにも気になるね。もしかしてボクは、この肉体の持ち主だったエミールは、あの槍と何か関係があるのかも。少し、記憶を探ってみるかな――）

どうにも消えぬ胸騒ぎが気になるエミールである。

大ロシアム大帝達の逃亡とは関係ないと思いつつも、不安を解消すべく自分の記憶の精査を開始するのだった。

そんなエミールとは対照的に、デリアは自信満々だ。

「まあいいわ。逃げた人間など、気に留めても仕方ないもの。どうせ私達に勝てるはずもなし、無視して作戦を進めましょう」

「……そうだね」

「王族を人質にして、この国の精鋭を呼び集める計画だったけど……それは破棄しましょう。その代わりにこの宮殿を炎上させて、大ロシアムの終焉を周知させましょうか」

本来ならば王族の公開処刑を告知し、大ロシアムの民の狂騒を加速させる予定であった。それを阻止せんと動く正義の徒を誘き出し、仲間達の依代にしようとも考えていた。

そしてあわよくば、中華どころか世界最強と目されている〝拳聖〟仙華《シェンファ》を、この地にて確保しておきたかったのである。

国が違うから、仙華《シェンファ》が動くかどうかは賭けであった。なので作戦が失敗したところで痛くも痒くもないのである。

大ロシアムが混沌となれば、続いて狙うのは中華となる。どうせその時になれば仙華《シェンファ》も出て来るだろうから、そこを狙えば問題なかった。

仙華《シェンファ》さえ確保してしまえば、この世界は掌握完了となる。実に簡単なものだと、デリアはほくそ笑んだ。

——が、その時。

〝怪僧〟プルチネルラから、緊急の『念話』が入ったのだ。

『聞こえておるな？』

『こ、これはプルチネルラ様、わざわざ私に連絡を下さるなど、何か御座いましたか？』

『うむ。先に中華に向かわせた拙僧の手の者から、不思議な報告があったのだ。中華の指導者共の居場所を探らせておったのだが、誰一人として発見出来なかったとな』

『何ですって⁉　人間共が、我等を欺けると？』

『——いや、拙僧は違うと考える。この世界特有の呪術的な目眩ましかとも思うたが、中級上位の〝佐官〟共には通用せぬだろうしな』

『私も同意見です。この低レベルな世界の者共など、どう足掻いても脅威ではありません』

デリアも自分が惑わされるなど考えられぬし、それは自分の部下達であっても同様だと考えていた。

人間だった頃の記憶から判断すれば、〝七神器《しちじんき》〟レベルでさえ中級下位相当でしかないからだ。仙華《シェンファ》ならばいざ知らず、他の者に後れを取るなど考えられない。

だが、プルチネルラがそんなデリアを一喝する。

『自惚れるなよ、デリア！　この世界は、物質世界なのである。魔素を与える事でどのような変化が起きるかもわからぬ、可能性の塊なのだ。拙僧もな、日々強さが増すのを感じておるぞ。それこそが、この肉体が優れておった証拠であろう。我等妖魔は、肉体を得てこそ完全体となるのだ。それを、ゆめゆめ忘れるでないぞ!!』

怒られたデリアは、その通りであったと反省した。

強さだけを見れば劣った世界だが、それは世界の法則が違うからだ。侵略が完了するまで己の立場を忘れてはならぬと、デリアは心を戒めた。

『失礼致しました。叱責、身に染みて御座います』

『ならば良い』

『ハハッ！　それで、これからですが、実は私達の方でも問題が御座いまして――』

この際だと、デリアは報告を行う。

王族を捕える予定が、誰もいなかった事を。

それは、プルチネルラから告げられた中華の状況と同じであり、嫌な予感が拭えなくなったのだ。

『何ィ、大ロシアムでも同様の現象だと？　拙僧からも宮殿が見えておるが、異常は感じられなかった。いや、これは油断か？　わからぬが、何か不味い事が起きておる気配がするのである……』

『どう致しましょう？』

不味い事が起きているという意見に、デリアも賛成である。

隣で『念話』に聞き耳を立てていたエミールも、デリアと同じように緊張した面持ちであった。

『暫し待て。天理正彦《あまりまさひこ》と相談するのである』

プルチネルラは、自分だけで結論を出すのを避けた。

コルヌ陣営で一番の切れ者であった〝参謀〟級が、この世界でも最高の頭脳の持ち主に宿ったのは奇跡的である。そんな人物である天理正彦《あまりまさひこ》から意見を聞くのは、同じ〝参謀〟級であったプルチネルラからしても至極当然の事なのだった。

　そして出た結論は——

『撤退である。不測の事態が起きたならば、全ての作戦行動を凍結すべし。アトランティス大陸にて合流し、より慎重なる計画を練り上げる事となった。異論はあるか？』

『御座いません』

　即答するデリア。

　エミールにも否やはない。

　こうして妖魔達は作戦を中断し、本拠地にて集結する事になるのであった。

＊

　プルチネルラからの報告を受けた天理正彦《あまりまさひこ》は、状況が思わしくないと理解した。

　自分達は無敵の存在だった。

　妖魔としてだけではなく、人間だった頃の知識と力から鑑みても、この世界を掌握する一歩手前まできていたはずなのだ。

　人類を支配した後、総仕上げとしてコルヌを顕現させる。そうした上でこの惑星に手を加え、更なる侵略の足掛かりとする予定であった。

　宇宙は広いが、異界ほどではない。依代を手に入れ受肉した自分達ならば、数千から数万年程度でこの時空の完全攻略も可能だと考えていた。

　それと並行して他の次元に繋がる〝冥界門〟を開拓し、更なる侵攻も視野に入れていたのだ。

　ところが、思わぬ事態の発生である。

　確実に不確定要素があると、天理正彦《あまりまさひこ》は判断した。

「さて、どうしたものか……」

　思わずそう口にすると、李金龍《リー・ジンロン》とデビットが反応する。

「どうかしましたかい？」

「何やら思案気な様子。全てが順調だと思っておりましたが、何か問題でも？」

二人を見やり、天理正彦《あまりまさひこ》は事情を説明する。

大ロシアムでは王族が、中華からは指導者達が雲隠れした。その原因は不明であり、何らかの勢力による介入が疑われる事を。

「ワッハッハ、考え過ぎではありませんか？」

「うーむ、確かに不安要素はありますが、作戦を中断せねばならぬほどですか？」

李金龍《リー・ジンロン》は問題ないと笑う。それを受けてか、デビットも弱気過ぎるのではと考えたようだ。

だが、天理正彦《あまりまさひこ》の考えは変わらない。

「確かに我等は強いが、万能ではない。小さな油断から、全ての戦略が崩れる可能性もあると心得よ。この際だ、あらゆる情報を集めるべきだろう。残る三国にいる者等と連絡を取り、状況を把握せよ。他の国の上層部はどうなっているか、徹底的に調べるのだ」

そう命令し、その場は解散としたのだった。

二人が去った後、天理正彦《あまりまさひこ》は執務室の椅子に身を委ねつつ、思索に耽《ふけ》る。


『アーシアにも、帝王一族以下〝七神器《しちじんき》〟の姿がありません』

『こちら、合衆国。大統領及び、その側近達と連絡不能。外出記録はありませんが、ホワイトハウスに気配はありません』

『皇国ですが、警備が厳重です。皇宮を含む執政の場に侵入を試みたのですが、不可能でした』

デビット達に命じる前から、既に自分の手の者を動かしていた天理正彦《あまりまさひこ》である。気になる事があれば即座に動く主義なのだ。

そんな彼にもたらされたのは、やはりと言うべき情報だった。

（合衆国とアーシアはいいとして、気になるのは皇国か。諜報を任せているのは〝尉官〟だったな。ゲンセイなら対処出来なくは——いや、無理だな。戦いならばともかく、諜報に対してはそこまで達者ではなかったはずだ）

ゲンセイは天理正彦《あまりまさひこ》の師匠であり、剣の腕前は超一流だ。だが、術士としては門外漢であり、天理正彦《あまりまさひこ》のいない皇宮警護術士隊では、妖魔の暗躍に対応するのは難しいはずだった。

妖魔が強引に侵入を試みて、発見される。そして戦いになったというのなら、理解出来るのだ。

今回はそうではない。

侵入すら出来なかったとなると、これはかなりの異常事態であると言えた。

「さて、どうしたものかな」

プルチネルラ達には至急戻るようにと伝えてあるので、事後処理が済み次第『転移』してくるはずだ。それまでにはデビット達も状況を把握しているだろうから、今後の作戦について相談する事になるだろう。

だが、しかし――

天理正彦《あまりまさひこ》が悩むのは、そうした事柄についてではなかったのだ。

（私は一体何者なのか？）

人間であった天理正彦《あまりまさひこ》に、〝参謀〟級の妖魔が憑依した存在だ。同化率は完全ではないものの、全ての力を十全に使いこなせている。

否。

そういう事ではない。

天理正彦《あまりまさひこ》とは、近藤に匹敵するほどの人物であった。親友であり、ライバルでもあり――ならばその精神も、究極に至れるほどに強靭だったとしても不思議ではないのである。

そんな天理正彦《あまりまさひこ》だからこそ、自分という存在について考えるのだ。

果たして自分は妖魔なのか？

それとも、もしかすると……。

この世界の人間は、魔素という万能物質による補助がない。だから脆弱なのだが、心の有り様は自由であり、その精神はどこまでも強靭なのである。

それに対して妖魔とは、元は熾天使《セラフィム》に仕える天使だった者が多い。主天使《ドミニオン》級以下の天使など、命令を遂行するだけの機械のような存在だった。

だからこそ自我が希薄で――故に、人から逆に乗っ取られる可能性を捨て切れぬのだ。

人の意思が妖魔の自我を打ち破ったならば、妖魔族《ファントム》から秩序が失われるだろう。

そう見越していたからこそ、天理正彦《あまりまさひこ》は悩むのだ。

それこそ、自分自身も含めて。

妖魔としての自分は、コルヌ復活こそが最善であると信じている。その為に全力を尽くすべきであり、障害は全て排除するべきだ、と。

だが、今の天理正彦《あまりまさひこ》の考えは違っていた。

〝冥界門〟の拡張など後回し。それどころか——

（破壊してしまえば、私が王か。いや、王という存在も面倒なものだから、プルチネルラに任せても構わない。この世は妖魔などという侵略者の好きにさせるのではなく、私達、人類の手によって統治するのが望ましいのではあるまいか）

という、大それた考えを胸に秘めていたのだった。

これは果たして、自分だけに起きている現象なのかどうか。

〝参謀〟級妖魔の記憶では、元は智天使《ケルプ》だったのだ。

〝星王竜〟ヴェルダナーヴァという神に生み出されて、コルヌに仕えていた。


それなのに、異界でならば覚醒魔王に匹敵するほどの存在でありながらも、今では自分自身の存在について揺らいでいる始末だった。

自分という例がある以上、天理正彦《あまりまさひこ》に油断はなかった。

他の者達も同様である——と考えるべきなのだ。

だとすれば、誰が味方で誰が敵に回るのか……。

それをどう纏めて、どう動くのが最善なのか？

果たして、プルチネルラを王として推すのが正解なのかどうかも、答えの出ない難問であった。

判断材料が足りない。

天理正彦《あまりまさひこ》は結論を保留した。

丁度そのタイミングで、全員が揃ったという報告が入ったのだった。

＊

「結論から言えば、各国首脳全員が姿を消したという事だな？」

「正確に言えば、残っている者もいるようであるな」

「それは考慮するに値せん。国家方針の決定権を握る者が皇国に集まったとみて、人類も本格的に反攻姿勢を見せていると考えるべきだ」

「うむ。拙僧も反論はせぬ」

頂点たる二人の意見が一致したならば、それが答えであった。

「それでは、皇国に向けて艦隊を動かしますか？」

ここ、アトランティス大陸に基地がある事など、公然の秘密であると言える。人類側も承知であるとして、ここに誘き寄せる算段だったのだ。

妖魔の依代として、一般人よりも軍人の方が適しているからである。

いちいち攫うよりも、向こうからやって来てくれる方がいい。そう考えた上での作戦だった。

だがしかし、皇国に不穏な動きがあるとなれば話は違ってくる。

大攻勢を仕掛けて様子を見るというのも、それなりに効果的であると思われた――のだが、天理《あまり》正彦《まさひこ》は何か重要な要素を見落としているような不安を覚えた。

この世界の掌握は目前だが、その理由は強者がいないからだ。

だが、本当にそうなのだろうか？

この前提が間違っていた場合、戦略を根本から見直す必要が生じてくる。

「もう一度確認したいのだが、各々の知識を総動員して思い出して欲しい。この世界には、本当に強者はいないのか？」

天理《あまり》正彦《まさひこ》がそう問うと、李《リー》・金龍《ジンロン》が笑いながら答える。

「間違いないですな。脅威なのは仙華《シェンファ》のみ！」

そう断言されると、余計に不安が増した。

「待て。ならば問うが、その仙華《シェンファ》を鍛えたのは誰だ？」

「それは……」

「私の調査では、仙華《シェンファ》は〝龍拳〟という一子相伝の武術を学んだらしいな。世には知られぬ技を継承させているという」

「そ、それですぜ！　だから常人よりも強いんだ」

「その武術はどうやって生まれた？　開祖はロンとい

う男らしいが、その男に関する情報はないのか？」

そう問い詰められ、李金龍《リー・ジンロン》は思い出す。自身も後継者には選ばれなかったものの、〝龍拳〟を学ぶ高弟の一人なのだ。だからこそ、開祖についての知識も叩き込まれていた。

「確か、龍凰《ロンファン》という女傑が開祖を導いたと秘伝書に記されておりましたが、あくまでも口伝をまとめた伝記ですからな。そんなものに意味はないかと」

「……ふむ」

嫌な予感が増す天理正彦《あまりまさひこ》である。

本来なら、そんな曖昧な伝記などに惑わされるべきではないのだが、どうにも引っかかりを覚えるのだ。

「そう言えば――」

デリアが思い出した事を口にする。

「アーシアにも神祖帝《しんそてい》を導く女神の神話がありましたった。

……」

それを聞いた天理正彦《あまりまさひこ》は、不安を煽られる思いであった。

デリアも顔を青褪めさせて、脂汗を流している。妖魔となって以降、人間のように感情に左右される事などなかったデリアだが、思い出した内容の重大さに怯えているのだ。

「その女神の名は？」

「カルディナ――」

「……」

「――深紅を意味するカーディナルと名乗ったとされているのですが、愛称としてカルディナが定着したと伝わっておりました」

カーディナルという言葉には、聞き覚えがあった。

〝灼熱竜〟ヴェルグリンドが、自らのオーラの色から自身をそう呼称する事があったのを、天理正彦《あまりまさひこ》は妖魔の知識から探り出したのだ。

（偶然だ。〝灼熱竜〟ヴェルグリンドは、フェルドウェイ様と同じく〝基軸世界〟にいるはずだ。我等の真なる目的も知らず、皇帝ルドラに現《うつつ》を抜かしていると聞く。この世界にいるはずがないではないか……）

雲の上の存在である妖魔王フェルドウェイとは、コルヌの参謀であっても会話する機会に恵まれなかった。

だから伝聞ではあるが、〝基軸世界〟での作戦も順調なのだそうだ。

〝灼熱竜〟ヴェルグリンドはルドラの言いなりだし、ルドラの傍を離れる事など絶対にないと断言出来る。であるから、この世界にいるとは考えられなかった。

それなのに、本当にそうなのかという疑念が頭から離れないのだ。

デリアの顔色の悪さも、話がそれで終わりではない事を示唆していた。

「ふむ、それだけか？」

だから、そう聞いたのだ。

それに対する答えは、デリアが差し出した槍だった。

「これは、女神が創造したとされる神器です。恐ろしいほどの力を秘めているのですが、今の私でも使いこなせません……」

「「「──ッ!!」」」

その発言に、天理正彦《あまりまさひこ》だけでなく他の者達にまで動揺が走った。

妖魔の〝将官〟級ならば、伝説級《レジェンド》の武具など手足の如く使いこなせて当然だ。それが出来ないという事は、その槍の性能が神話級《ゴッズ》であるという証明になる。

「この、魔素の希薄な世界で、神話級《ゴッズ》が誕生するものでしょうか？　しかも、これは一つではなく、当初は十二個もあったと伝わっているのです。私の同僚だった者達の神器も良く知っていますが、私の槍と同等のモノだと感じました」

「つまり、神話級《ゴッズ》が十二個あるという事だな？」

「はい……。ですが、あの者共では性能の数パーセントすら引き出せないかと！」

そういう問題ではないのだと、声を大にして言いたい。しかし、それでは解決にならないので、天理正彦《あまりまさひこ》は別の事を伝えた。

「問題なのは、神話級《ゴッズ》を創造出来るような存在がいた、という事実なのだ」

「まさか！　伝説ですよ!?」

「馬鹿か、もっと考えて発言せよ。物的証拠を目の前にして、それを考慮せぬとは何事か！」

「失礼しました!!」

慌てて謝罪するデリアを横目に、天理正彦《あまりまさひこ》は確信していた。

女神カルディナが、〝灼熱竜〟ヴェルグリンドであると。

偶然が何度も重なるならば、それは必然なのである。

だから思わず、呟いてしまう。

「まさかこの世界に、ヴェルグリンドがいたとはな」

——と。

そしてそれが、劇的な刺激をとある人物へと与える事になる。

「……ヴェルグリンド？　ヴェルグリンドだって⁉」

「どうしたの、エミール？」

挙動不審となったのは、常に飄々としていたエミールだ。

周囲など眼中にない様子で、ブツブツと呟き始めた。

それは妖魔ではなく、人間であったエミールの本能に由来する行動である。そうとは気付かぬ他の者達は、エミールが何かに気付いたのかと固唾を呑んで見守っていた。

「そうだ、そうだよ。彼女はいるんだよ、この世界に！　だったら、ボク達は——」

エミールの心を占めるのは、純粋なる恐怖。

——それは、妖魔が感じる感情だ。

そしてもう一つが、打算。

——それは、支配されたフリをして妖魔を騙し続けたエミールの、天才詐欺師《ローラン・ヘイズ》の孫としての本領発揮であった。

妖魔の支配は、ヴェルグリンドが敵に回るかもしれないという恐怖によって崩された。その隙を見逃す事なく、エミールが人間として必死になって抵抗する。

その心に去来するのは、祖母の如く母の如く姉の如く自分を愛してくれた、美しい女性の笑顔の記憶。絶対的な安心感を与えてくれる、抱擁の記憶だ。

幼き自分を胸に抱くその女性の名は、ヴェルグリンドと言った。

だからエミールは、彼女の名を呼ぶ。

全力で助けを求める為に。

『助けて、グリンお姉ちゃん――ッ!!』

エミールのその絶叫が、事態を急変させる鍵となったのだ。

●

「呼んだわね、エミールちゃん。助けに来たわよ」

そう告げながら、その者は突然現れた。

警戒厳重な妖魔の拠点に、それがどうしたとばかりに理不尽に。

その者とは、言うまでもなくヴェルグリンドである。ラミリスの迷宮すら破壊する彼女を前にしては、妖魔達の『結界』などあってないようなものだった。

妖魔達が唖然となったのも無理はない。

常に冷静沈着な天理正彦《あまりまさひこ》でさえも、この事態は想定外の出来事である。ヴェルグリンドの存在を確信してはいたが、まさか対処する間もなく邂逅する事になるとは思いもしなかった。


「ヴェルグリンド、どうして貴様が？」

「私の名前を知っているのね」

「当然だ。貴様は我等の王たるフェルドウェイ様と手を携え、皇帝ルドラの覇道を手助けしているのではなかったのか!?」

「ああ、〝基軸世界〟と繋がっているなら、時間軸も同期出来そうね」

「何？」

「こっちの話よ。それよりも、さっさと用件を済ませてしまいたいのだけど？」

天理正彦《あまりまさひこ》は混乱した。

それなのに、冷静な部分では思考を続けている。

もっと早くにヴェルグリンドの存在に気付けていれば、それなりの対処を取れただろう。だが、この世界にいるなどと思いもしなかった。

（大失態だ。だが、何故だ？　彼女ほどの存在が、次元間を移動出来るはずがない。総力を挙げて拡張させている〝冥界門〟でさえも、いまだコルヌ様を呼び出せぬというのに……）

ヴェルグリンドという存在はコルヌと同等か、下手をすればそれ以上だ。天理正彦《あまりまさひこ》では見通せぬほどの魔素量《エネルギー》を秘めているのである。

それなのに、どうやってこの世界にやって来られたのか？

そしてその目的が何なのかわからず、戸惑うしかない状況になっていた。

叶うならば、今の時点での敵対は避けたいところであった。

だが、しかし。

「用件、とは？」

「簡単な提案よ。この世界への侵略を諦めて、異界に撤退なさいな。そうすれば、今回の件は大目に見てあげるわ」

「……」

笑顔で告げるヴェルグリンドだが、その言葉には怒りが隠されていた。

自分の愛する者達を傷付けようとした存在を、ヴェルグリンドは嫌悪しているのである。

そして天理正彦《あまりまさひこ》は、その感情を正確に見抜いている。

（最悪だな、既に我等は敵認定されているようだ。だが、解せぬ。フェルドウェイ様とは味方同士のはずだが――いや、待てよ？　時間軸の同期、だと!?）

天理正彦《あまりまさひこ》の恐るべき頭脳が、高速で回転する。そして、ヴェルグリンドが洩《も》らした言葉の端から、おおよその正解を導き出した。

（そうか、コイツは違う時間軸からやって来たのだ。こちらの状況を知らぬようだが、フェルドウェイ様と皇帝ルドラの話に驚いた様子はなかった。という事は、現時点までの知識はあると見て間違いない。コルヌ様からの命令変更もない点から判断するに、未来の時点で何かあったのだろうな。そこで恐らく――）

〝基軸世界〟から、こちらの世界の過去へと跳んだ。

――それが、天理正彦《あまりまさひこ》の出した推論であった。

称賛すべき頭脳の冴えである。

それを活かす時間がないのが残念であった。

「交渉はナシね。面倒だもの」

取り付く島もないとはこの事で、天理正彦《あまりまさひこ》は判断を迫られる。

ヴェルグリンド自身は悠然たるもので、いつの間にか引き寄せたエミールに、その手を翳していた。

何をしているのかなど、一目瞭然である。完全に同化する寸前だったエミールと妖魔を、丁寧に分離しようとしているのだ。

妖魔が必死に抵抗しているが、時間の問題だろう。

ならば、その時間を有効に活用するまで。

天理《あまり》正彦《まさひこ》はそう決断した。

「我等の望みは、妖魔と人類の共存共栄なのだがな。それを理解してもらえないとは、残念だよ」

「知的生命体同士では、一方的な望みなんて理解されないものなのよ」

「フッ、違いない。だが、諦める訳にもいかんのだ」

「それが答えなのね？」

「その通りだとも！」

ヴェルグリンドは嗤う。

「お馬鹿さんだこと。それなら――出番よ、貴方達！」

最終決戦が始まろうとしていた。

＊

いきなり出現した人間達に、妖魔勢が目を見開く。

だがそれは、出現した方にも言えること。

人類最高戦力たる戦士達は、妖魔以上に困惑していた。

「呼ばれたわ」

「え？」

「行かなきゃ。そしてあの子を助けないと」

という会話の後で、いきなりヴェルグリンドが消えた。

おやおやと思っていると、いきなり自分達までも、見知らぬ場所へと呼び出されたのだ。

そして、この場面である。

空間を転移したんだと気付く者など、誰一人としていなかった。何しろ、〝転移門〟を潜るでもなく、いきなり場面転換したからだ。

それは一言で言い表せば、『瞬間移動』となる。それも十人単位で行われた訳で、想像を絶する超能力であると言えた。

　ゲンセイ達を代表とする人類からすれば、理解不能な神の御業なのだ。

　そんな状況で「出番よ、貴方達！」と言われても、何をすればいいのかという話である。

　こういう困った時は、何か出来る事を見つけるのが大事なのだ。

　入試問題などもそうだが、解らない問題は後回しにして、出来る事から手をつけるのが鉄則。これは仕事にも応用可能であり、自分の理解出来る事を取っかかりにして、作業を進めていけば何とかなったりした。

　今回の場合、知り合いがいたのが僥倖だった。

　各々が自分の知り合いの顔を発見し、それぞれの交渉が始まったのである。


　ゲンセイの場合は、弟子であり頼もしき仲間でもあった男、天理《あまり》正彦《まさひこ》へと目を向けた。

「正彦よ、お前は妖魔に負けるような弱い男ではなかろう。陛下も嘆いておられるぞ。さっさと自分を取り戻し、戻って来い」

　そう声をかけ、様子を見る事にしたゲンセイである。

　刀の柄に手をかけて、いつでも抜刀出来る構えを取りつつ、返事を待つ。

　皆本もそれに合わせて、自然と横に並んでいる。

「天理さん、負けないで下さい！　自分の心を見失わないで下さい!!」

　ゲンセイ同様、呼びかける作戦に出た。

　もしかしたら自我が残っている可能性に賭けて、妖魔に打ち勝てればと考えた訳だが……。

　呼びかけられた方の天理《あまり》正彦《まさひこ》だが、意外にも効果覿面であった。何しろ本人が、自分は妖魔なのか人間なのかで答えが出ていなかったからだ。

「私は……」

　と思わず口にして、そこで悩み始めてしまう。

　天理《あまり》正彦《まさひこ》からしても、この展開は想定外過ぎたのだ。

　問題は、この場にいるヴェルグリンドの存在だ。

　そもそも、ヴェルグリンドの提案を蹴ったのも、勝てると考えたからではない。その逆で、敗北が確定しているからこそ、仲間達を煽る為に交渉を決裂させたのだ。

ハッキリ言って、ヴェルグリンドの存在感は次元が違った。勝てる勝てないを論じる相手ではなく、敵対した時点で詰んでいるのだ。

ならばどうするのかと言えば、この場からの撤退が最善手となる。

提案を受け入れるという案もあるが、それは却下だ。もしも要求を呑めば、全ての戦略は崩壊し作戦は終了となる。その場合、責任は自分とプルチネルラに帰結する訳だが、それを良しと考えるほど天理正彦《あまりまさひこ》は素直な性格をしていなかった。

むしろ、妖魔の敗北に心地好さまで感じている。

どちらかと言えば、人間的な側面が勝っているのだ。だからこそ天理正彦《あまりまさひこ》は、ゲンセイからの呼びかけに心が揺れるのである。

人間としての心が、このままゲンセイ達の下に戻れと語りかけてくる。

妖魔としての知性が、敗北を認めたくないと叫んでいた。

人間としての理性が、ここで逃げても意味がないと告げる。

妖魔としての本能が、ヴェルグリンドの脅威に怯えていた。

そうした諸々の情報がせめぎ合い、天理正彦《あまりまさひこ》を苦しめる。

（そうか、妖魔の最大の弱点は、自我が希薄だという点だったのか。せめて〝名前〟を与えられていれば、確固たる己を確立していただろうに。いや、だからこそ私は、妖魔に打ち勝てたのだ。そう、私は天理正彦《あまりまさひこ》。断じて妖魔などでは――）

天理正彦《あまりまさひこ》は苦悩する。

その様はまさしく、人間そのものだった。

その様子を見て、ゲンセイ達はいけると判断した。

「思い出せ、正彦！　お前の忠誠は誰に捧げたのかを。その剣の腕は、誰の為に磨いたのだ？　強さとは、正しく意味を見出さねば暴力でしかない。その教えを忘れたか⁉」

天理正彦《あまりまさひこ》は覚えている。

自分の忠誠は皇帝陛下に捧げた事を。

自分の剣は、弱き者達を守る為にこそ振るわれるべきである事を。

「天理さん、近藤さんも最後まで立派に戦い、散ったそうです。自分にとって御二方は、眩しいくらいに憧れでした。それなのに……近藤さんが死んだのは、妖魔のせいらしいですよ！　アンタは、そんなヤツ等の仲間になるつもりなんですかっ‼」

妖魔のせいとは言い切れないのだが、ヴェルグリンドはそういう感じで説明したので、皆本達は信じ込んでいた。誰も突っ込む者がいないし、まるっきりの嘘という訳でもない為、その話が真実となったのだ。

なので、天理正彦《あまりまさひこ》もそれを信じた。

それは許せん――――と、天理正彦《あまりまさひこ》の心が燃える。

心のどこかで、何かがパリンと砕ける音が響いた。

天理正彦《あまりまさひこ》は考えるのを止めて、自身の心からの願いに耳を傾けるのだった。


仙華《シェンファ》の場合は、妖魔側から声をかけてきた。

「久しいな。ここで会ったのも何かの縁だ。オレとお前の間に言葉など要らん。闘《や》り合おうや」

李金龍《リー・ジンロン》が不敵な笑みを浮かべて、拳を構えたのだ。

五十代とは思えぬほどの筋骨隆々とした男であった。それが今では妖魔と合体した事で、若々しさまでも取り戻している様子だ。

より獰猛に、仙華《シェンファ》に執着していた。

「しつこい男ね。何度叩きのめせば、負けを認めるのかな？」

「オレを殺さぬ限り、認めはせぬ。貴様がオレより強かったのは確かだが、それは過去の話よな。オレはな、勝つまで勝負を挑み続けるのだ」

そして、〝龍拳〟の正統後継者の座を奪うつもりなのだ。

李金龍《リー・ジンロン》は妖魔になってまでも、その野望を捨てきれずにいたのである。

「その執念だけは立派なものね」

「笑止。どのような手段であれ、勝てば正義なのだ」

そう言い終わるなり、李金龍《リー・ジンロン》が突きを放った。

中腰のまま床を滑るように、一気に距離を詰める。

前に構えた右拳はミサイルの如く。足の指先から生み出されたエネルギーが腰の回転する勢いに乗り、鍛え抜かれた拳へと収束した結果であった。

妖魔の力も加わり、常人など木っ端微塵になるほどの威力となっている。

仙華《シェンファ》とて、まともに喰らえば終わり——なのだが、木の葉のようにひらりと舞って、その威力を受け流してみせた。

それだけではない。

仙華《シェンファ》の繊手《せんしゅ》が紫電を纏い、迫りくる拳に左手がピタリと添えられる。突きの威力をそのまま活用すべく拳を掴んだ上で、前足を引っ掛けながら体をかわし、李金龍《リー・ジンロン》の背後を取る。そのまま身体ごと背中を押して、床に叩き付けた後、空いていた右拳で後頭部の首の根本を狙っての一打だった。

見惚れるような鮮やかな動き。

神速の突きの最中の事であり、拳を放った体勢となっている李金龍《リー・ジンロン》は、為すがままにされるしかなかった。

全身を走り抜ける衝撃に加え、急所を強打されたのだ。李金龍《リー・ジンロン》とて無事では済まない。

だが、妖魔の将軍となった李金龍《リー・ジンロン》は流石だった。

仙華《シェンファ》が練り上げた闘気も込められており、並みの妖魔なら即消滅するほどの攻撃だったのだが、まだ立ち上がる事が出来たのだ。

「ふう、痛《いて》えな。オレの部下共なら死んでたぜ」

「タフさだけは相変わらずね」

「当然よ。一発だけで終わっちゃ、お前も楽しめねーだろうが。これからが本番ってもんさ」

獰猛に笑う李金龍《リー・ジンロン》に、仙華《シェンファ》は舌打ちする。

「下品なヤツ」

「ち、違《ちげ》えよ！　そういう意味じゃ——」

意外と純情な面を見せる李金龍《リー・ジンロン》だったが、仙華《シェンファ》はそれに構う事なく猛攻を再開するのだった。

地味な組み合わせとなったのは、合衆国シークレットサービス代表のビリーとアゼリア合衆国大南海艦隊総司令官：デビット・レーガンであろう。

「閣下、貴殿には国家反逆罪の嫌疑がかけられております。法廷にて、身の潔白を証明するよう、進言致しますよ」

「吐かせ。私は人類などとは違う存在となったのだ。人の法で裁けるものかよ」

「では、強制的に拘束させて頂きます。抵抗されるようなら射殺も許可されておりますので、御容赦を」

「笑わせるな。人の限界を超えた今の私に、そんなオモチャなど通用するものかよ！」

　そう豪語して笑うデビットに向けて、ビリーは迷わず引き金を引いた。

　当たり前だ。油断している敵を狙うのは、戦術の基本なのである。

　放たれた銃弾には、ビリーの全力の闘気が込められている。一日に一発、全力注入した特別製なのだ。

　気が留まるのは一週間なので、七発分のストックがある。S&WM27《マグナムリボルバー》の装弾数は六発であり、全ての弾丸が必殺の威力を秘めているのだ。

　しかもその銃は、ヴェルグリンドによって神話級《ゴッズ》へと創り変えられている。撃ち出される弾丸の威力は大幅に増加しており、デビットの防御結界を貫くのに十分な威力となっていた。

「グハァ！」

　初弾で心臓を撃ち抜かれ、デビットが驚愕する。

　ヴェルグリンドはともかく、その他の者など脅威ではないと油断していたのだ。

（マズイ、どうなっておるのだ!?）

と、動揺が隠せない。

　デビットは妖魔となった事で、死ぬ恐怖から解放されたと考えていた。

　痛みや病気など、人の身ならば逃れられない。だがしかし、妖魔となったデビットには無縁のものになったのだ、と。

　それなのに、ビリーの銃は自分の身を害するものだった。

　そう理解した事で、デビットは恐怖した。人の心の弱さが、妖魔の意思を上回ってしまったのである。

これは、デビットに憑依した妖魔にとって思わぬ誤算であった。

デビットの心が弱かったから、憑依は簡単だった。

ところが今、その弱さが自らの弱点となってしまったのだ。

隣を見やれば李金龍《リー・ジンロン》も、仙華《シェンファ》相手に苦戦していた。

そんな馬鹿な話があるものかと、デビットは狼狽《うろた》えてしまう。

「閣下、認識を改められましたか？」

ビリーも煽っていく。

本来なら、勝てる戦いではない。

相手の不意を突き、動揺を誘い、こちらが有利だと誤認させる。

そうやって状況を有利なものにしてこそ、勝機が生まれると熟知しているのだ。

残る弾丸は六発。

ただし、一発は装填する必要があり、それを許してくれる相手とは思えない。残り五発で仕留められなければ、その時点でビリーの敗北が決まってしまうだろう。

そう考えていたからこそ、全弾撃ち込むのが躊躇《ためら》われたのだ。

この時――

戦いを上手く進めなければ、負けるのは自分だ――

と、両者が同時に考えていた。

思わぬ形で、膠着状態に陥ったのだった。


理不尽な組み合わせとなった者達もいる。

妖魔デリアと、それに対する六名の戦士達だ。

デリアは憤慨した。

「ちょっと、どうして私にだけ六人も来るのよ!!」

という心の叫びが、思わず口から飛び出てしまうほどだった。

それだけでは足りぬと、デリアは更に言い募る。

「散りなさいよ。もっと困ってそうな人を助けなさいよ！」

だが、その声は無視された。

「俺達はお前を助ける為にここまで来たんだ！」

〝七神器《しちじんき》〟筆頭であるブライトが叫ぶ。

「だったらその剣を仕舞いなさいよ‼」

デリアは叫び返しながら、ブライトが放った斬撃を弾き飛ばした。と、その隙を狙って弓矢が飛来する。

「危なッ！　相変わらず、陰険なヤツ。刺さったらどうするのよ⁉」

危険察知能力が飛躍的に高まっていたからこそ、デリアは回避に成功した。そして弓使いに文句を言うが、ニヒルな感じの弓使いの青年はどこ吹く風だ。

「デリア、悪いんだけど、大人しく捕まってくれない？　今のアンタはヤバそうだから、アタシらも命懸けなのよね」

鞭使いの女が、物憂げながらも的確にデリアを追い詰める。

それに呼応するように、弓使いが更なる攻撃を仕掛けていった。

「助けるとか言うならさ、せめて話し合おうとする態度くらい見せたらどうなのよ⁉」

デリアは文句を言いながら、それらの攻撃を必死に避けていた。

一対六名。

本来なら攻め手が有利なのだ。

だが、実際にはデリアに分があった。もしもデリアがその気なら、六名の戦士達は一瞬にして血の海に沈んだだろう。

そうならなかったのは、デリアにその気がなかったからだ。

デリアもまた、人間としての自我が甦りつつあったのである。

妖魔の作戦は完璧だったが、人間の名前を奪った時点で大きな狂いを生じさせてしまっていた。ヴェルグリンドという不確定要素が出現しなかったとしても、どこかで破綻していただろう。

見る者が見れば、それは明らかな状況なのだった。

＊

妖魔の拠点にある作戦会議室は、侵入者達との戦いで混乱状態に陥っていた。

その中でも悠然としているのは、エミールを治療中のヴェルグリンドと、腕を組んで高みの見物と決め込んでいた〝怪僧〟プルチネルラのみだった。

この男、聖人と称されるほどの人物でありながら、その本性は邪悪だった。そして、それを誰にも悟らせぬほどの狡猾さも身に付けていた。

今もまた、状況を的確に読み解き、自分にとっての最善が何かを探っている。

その姿は、人間の欲望そのもの。

妖魔の自我など、とうの昔に喰らっていたのだ。

ただし、同化が完全に終了した訳ではない。プルチネルラが優先させたのは力の吸収であり、妖魔が持つ知識は後回しにされていた。力さえ手に入れておけば、後はどうとでもなると考えていたのである。

それでも少しずつは蓄えられているのだが、意図して勉強しようという気にはなれなかったのだ。何しろ、何百万年にも渡ろうかという記憶など、『思考加速』を行っても膨大な時間を要するからだ。

それに、不必要な知識まで吸収すれば、自我にも影響を及ぼしかねない。そうした心配もあっての判断だったのだが、それはプルチネルラにとっての不幸であった。

何故ならば、ヴェルグリンドについての知識が欠落していたからだ。

だからプルチネルラは、ここで致命的な間違いを犯してしまう。

ヴェルグリンドへの対策ではなく、自分の欲望を優先させてしまったのだ。

(天理正彦《あまりまさひこ》は恐ろしく狡猾な男である。ヤツならば、〝冥界門〟を壊せば我等が王となれる事に気付いておるはず。だからこそ拙僧は気付かぬフリをしておったのだが、正解であったな。ヤツは拙僧を信用しておる。この侵入者共を利用して、拙僧が出し抜いてくれようぞ！)

プルチネルラは隙を見て〝冥界門〟を壊し、天理正《あまりまさ》彦《ひこ》を殺すつもりだった。そうして自分が王となる算段だったのだが、この混乱を好機と考えた。

プルチネルラに憑依した妖魔は、コルヌの〝参謀〟として常に最前線で戦い続けていた。だからこそ、エクストラスキル『生命奪取《ライフドレイン》』という能力《スキル》を獲得していた。

ルミナスの『生気吸収《エナジードレイン》』やユウキの『奪命掌《スティールライフ》』と違い、死んだ敵のエネルギーを我が物とする能力《スキル》だ。ただし奪えるのは、最大でも自身の魔素量《エネルギー》の一割にも満たない。それに、戦闘時には使えないので、そこまで使い勝手がいい訳ではなかった。

それでも、戦えば戦うほどに強くなれるのが利点だったのだ。

ところが――

プルチネルラの欲望は、その権能を昇華させていたのだ。

それこそが、ユニークスキル『即身仏《ミタスモノ》』という。

意識がないほどに弱った相手からならば、己の乾いた肉体が満足するだけ力を奪えるという権能だ。これもまた戦闘では扱いにくいのだが、混戦時ならば生きて来る。

ましてこの場には、かなりの強者が揃っていた。

（クックック。上手くやれば、倍の力が手に入るのである。そうなれば、天理正彦《あまりまさひこ》など拙僧の敵ではない。これからはコルヌではなく、拙僧の副官として働いてもらうとしようぞ！）

もはや自分の欲望しか見えておらず、主であるコルヌの事さえも呼び捨てであった。

プルチネルラは状況を観察し続けていた。

そして、格好の獲物を見定める。

仙華《シェンファ》と李金龍《リー・ジンロン》の戦いは、仙華《シェンファ》が優勢ながらも思ったよりも接戦であった。互いに疲弊しつつも、いまだに決着はついていない。

（弱者から奪うのも手だが、それでは強者に警戒されるのである。その点、仙華《シェンファ》ならば最高なのである‼）

元々、仙華《シェンファ》は自分の獲物だと考えていたプルチネルラである。中華に出向く前にこの状況になったのだが、結局は予定通りだとほくそ笑んだ。

そして、仙華《シェンファ》と李金龍《リー・ジンロン》が組み合った瞬間を狙い、その牙を剥いたのだ。

＊

拳を交える仙華《シェンファ》と李金龍《リー・ジンロン》だが、互いの顔には笑みがあった。

「嬉しいぜ、仙華《シェンファ》よ。ずっと相手にならなかったお前と、こうして戦ってられるんだからよ」

今までは鎧袖一触《がいしゅういっしょく》にされていた李金龍《リー・ジンロン》は、仙華《シェンファ》と戦えるのが嬉しかった。

仙華《シェンファ》は憧れだったのだ。

天才の一言で片づけられないほど、彼女は武に愛されていた。

李金龍《リー・ジンロン》の胸中は複雑だ。

仙華《シェンファ》がいなければ、継承者は自分だったという思いがある。だがしかし、まだ幼子だった仙華《シェンファ》の才気を見た時に、その少女がどこまでの高みに至れるのか見てみたくなってしまった。

その瞬間に李金龍《リー・ジンロン》は、負けを認めていたのだろう。

「フンッ！　己を高めるではなく、他者の力を借りても意味はないわよ」

「知ったふうな口を利くもんだな。オレはよ、お前を超えられるんなら何だってするぜ」

「知ってるのよ。私だって、自分だけの力で戦っている訳じゃないもの」

「何？」

「継承者だけが知る事実だけど、別に秘密ではないから教えてあげるわ。〝魂魄〟にはね、代々の継承者の方々の、知識と経験が託されているの。それを受け継ぐのだから、先代より強くなって当然なのよ。開祖の夢は、世界最強だったもの。そんな実現不可能な夢を追い続けた御方だからこそ、次代に繋ぐ〝御業《ワザ》〟を編み出されたのだわ」

そう教えられて、李金龍《リー・ジンロン》も思い出す。

継承者は必ず、先代よりも強くなるという噂を。

その理由を今、理解した。

そして、仙華《シェンファ》の力が彼女個人のものだけではなく、多くの偉人に支えられたものなのだと悟った。

「お前も、他者の力を――」

「そうよ。だから私は負けられないの」

人間は、先人の知識の蓄積の上に、新たな道を創造する生き物なのだ。

〝龍拳〟の理念も、それと同じである。

土台がしっかりしていないと、建物は傾くものなのだ。他者の力を受け入れられるように、自分自身を高めなければならないのだった。

「オレの修行が足りないってか⁉」

「ええ。せっかくの力も、使いこなせなければ意味がないのよ」

「チィッ‼」

李金龍《リー・ジンロン》は屈辱だったが、それが事実であると気付いていた。力だけを比べたら、自分の方が上なのだ。それでも劣勢なのだから、言い訳など出来ないのである。

せっかく高揚した気分が冷める思いだが、それでも今の状況は楽しかった。

決して優勢ではないが、勝利に手が届きそうな予感もある。身を削るような命のやり取りが、李金龍《リー・ジンロン》の血を滾らせるのだ。

妖魔の自我が自制を促すが、そんなものを聞く気などサラサラない。

（もっと、もっとだ！　もっと速く、もっと強く、オレが勝つんだァ‼）

仙華《シェンファ》への劣等感が消えて、勝利への欲求だけが高まる。それに呼応するように、妖魔の自我までも李金龍《リー・ジンロン》に力を貸し始めた。

完全に同化する前兆である。

互いの欲望を己のものとし、心の境界をなくすのだ。

そうなれば仙華《シェンファ》に勝てると、李金龍《リー・ジンロン》は確信する。

その時だった。

またも組み合いになった仙華《シェンファ》の背後に、プルチネルラが立ったのだ。

「ヌゥン‼」

プルチネルラの手刀が仙華《シェンファ》の背中に突き刺さったのは、瞬きする間もないほどの刹那の出来事だった。

「カハッ」

仙華《シェンファ》の口から鮮血が散り、そのままその場に崩れ落ちた。

極限まで肉体を鍛えて、半精神生命体である〝仙人〟に片足を踏み入れている仙華《シェンファ》だからこそ、即死を免れていた。

だがしかし、プルチネルラは仙華《シェンファ》の心臓を抉り出したのだ。

このままでは、仙華《シェンファ》の死は時間の問題であった。

それに対して、プルチネルラは歓喜する。

仙華《シェンファ》の心臓を貪り喰って、ユニークスキルを発動させていた。

「美味い。これで拙僧の力は大いに増すのである！」

その言葉通りに、プルチネルラに力が漲っていく。

そんなプルチネルラに激高したのが、部下であるはずの李金龍《リー・ジンロン》だ。

妖魔としての絶対的な階級を無視して、人間である部分が心から叫ぶ。

「テメエッ！　オレ達の勝負に水を差したばかりか、オレの憧れに何をしやがるッ!!　最強はよ、正々堂々と倒さなきゃならねーだろうが!!」

そう叫びながら、蹴りまで放った。

が、通じない。

必殺の右回し蹴りだったが、プルチネルラの翳した左手によって軽々と止められた。

「脆弱！　そして、逆らう配下など不要である。お主も拙僧の糧となれ」

仙華《シェンファ》の力を取り込み切っていない為、今喰っても微々たる量しか力にならない。にもかかわらず、プルチネルラは嗜虐的な笑みを浮かべて、李金龍《リー・ジンロン》の足を破壊した。

「グアァ――ッ!!」

痛みという感覚など備えていない妖魔だが、李金龍《リー・ジンロン》は人間としての意識が強かった為に幻肢痛を感じてしまった。

プルチネルラはそれを嗤う。

「笑止であるぞ！　妖魔の力を使いこなせもせず、人という種を超越した意味すら理解せぬ愚か者めが！」

妖魔としての特性を理解していれば、もっと十全にその力を活かせていた。そうであれば、仙華《シェンファ》に勝利していた可能性もあったのだ。

プルチネルラは笑いながらも、配下への教育をどうすべきか考えていた。

妖魔のままなら問題ないが、人の自我が芽生えると厄介だ。メリットとデメリットがある。

融通が利くのはメリットだが、裏切りの可能性が生じるのはデメリットだった。

妖魔には絶対的な上下関係があるのだが、欲望次第では自我を優先させる者もいるだろう。今のプルチネルラがそうなのだから、これは確定事項である。

自軍の強化という点では、李金龍《リー・ジンロン》を反面教師とさせて自らの力を理解させるべきなのだろうが……。

(そうすると、裏切られた時に面倒であるな。やはり、裏切りを許さぬ支配体制を構築するまでは、今のままにしておくべきなのである)

と、方針を定めた。

もはや、自分が王となった気になっているのだ。

それに、残っている幹部は少ない。

李金龍《リー・ジンロン》は自分の手で始末するつもりだし、エミールはヴェルグリンドが保護してしまった。

残るはデリアとデビット、そして問題の天理正彦《あまりまさひこ》だ。

天理正彦《あまりまさひこ》は油断ならぬ男だが、ここで圧倒的な実力差を見せつければ、腹心になると誓うはずだ。

(ヤツは愚かではない。勝てぬと理解すれば、協力するだろうて。となると問題は、あのヴェルグリンドという女なのである。どれ、拙僧の力を試す意味でも、あの女には生贄に——)

などと、とても幸せな感じに未来予想を描いていたのだが——それが現実になるはずもない。

幸せな妄想を一瞬で終えて、李金龍《リー・ジンロン》へのトドメを刺そうとしたプルチネルラが拳を握った。

邪悪な妖気を纏わせて、李金龍《リー・ジンロン》の頭部を粉砕しようとしたのだが——

「邪魔」

という声を耳にした瞬間、想像もしていなかったような激痛が全身を駆け巡った。

あまりの激痛に転げまわるプルチネルラ。

李金龍《リー・ジンロン》を決して笑えぬ姿であった。

「仙華《シェンファ》、死ぬのは許さないわよ。ここで貴女が死んだら、ロンの夢が途絶えるのだもの」

相変わらず、他人の都合などお構いなしのヴェルグリンドである。

死にかけている者を相手に、無茶振りもここに極まれりだった。

死を待つばかりだった仙華《シェンファ》も、これには流石に言い返したい気分になる。

「で、すが……わ――」

「部位再生《リジェネレーション》！　あと、ついでに体力回復《ヒーリング》っと。これでどう？」

部位欠損すら治癒する魔法で心臓を再生させ、その上で体力の回復を行うという荒技で、ヴェルグリンドは仙華《シェンファ》を癒した。

ヴェルグリンドは色々な世界を旅する内に、神聖魔法も会得していた。自分にはまったく必要ないのだが、主にルドラの転生体達の為に頑張ったのである。

そうこうする内に本当に信仰されるようになっていたりするのだが、知らぬは本人ばかり。この世界では神の御業なのだが、まあ、どうでもいい話であった。

「あのう……治ってます。全然苦しくないし、大丈夫な感じです」

世の中にはヒナタのように、魔法への高い抵抗力を有している者もいる。この世界にもそうした者がいるのだが、〝霊子〟に干渉する神の奇跡ならば、何の問題もなく効果を発揮するのだった。

「そうでしょうね。神の奇跡：死者蘇生《リザレクション》は大袈裟だと思ったもの。良かったわね」

「はい……」

そうなんだ、もっと上の魔法もあったんだ――と、心の中で呟く仙華《シェンファ》であった。

さて、これで体調は元通りなのだが、問題解決とはならなかった。

プルチネルラが喰らったのは、仙華《シェンファ》の〝魂魄〟なのである。代々託された知識と経験は残っているが、力の大半が失われてしまっている。

これをどうにかしない限り、仙華《シェンファ》は弱体化したままとなってしまうのだ。

本来ならば大問題――なのだが、ここにはヴェルグリンドがいた。

「私の力を貸してあげるわよ。竜の気だから、代用になるでしょう」

代用どころか、今まで以上に強くなる。

だがそれは、人間の尺度での話だ。

ヴェルグリンドからすれば誤差でしかないので、迷いもせずに仙華《シェンファ》に竜気《オーラ》を送り込んだ。

力を安定させた竜の気は、仙華《シェンファ》の肉体を強化させる。流石に〝聖人〟までは至らなかったものの、仙華《シェンファ》は〝仙人〟として完全に覚醒したのだった。

「これが……開祖様だけが与えられたという、龍凰《ロンファン》様の御力なのですね！」

唖然として状況に取り残されていた李金龍《リー・ジンロン》も、何故か満足そうに頷いている。その表情は、人間だった時の彼そのものだ。

「クックック、やはりあのガキはこうでなくっちゃな。憧れは高みにいてこそ、目指す意欲が湧くってもんさ」

などと呟いて、またも一方的に仙華《シェンファ》をライバル視していた。妖魔の将軍である李金龍《リー・ジンロン》から見ても、彼女は強くなっていたのだ。

それに、歓喜にむせぶ仙華《シェンファ》自身は気付いていないのだが、彼女は〝仙人〟となった事で寿命も大きく延びている。

開祖のロンでさえも至れなかった高みに立った事で、この世界の管理者たる〝龍拳師《りゅうけんし》〟として生きる事になるのだが、それはまた別のお話なのだった。

＊

ヴェルグリンドに邪魔だと吹き飛ばされたプルチネルラは、自分の身に何が起きたのか理解出来なかった。

〝三妖帥《さんようすい》〟コルヌには劣るものの、絶対的な力を手に入れたはずだった。それなのに、耐え難いほどの激痛を味わうハメになったのだ。

(何だ、何が起きたのであるか⁉ どうして拙僧が、人の如き痛みなどを感じておるのだ⁉)

その理由は簡単で、ヴェルグリンドの真紅の覇気《カーディナルオーラ》は、触れた者を焼き尽くすからだ。

もっとも、今回は殺すつもりがなかったから、全力で手加減されていたのだが……。

そうと気付いていれば、プルチネルラもこれ以上の愚行を重ねなかっただろう。だがしかし、彼は想像以上に、王となる自分に酔っていた。だからこそ現実が見えず、やってはならない事にまで踏み入ってしまうのだ。

「不意打ちであるか、小癪な」

彼我の実力差すら理解出来ぬ、哀れな小物の発言である。

ヴェルグリンドも、まさかそれが自分に向けられた言葉だなどとは考えなかったほどだ。だから気にもせず、次なる者の対策に乗り出した。

ビリーと睨み合っていたデビットの背後に立ち、その頭を手の平で叩いた。この、真紅の覇気《カーディナルオーラ》を纏わせた一撃で、妖魔が滅された。とんでもない力業だが、ヴェルグリンドならばこんなものである。

一方その隙に、プルチネルラも行動に移っていた。

このままでは不味いと考え、デリアに命令を飛ばしたのだ。

「その槍を拙僧に寄越すのだ！」

「え？」

「お主では、その槍の真価を引き出せないのである。不甲斐ない所有者よりも拙僧に使われる方が、その槍も喜ぶであろうて」

などと勝手な理屈を述べながら、プルチネルラがデリアの槍を奪った。そしてその力を感じ取り、これで勝てると高笑いを始めたのである。

一方、突き飛ばされたデリアに、元仲間達が駆け寄る。

「大丈夫か？」

皆を代表してブライトが声をかける。

それを聞いたデリアの頬に、涙がこぼれた。

「馬鹿ね。私は人間じゃないのよ。この世界に侵略してきた妖魔で――」

「だが、お前は泣いているぞ。その涙こそ、お前がまだ人間である証拠だよ」

「ブライト……」

「大体さ、記憶もそのままなんだろ？」

「妖魔なんて追い出しちゃえよ」

「アンタは図太いから、妖魔になんて負けないわよ」

その時、心のどこかで何かがパリンと砕ける音を、デリアは確かに聞いたのだ。

「ちょっとカタリナ、慰めるならちゃんと慰めなさいよ！　私が図太いってどういう意味なのかしら？」

「そういうトコよ。アンタなら戻って来るって、アタシ、信じてたわ」

カタリナが泣きながらデリアに抱き着く。

そして、他の者達も。

もう言葉は要らなかった。

次々に喜びの声を上げる仲間達を見て、デリアは心の底から笑ったのだった。

そんなデリア達を見て、プルチネルラが不快気に鼻を鳴らした。

「やれやれなのである。これだから人間は……」

デビットまでもヴェルグリンドの手によって、正気を取り戻してしまった。デリアだけが忠実な部下だったのに、どうやら人間としての自我が勝ってしまった様子である。

こうなると、天理正彦《あまりまさひこ》にも期待出来ない。どうやら人間としての自我が勝り始めていた様子だったし、共闘は不可能と考えるべきだった。

だが、問題ないと考えている。

何故ならプルチネルラは、最強の武器まで手にしたからだ。

（この性能は正しく神話級《ゴッズ》なのである！　拙僧を主として認めようとせぬが、それでも十分に強いであるな。この力ならば、あの忌々しいヴェルグリンドとやらを始末出来るであろうて）

と、皮算用を行っていた。

どうしようもないまでに、身のほど知らずな男であった。

そんなプルチネルラだが、心のどこかでは警鐘が鳴り響いていた。消えてしまった妖魔の知識から、ヴェルグリンドについての情報を探り出したのだ。

それをじっくり精査していれば……。

「頼りになるのは自分だけ、という事であるな。良かろう。拙僧自ら、お主を始末してやるのである！」

「それ、もしかして私に向けて言ってるのかしら？」

「実に愚かな女であるな！　他にいないであろ――ブベラァ――ッ⁉」

堂々と殺意を表明したはいいが、それは悪手であった。

今までは興味がないから見逃されていたのに、敵認定されてしまったのだ。

それでも一応、妖魔から人間に戻る可能性があると考えていたヴェルグリンドは、プルチネルラが死なないように手加減している。

実に厄介なのが、プルチネルラは妖魔の意識を乗っ取っただけなので、その〝心核《ココロ》〟は残ったままだったのだ。

今回の一撃で、それを見事に砕いて見せたのである。

「これで任務も終了ね。そこの男も自力で妖魔に打ち勝ったみたいだし、これでもう、妖魔に乗っ取られた者はいなくなったわ」

ヴェルグリンドが、晴れやかにそう宣言した。

この場にいた六名の妖魔族《ファントム》幹部達。

デビットとエミールは、ヴェルグリンドの手によって妖魔の力を取り除かれ、普通の人間に戻っている。

天理正彦《あまりまさひこ》をはじめ李金龍《リー・ジンロン》とデリアは、自力で自分を取り戻した。こちらは妖魔の力が残ったままだが、ヴェルグリンドにとっては何の問題もなかった。

そしてプルチネルラだが、妖魔の〝心核《ココロ》〟を砕いたのでその力が失われるだろうと思われたのだが、どうやら様子がおかしかった。

「クックック、感謝感謝であるぞ。拙僧の力を戒めておった忌々しい封印が解けたのである！」

妖魔の力を完全に取り込み、その姿までも変異し始めていた。

肌は青っぽくなり、瞳は赤く輝いて。下級な者共とはまるで違って、天使のような翼まで生えている。

その身に纏う法衣は、妖魔が所持していた防具が変化したものだ。当然ながら長い年月を経ている為、伝説級《レジェンド》の中でも相当上位な性能を誇っていた。

その手に持つデリアから奪った槍も、錫杖へと変化した。つまりは、プルチネルラを所有者であると認めたのだ。

プルチネルラ自身の魔素量《エネルギー》が足りていないので、完全解放までは至っていない。だがそれでも、プルチネルラからすれば自身のエネルギーが倍になったように感じている。

凄まじいまでの高揚感に包まれ、プルチネルラは絶頂していた。

今の自分に敵う者などいないと、愚かにも増長していたのだ。

それを見て、ヴェルグリンドは鼻白む。

（もしかして、本物のお馬鹿さんなのかしら？）

と悩みつつも、プルチネルラの好きにさせている。

絶対的な強者なので、慌てたりはしないのだ。

そうとは知らず、完全体となったプルチネルラは高笑いだ。

「素晴らしい心地好さである。この力なら、コルヌ様にも勝てるやも——」

そう豪語してしまうほど、プルチネルラは全能感に満ち溢れていた。

事実、その力は覚醒魔王級に相当するほど高まっており、プルチネルラには今までの限界を超えたという実感があったのだ。

だがそれは、小さな物差ししか持たぬ者の発想であった。

「それは無理よ。十倍以上も差があるのに、勝負になる訳ないじゃないの」

ヴェルグリンドが思わずそう突っ込んでしまうほどに、あまりにも馬鹿げた勘違いだったのである。

それなのに、そう指摘されたプルチネルラが激高する。

「やれやれ、理を知らぬ愚者とは哀れなものである」

それはお前の事だろと、本人以外の誰もが思った。

ヴェルグリンドもようやく、プルチネルラが自分を貶しているらしいと気付いた。しかし、その理由がわからない。ヴェルグリンドに勝てると考えているような態度だが、何を根拠にしているのか思い当たらないのだ。

妖魔とも長い付き合いがあるので、まさか自分を知らぬ者がいるなどと思いもしないヴェルグリンドである。

いや、末端の妖魔族《ファントム》ならば知らなくても不思議ではないのだが、〝三妖帥《さんようすい》〟に連なる元天使だった上位存在ならば、ヴェルグリンドの名を聞いただけで震えあがるはずなのだ。

最強たる〝竜種〟を前にすれば、それが当然の反応なのである。

それなのに、プルチネルラの反応はとても不自然だった。

だから、もしかしたら自分の勘違いなのかもと、ヴェルグリンドは迷ってしまうのだ。

「さっきから気になっていたのだけど、貴方、かなり失礼よね。今の愚者って発言も、まさか私の事じゃないわよね？」

長い旅を経て、意外と我慢強くなったヴェルグリンドである。

本人評価では慈愛に満ちているとの事だが……そこまではナイにしても、以前よりも多少は優しくなっているのは事実だった。

だからこそ、怒るではなくそう尋ねたのだが、プルチネルラは図に乗った。

「知らぬなあ。どうやら多少は強いのであろうが、自惚れるのも大概にするのである。この世の外には更なる世界が広がり――」

ああ、本当に知らないんだ――と、ヴェルグリンドは理解した。

妖魔の自我に打ち勝ち、プルチネルラの意思によって行動していたのか、と。

そして同時に、プルチネルラという男を憐れんでしまう。妖魔に憑依され、知識の習得を優先させた天理《あまり》正彦《まさひこ》とは対照的に、この男は力だけを求めたのか、と。

（だからコイツは肝心な事を知らないで、ここまで増長してしまったのね）

そう納得したから、怒るよりも呆れてしまったのだ。

ヴェルグリンドは何やら演説しているプルチネルラを無視して、ゲンセイ達に問いかけた。

「この男、どうするのが正解かしら？　妖魔の核を砕いたのに、力はそのまま残ってしまったわ。こうなると、私でも処置出来ないわよ」

それはつまり、力を奪えないという意味である。

だが、プルチネルラは勘違いした。

「クックック、当然なのである！　今更臆しても手遅れというものぞ!!」

ヴェルグリンドが自分に勝てないと宣言した――と理解した訳だ。

どこまでも幸せな思考回路を持つ男であった。

「素直に負けを認めるその心意気に免じて、配下に加えてやるのである。拙僧の慈悲に感謝し、その栄誉ある座を――ブベラァ――ッ!?」

「黙りなさいな」

またもヴェルグリンドの平手打ちが決まった。

それにまったく反応出来なかったプルチネルラは、ここでようやくオカシイぞと気付く。

（もしかして拙僧は、大いなる勘違いをしておるのでは!?）

そう思い、慌てて探っていた記憶を読み解こうとする。

が、残念ながらそれは出来なかった。

先程、ヴェルグリンドに妖魔の〝心核《ココロ》〟を砕かれてしまった時に、記憶情報も全て消失してしまっていたからだ。

（マズイ、マズイのである!!）

何だか理由もわからぬままに、プルチネルラは焦燥感に駆られた。

そんなプルチネルラを放置して、ヴェルグリンドはゲンセイ達との会話を再開する。

「貴方達にとっては、この男を生かしておくと面倒になりそうね。殺しておく方がいいと思うけど、どうする？」

プルチネルラの生き死になど、ヴェルグリンドにとっては興味がないのだ。

だが、放置は出来ない。

桜明《おうはる》が生きている内は、ヴェルグリンドがいるから問題ない。しかし、その後はどうなるかわからないのである。

ヴェルグリンドは責任を負うつもりなど毛頭ないので、次なる〝魂〟の欠片を捜しに旅立つつもりなのだ。

そうなると、残されたプルチネルラを止められる者がいなくなってしまうだろう。

それに、この世界ではルドラの輪廻が何度も繰り返されていると判明しており、その血脈も受け継がれていた。プルチネルラに好き勝手にさせるのは、ヴェルグリンドとしても面白くないのである。

ゲンセイ達では対処出来ないのは明白であり、だからこそ、ここで始末するのが手っ取り早いのだ。

「確かにその通りなのですが……」

この場には、大ロシアム関係者が一人もいなかった。

自国の英雄だけが殺されたとなると、どうしてもしこりが残るだろう。それが妥当な判断だと理解はしても、面白くはないはずだ。

ヴェルグリンドはそれを心配して、どうするかを問いかけている。

つまり、プルチネルラを生かしているのは、ヴェルグリンドの優しさではない。自分が勝手に殺してしまうと、桜明《おうはる》に迷惑をかける恐れがあると結論付けているだけのこと。

だから、判断を他の者に委ねた。

誰もが他国の者なので、判断に困るだろう。全員で相談した上で、ここでプルチネルラを逃がすという選択をするなら、それはそれでいいと考えたのだ。

天理正彦《あまりまさひこ》は当然として、他の者達にもヴェルグリンドの意図が読めた。だから遠慮なく、ここで本音をぶちまける。

「始末以外に選択肢はないぞ。妖魔に憑依されていた私がやったと、そう報告すればいい。大ロシアムが私の身柄を要求するなら、気にせず差し出してくれても構わない」

天理正彦《あまりまさひこ》がそう言えば、ゲンセイがそれに難色を示した。

「いや、始末するのは同意だが、お前が犠牲になる事はない。事情を説明し、理解を求めよう」

これに乗っかるのがアゼリア勢だ。

「その通りです。何、事情を説明しても理解しないようなら、その時は圧力をかければいい。我がアゼリアも協力しますぞ」

「その発言は問題があるかと思いますよ、司令官閣下。ですが、始末するという案には賛成です」

「大き過ぎる力に溺れれば不幸を呼ぶ――ってね。ボクの爺ちゃんのセリフだったんだってさ。プルチネルラさんが不幸になったのも、自業自得だと思うんだよね」

デビットの発言を諫めつつ、ビリーとエミールも賛意を示した。

ちなみに、エミールの祖父であるローラン・ヘイズは、本当に下らない事でしかヴェルグリンドを頼らなかった。それを思い出したヴェルグリンドが微笑んだのは、余談である。

中華勢は黙認姿勢だ。

大ロシアムからは国土に攻め込まれている為、良い感情を抱いていない。だから発言を控えているのである。

最後のアーシア勢だが、こちらは殺意満々だった。

「理由はどうとでもなりますよ。殺しましょう」

「そうだね。デリアを突き飛ばした上に武器まで奪いやがって、可能ならアタシの手でぶっ殺してやりたいよ」

「まあ、そうだね。反対する理由はない」

「右に同じ」

「……」

とまあ、仲間を傷付けられたという怒りもあり、自重のない発言が続いた。

それを聞いていたプルチネルラは、自分の状況がとてつもなくヤバイ事を悟っていた。

(こ、このままでは、このヴェルグリンドという女に殺されてしまうのである。そうなる前に――)

と考え、起死回生の策に出た。

密かに全身全霊を込めて、気を練り上げたのだ。

そして、背中を見せているヴェルグリンドに向けて不意討ちを狙う。

聖人としての誇りなど捨て去った。

騎士道精神など、生死の瀬戸際では意味がないのだ。

「死ぬのはお主なのである！　喰らえ、拙僧の入魂の一撃を――ッ!!」

破邪撃滅神光祈《はじゃげきめつしんこうき》――神仏の加護を得て邪鬼を滅する、聖霊教の神秘術である。これに妖魔の力まで加わり、この世界では観測された事もないような、膨大なエネルギーの奔流となっていた。

その余波だけで、被害甚大だ。

大地が震えて、空が軋んだ。

妖魔の拠点として作り替えられていた基地が、その衝撃に耐えられずに崩壊が始まっている。空爆を受けてもビクともしないどころか、核シェルターよりも頑丈になっていたにもかかわらずだ。

プルチネルラとヴェルグリンドの間に横たわる距離など、秒にも満たぬ時間で埋められる。その刹那の間に、それだけの被害が生じた訳だ。如何に凄まじい攻撃であるのか、それを見れば明らかであった。


（勝った！　この威力に耐えられるような生命体など存在しないのである。これで拙僧が、この世界の支配者に――え？）

勝ち誇ろうとしたプルチネルラは、その瞬間を目撃した。

ヴェルグリンドの無防備な背中に、槍状となったそのエネルギーが突き刺さったのを。

それなのに――ヴェルグリンドは無傷だった。

効かない。

効くはずがない。

だって相手はヴェルグリンドなのだから。

この大陸すら消し飛ばせるだけのエネルギーが、一瞬にして霧散してしまったのである。

「もう少しで結論が出るから、大人しく待っていなさいな」

と、何でもなかったかの如く言われた瞬間、プルチネルラも悟る他なかった。

ヴェルグリンドには絶対に勝てない、と。

そこで諦めていれば、もしかしたら違う結末になっていたかも知れない。

だが、それは仮定しても意味はないこと。

プルチネルラは往生際悪く、やってはならない事に手を出してしまったのである。

＊

「やれやれなのである。まさかこの世に、拙僧が勝てぬ存在がいるとは誤算であった。だがしかし、お主は拙僧に手出し出来ぬ」

「どうしてかしら？」

「拙僧は用心深いのだ。常に善人を演じておったのも、恨みを買わぬように気を付けておったからなのよ。それを、勝利を確信したから演じるのを止めたというに、まさかお主のような者がいるとは思わなんだわ。だがな、拙僧の勝利は揺るがぬ。既に策は張り巡らせてあるのだ」

「まどろっこしいわね。要点を言いなさいよ」

「クックック、せっかちなヤツなのである。良かろう、教えて進ぜよう。アゼリア、大ロシアム、アーシア、この三つの国々では、新型爆弾の開発が進められておった。方式に違いはあれど、原理は同じでな、まあそれはどうでもいいのだが、大事なのはその威力よ」

「まさか、その爆弾で私を殺せるとでも？」

「否、そうは思わぬ。今の拙僧なら耐えられる自信がある故、お主には通じぬと考えておるよ」

「そう？　それならどうして、爆弾の話なんか持ち出したのかしら？」

「焦るでないわ。まあ、不安になる気持ちも理解出来なくはないがな」

話を焦らしに焦らして、プルチネルラはヴェルグリンドを苛立たせる。

それが策なのだと理解しつつも、ヴェルグリンドは付き合い続けた。

プルチネルラなど、生かすかどうかを相談中に不意討ちを狙ってくるような卑怯者である。さっさと殺してしまうのが正解なのだろうが、ヴェルグリンドは話を聞いてみる事にしたのだ。

理由は簡単で、後で面倒な事にならないようにする為である。

せっかく悪巧みしていると教えてくれるのなら、聞いてあげるのが礼儀だと考えているのだ。

ついでに言えば、何をされたところで大丈夫だという、絶対的な自信があるのも理由の一つだった。

とまあ、ここまでは比較的大らかな感じで、プルチネルラの話を聞いていたヴェルグリンドだったが、次の発言を聞いて表情から笑みを消す事になる。

「拙僧の策とはズバリ！　その爆弾を盗み出し、各国の首都上空で爆発させるつもりなのだよ。既に手の者が配置についておる故、今更慌ててももう遅いのである！」

と、とんでもない事を暴露されたからだ。

「何を馬鹿な！　そんな真似をすれば、大勢の無辜なる民が犠牲になってしまうぞ!!」

「ふざけるなよ、テメエ！　指導層がいなくなりゃあ、国家の秩序も崩壊するだろうが！」

「妖魔の計画も、人類を依代として育成するというのが基本方針だったはず、貴様は一体何を考えているんだ!?」

口々に叫ぶ者達を見回し、プルチネルラは愉悦に歪んだ笑みを浮かべた。

「愉快愉快。そうよのう、慌てもするわな。拙僧とて、心苦しいのだ。天理殿の言うように、人類を育成するのが最善である。だがな、妖魔の数に比して、その数は多いのも事実。妖魔が憑依しておれば、戦乱の世となっても生き抜けるであろうよ。つまり、我等に影響は出ないのだ。ゆっくりと生き残った者共を集め、飼育すればいい話なのだよ！」

計画に遅れは出るが、問題ないと豪語するプルチネルラである。その理屈は無茶苦茶ではあるが、間違ってもいなかった。

そう理解して、天理《あまり》正彦《まさひこ》も押し黙る。

ゲンセイも顔を青褪めさせて、ヴェルグリンドに視線を向けた。

プルチネルラが長々と説明していたという事は、時間稼ぎをしていたという事だろう。つまりは、現在進行形で計画進行中なのだ。

　こうなるともう、ゲンセイ達に打つ手はない。

　可能性があるとすれば、ヴェルグリンドだけが行える『瞬間移動』に頼るしかないのだ。

　多くの犠牲者が出ると予想されるが、それでも各国指導者達だけでも逃がさなければならない。幸いにして、今は全員が皇国に避難しているので、ヴェルグリンドならば脱出させられるだろうと、ゲンセイはそう考えた。

　だからヴェルグリンドを見たのだが、見るんじゃなかったと後悔する。

　そこにいたのは、怒れる女神だったからだ。

　プルチネルラの計画は、ヴェルグリンドの逆鱗に触れる行為だったのである。

「拙僧とて、無辜なる民に犠牲が出るのは痛ましいのだ。出来得る事なら、犠牲など出したくないと考えておるのだよ。どうだろう？　ここは一つ、拙僧を見逃してみぬか？　互いに不干渉という事にするならば、皇国を――いや、世界の半分をお主に譲ると約束しようぞ！」

　プルチネルラは空気を読まず、ヴェルグリンドに交渉を持ち掛けた。爆弾による脅しで、十分に勝算があると考えたのである。

　だが、それは甘過ぎる考えだった。

「下種が。私に対してなら、どんな卑怯な手であろうとも許容してあげたけど、あの人まで巻き込むような策など許せないわ。お前は、輪廻の輪には戻さない。〝魂〟を砕き、永劫の苦しみを与えてあげましょう」

　ヴェルグリンドの本質は苛烈なのだ。

　強者だからこそ余裕があるが、逆鱗に触れたら《スイッチ一つで》ブチ切れるのである。

「ま、待て！　だから拙僧にもその気はないと――待て、話を聞くのだ！　拙僧が止めるように指示を出さねば、配下共が爆弾を起爆させるぞ！　既に、五ヶ国の首都上空に待機させておるのだ。ここは一つ穏便に――」

「うるさいわね。とっくに対処したわよ」

「はあ？」

何を言われたのか、プルチネルラには理解出来ない。

プルチネルラだけではなく、ここにいた者達の誰一人として、ヴェルグリンドの発言の意図が読めなかった。

ハッタリ——とも思えないが、その発言に嘘はないように感じた。だが、この場にいながら五ヶ国同時に守るなど不可能であろう、と。

それは、狭い常識での判断だ。

ヴェルグリンドには『並列存在』があるので、何の問題もなく対処可能なのである。

桜明《おうはる》の傍からヴェルグリンドが離れる訳がない。故に、皇国は盤石だ。

そして、一度行った事のある場所ならば、一瞬にして移動が可能なのである。アゼリア、アーシア、大ロシアム、そして中華。その全ての場所に、ヴェルグリンドは訪れた事があった。

全ての問題はクリアされていた。

桜明《おうはる》の傍にいたヴェルグリンドから『並列存在』が分離し、各国に散った。そして隠れ潜む妖魔を捜し出し、新型爆弾ごと吹き飛ばしたのだった。

「馬鹿な、有り得ない。そんな馬鹿なァ——ッ!?」

必死になって配下と連絡を取ろうとするも、とっくに滅んでいるので音沙汰はない。その現実を前にして、プルチネルラの顔が恐怖に歪んだ。

目の前にいる美女が、どれだけ危険極まりない存在なのかを、本当の意味で理解したのだ。

「許して、許して下さい……」

「ダーメ」

怒った美女の笑顔ほど怖いものはないという。

それが事実だったと、その場にいた全員が理解した。

「いや、いやだぁ——————ッ」

「灼熱竜覇加速励起《カーディナルアクセラレーション》」

逃げようとするプルチネルラの背後で、超新星爆発の如き閃光が走った。その熱線に包まれて、プルチネルラの〝魂〟が砕けて消える。

被害はそれだけに留まらなかった。

ヴェルグリンドとしては超小規模に抑えたつもりだったのだが、この大陸の三分の一が消失するに十分な

威力であったのだ。

生き残った者達は、唖然とするほかない。

自分達の前に立つ女神が、とても美しくも恐ろしく思えたのだった。

余談だが、ヴェルグリンドの灼熱竜覇加速励起《カーディナルアクセラレーション》によって、この世界とは関係のない場所にも被害が出ていた。

次元を超えた先、プルチネルラに憑依した妖魔の親玉――〝三妖帥《さんようすい》〟コルヌにまでも、『時空連続攻撃』による余波が届いていたのだ。

〝冥界門〟を開こうとしていたのが仇となった訳だが……これによってコルヌは、自分の軍団を全て失い、自身もまた快癒《かいゆ》するまで数十年かかるほどの大怪我を負う事になる。

恐るべき被害だが、それはヴェルグリンドの与り知らぬ話なのだった。

＊

「まあ、女神というのは、古来よりそういう存在であろうからな。怒らせてしまった人類側に非があるのは明白であろう」

とは、全ての事情説明を受けた後の桜明《おうはる》の言葉である。

「ごめんなさいね。かなり加減したつもりだったのだけど、私、思ったよりも力が増していたみたい」

可愛く言ってもダメなのだが、突っ込む者は不在だった。

それは、桜明《おうはる》とて同じ。

ヴェルグリンドのした事だからと、許すしかないのである。

幸いにも、被害は甚大――の一言で済まぬほどに大きいのだが、死者はプルチネルラ一人と少なかった。

妖魔の拠点となっていたアゼリア海軍基地から、軍港を含む隠れた入江にかけて、完全消失した。その余波を受けて海も荒れ、天変地異の如き現象が巻き起こったのだが、ヴェルグリンドが鎮めてしまったのだ。

蒸発した海水が嵐を呼んだが、天候操作で事なきを得た。

消失した入江はマグマとなっていたが、それも問題なく処理済みである。

失われた植林地などもあったのだが、上位回復《ハイ・ヒール》を大地に施すという意味のわからぬ神業によって、その日の内に新たな環境が誕生したのだった。

まあ、結果としては。

地形が変わったものの、影響は軽微――という結論に落ち着いたのだ。

こうして、妖魔からの侵略という人類の危機は、気まぐれな女神の協力によって無事に解決した。のである。

それから数年――

ヴェルグリンドは二度と、人類の歴史に介入しなかった。

桜明《おうはる》がそれを望まなかったからだ。

彼女の力は超越していた。

この魔法のない世界では、ヴェルグリンドが出張ると全てが茶番と化してしまうのだ。

だから委ねた。

失敗する事もあるだろうが、それを経験するのも人類の為になると諭したのである。

桜明《おうはる》の傍らで穏やかな時を過ごしつつ、女神は人の営みを見守ったのだ。

やがて、終わりの時が訪れる。

桜明《おうはる》の寿命が尽きるのだ。

ヴェルグリンドと、桜明《おうはる》の家族や近しい腹心達は当然として、彼女達に関わりある者が全員集っていた。

そんな中、眠っていた桜明《おうはる》が目覚める。

「朕は満足である。女神に愛されるという幸運を得て、安寧を……享受出来た。残していく其方達《そなた》が心配だが……朕の為に争うのは許さぬ。常に対話を求めるよう……心せよ。争いなど、つまらんぞ――――」

それが、桜明《おうはる》の最期の言葉であった。

争いとは、自分の為ならば我慢出来るものなのだ。

だが、それが愛する者の為だとなると、絶対に退けぬものになる。自分だけでなく、愛する者達の名誉まで失われてしまうからだ。

逆に言えば、それを煽る事で恐怖心を失くすという手法も取れるのだが――それを国家や宗教が主導するなど、断じて許される行為ではない。

自分以外の者の為と言えば聞こえはいいが、それは相手に責任を押し付ける行為でもある。自分の責任は自分自身で負うべきなのだと、桜明《おうはる》はそう伝えようとしたのだ。

激動の時代に翻弄された桜明《おうはる》は、争いのない世界を目指したいという願いを抱いていた。

どうすればそれが叶うのかはわからなかったが、答えをずっと考え続けていたのである。

自分の責任は自分で負う。

常に相手を理解しようとする努力を怠らず、対話による相互理解を求める。

この二つを言い残し、桜明《おうはる》は逝った。

その表情は安らぎに満ちており、大往生であったのは間違いない。

「頑張ったわね。私は貴方を、誇らしく思っているわ」

桜明《おうはる》の死に顔を、ヴェルグリンドが優しく撫でる。

すると、その身体が輝き始めた。

光は小さな結晶となり、輝ける〝魂〟の欠片へと吸い込まれて消える。それを胸に抱き、ヴェルグリンドは愛しくも切ない涙をこぼしたのだ。

＊

さて、ルドラの転生体である桜明《おうはる》が身罷った今、ヴェルグリンドがこの地に残る理由はない。

「それじゃあ私は行くけど、貴方達も元気でね」

もう二度と会う事はないでしょうけど――という言葉を飲み込み、ヴェルグリンドがそう挨拶した。

想いとは、言わなくても伝わるものらしい。

「龍凰《ロンファン》様、私は貴女様を追いかけたく思います」

「それは無理よ」

「かも知れません。でも、ここで諦めるより、希望を持ちたく思うのです」

「そうね……私もこの世界には何度も訪れているみたいだし、世の中には絶対という物事はないものね。頑張ってみなさいな」

「はい!!」

仙華《シェンファ》が嬉しそうに返事した。

その会話を聞いていた者達の何名かが、同じような夢を持つ。

彼等も魅せられたのだ。

本物の女神を前にすれば、その神気に憧れずにはいられないのである。

そして仙華《シェンファ》と同様に、いつかヴェルグリンドと巡り会いたいという願望を胸に秘めたのだった。

「それではまた、どこかでお会いしましょう」

天理正彦《あまりまさひこ》の挨拶の言葉が、その時の皆の気持ちを代弁したのである。

ヴェルグリンドは微かな笑みを浮かべた。

その時、彼女が何を思ったのかは不明だ。

だがしかし、その笑みは見る者達の心を虜にしたのである。

「ええ、またどこかで」

ヴェルグリンドは楽しそうにそう言い残し、その場から跳躍したのだった。

ヴェルグリンドが去って、数十年の月日が流れた。

人類は再び、平和を享受していた。

野心のある国家もあったのだが、今回の騒動で鼻っ柱も折られている。数世代は大人しくするだろうから、当面は戦争など起きそうにないのだ。

ジョージはアゼリア合衆国に戻り、大統領としての任期を全うした。その後は、息子のエミールを支える事になる。

そのエミールだが、芸能事務所を設立していた。戦争や飢饉によって重苦しくなった世の中を、少しでも明るくしようと考えたのだ。

天才的な詐欺師の才能を受け継いだエミールにとって、それは天職であった。彼の働きによって、少しずつ世の中は明るくなっていくのだ。

これに協力したのが、天理正彦《あまりまさひこ》である。

彼は平和条約が結ばれるなり、軍を退官した。全ての戦争責任を負う形で、辞職を願い出たのだ。

まだ存命であった桜明《おうはる》は、これを許した。天理正彦《あまりまさひこ》にとある密命を与えて、皇国から解き放ったのである。

自由となった天理正彦《あまりまさひこ》はエミールと合流して、資金面での援助を行った。その上、底知れぬ人脈を利用して、たった数年で大手と呼ばれるほどに芸能事務所を急成長させたのだった。

恐ろしく悪辣な手段を取ったと噂されている。マフィアのグループを幾つも従え、日の目を見る事のない生活を送ったようだ。

それでも二人の親交は続いていたらしく、何か問題事が起きると、エミールは天理正彦《あまりまさひこ》を頼った。そうしてエミールが立ち上げた芸能事務所は、アゼリア合衆国だけでなく全世界に名の知られる一大企業へとのし上がっていく事になる。

話は変わるが、この芸能事務所には面白い噂がある。


………

……

…


エミールの事務所では、龍華《ロンファ》という名の美姫が看板だ。数年ほど活躍すると引退し、また数年も経てば活動を再開している。

当然ながら、代替わりした者達によってその名が引き継がれている訳だが、その素顔は謎に包まれたままというのは有名な話であろう。

ところが、その噂によると彼女の本名は仙華《シェンファ》と言うらしいのだ。不思議な事に、その全ての龍華《ロンファ》の本名が同じなのだと。

実に夢のある噂であった。

まさか、その全員が同一人物などという事はあるまいが、そう思わせてくれるのだからファン冥利に尽きるというものだ。


………

……

…

というような話題が週刊誌などで取り沙汰されたりするのだが、本当に同一人物なのは言うまでもない。

仙華《シェンファ》はヴェルグリンドの竜気《オーラ》を取り込んだ事で、不老の肉体を手に入れていた。このままでは人間社会の中で生活するのが難しいと、天理正彦《あまりまさひこ》を頼ったのである。

仙華《シェンファ》だけではない。

李金龍《リー・ジンロン》やデリアのように、自力で妖魔に打ち勝った者達は、その力を取り込んで〝仙人〟となっていたのである。

そうした者は他にもいた。

妖魔に憑依されていた将兵達だが、その大半はヴェルグリンドの手で妖魔から解放されている。だがしかし、中には〝仙人〟として覚醒した者もいたのだった。

そうした者達も天理正彦《あまりまさひこ》の下に集った。

荒木幻世《あらきげんせい》や皆本三郎《みなもとさぶろう》が、そうした者達に魔を払う剣である〝朧心命流《おぼろしんめいりゅう》〟を指導する。こうして、次代の強者が育っていくのだ。

この者達が中心となって、超国家規模の対妖組織が誕生する事になるのである。

やがて来る約束の日まで、彼等の戦いは終わらない。

第三話

激動の日々

Regarding Reincarnated to Slime

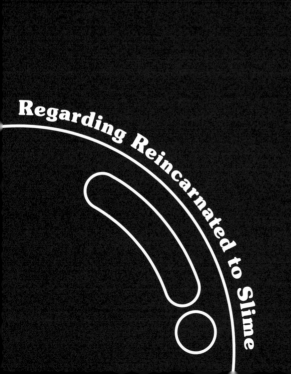

俺の名はカリギュリオ。

東の帝国内で最大勢力を誇った、機甲軍団の軍団長だった男だ。

あの頃の俺は、ただひたすらに愚かだった。

ルドラ陛下の御為にと言いつつ、自身の栄達にしか目が向いていなかったな。

出世したから何だと言うのだと、今の俺は理解している。

そりゃまあ、まだ四十手前で軍団長とか、下級貴族出身からすれば大出世だ。婚家の男爵位なんざ、軍団長から見ればゴミみたいなもんだしな。それを言い訳にするのはダメなんだろうが、増長してしまったのも無理はないかと思う。

無論、今は反省しているとも。

そもそも、俺は婚家から追い出されていた。


俺の生まれは騎士爵で、当時は主家だった男爵家のお嬢様の婿にと選ばれたのだ。

まあ、幸せだったよ。

浮気されて、離縁されるまではな。

妻は――いや、元妻は、当時の俺にとってかけがえのない存在だった。世界で一番美人だと思っていたし、俺は帝国一の幸せ者だと思っていたよ。

妻も同じ気持ちだったから、俺を選んでくれたのだと思っていたが、違った。それは俺の独りよがりだったんだ。

一年経って義父様《オヤジさま》が亡くなった瞬間、俺は捨てられたんだ。

今でも覚えてる。

というか、たまに悪夢に出てうなされるんだが、あの時のアイツの表情とセリフは忘れられるもんじゃない。

『いい夢が見られたでしょう？　貧乏騎士だった貴方が、貴族の真似事が出来たのだもの。でも、それもおしまい。お父様の命令で、仕方なく貴方と結婚したけれど、これで私も自由だわ。でも、貴方が悪いのよ。だって、貴方には子種がないのだもの』

叫び出したいほど、絶望したよ。

言われた瞬間は何のことだかわからなかったが、アイツが見せつけるように手に持っていたビンを見てピンときた。

俺に薬を盛ったんだな――ってな。

文句を言って、法に訴えるという手もあったかも知れない。だが、男爵家は敵だった。

元妻には既に商人の恋人がいて、そいつが金を持っていたのも最悪だった。男爵家の使用人達は、とっくに買収済みだったたって訳さ。

商人は、貴族としての地位を。

元妻は、贅沢な暮らしが手に入るって訳だ。

義父様は、質素倹約しても貴族らしい誇りを持てと、常に言っておられたんだがな……。

アイツは、そういうのも嫌だったんだろうな。

ま、今更な話だ。

あの時の俺は、寄り親として俺の世話をしてくれた主家筋に対して、文句を言うという発想がなかった。

それに、俺の両親は俺がガキの頃に事故で死んじまってたから、反対する者なんて誰もいなかったのさ。

だからまあ、追い出されるように男爵家を後にしたのも、仕方のない話だったたんだ。

思えば、あれが原動力になったんだよ。

愛する者から裏切られた怒りと憎しみが、俺を突き動かした。

出世して、いつか見返してやるってな。

まだ二十代になったばかりだったからな、若かったんだ。恨みをエネルギーにして、俺はガムシャラに頑張ったよ。

幾度も死線を潜ったし、大きな手柄も立てた。

汚い真似だって平気でしたし、裏工作も得意になった。

懇意になった商人もいて、俺の権限で可能な限りの融通もした。裏金だって受け入れて、それを貴族に回してコネを作った。

そうして高みを目指した結果、二十代半ばで佐官クラスまで出世したのさ。

騎士学校を卒業していたから、准尉でのスタートだった。つまりは、一年から二年で昇進する勢いだったって事だ。

これはかなり早いが、帝国では力こそ全てだったからこそ成功したのだ。


その頃になると、俺は軍部を掌握し自分の派閥を作り始めた。

そんな時に知り合ったのが、ミニッツだ。

ミニッツは貴族出身ながら、戦うのが好きという変人だった。実家に戻れば俺なんかより立場は上だったのに、敢えて戦場に出向くんだから気が知れない。

だが、有能なのは間違いなかったので、俺はヤツを利用したんだ。別に好かれたいとも尊敬されたいとも思っちゃいなかったから、臆面もなく金を用立てさせたりもしたな。

ミニッツは変わり者だから、面白がって命令に従ってくれた。まあ、ヤツはヤツで俺を利用したんだろうから、お互い様ってヤツだな。

そこにあったのは利害関係の一致のみだったが、信頼していたのも確かだ。俺が出世を目指す限り、常に戦場を求める事になる。ミニッツがそんな俺を利用するならば、どんな命令にも従うだろうと思ったのさ。

どこで死のうが、俺に家族はいないからな。何の不安もなく、平気で無茶な真似が出来たんだ。

こうして、俺とミニッツは不思議な信頼関係で結ばれた。

それに加わったのが、カンザスだ。

軍部の問題児として有名だった男だが、俺にとって重要なのは使えるかどうかだけだ。

結果は、合格。

それは、カンザスにとっても同じだったらしい。

どんな作戦も容認した事で、カンザスは俺の事を気に入ってくれた。当時から圧倒的な強さを誇っていたが、アイツは軍部での評価は低かったのだ。

命令違反も多く、戦場で暴走する事もしばしば。扱いにくいからと俺の下に転属させられたみたいだが、俺からしたら儲けものだった。

俺はミニッツだけじゃなく、カンザスも使いこなした。

凡人ならためらうような作戦も、平気で立案して実行させた。

そうして成果を出し続けた事で、誰からも文句を言われぬ立場を手に入れたのさ。

＊

俺は三十代前半にして、将官まで上り詰めた。

その頃になると俺は、前線に出る事は少なくなった。

若い頃に盛られた毒のせいで、左目が失明したからだ。

それで力が落ちたのかというと、そうではない。当時は既に科学という新たな力が解明されており、精巧な義眼を用意するのも容易かったからだ。

ただし、敵対者を油断させる為にも、左目は眼帯で隠したがな。

年齢とともに力の衰えを感じるかとも思ったが、俺は益々精力的になった。見た目は年相応だったが、内面は気力が溢れていたように思う。

常に最盛期という感じで、だからこそ俺には怖いものなどなかった。

序列強奪戦にも興味はあったが、軍部の支配を優先させたのだ。

大将の地位が手の届くところにある。そうなると、皇帝陛下の近衛騎士《ロイヤルナイト》になるよりも権力を握れると考えた。

俺は益々、自分の派閥を増やしていった。

ガドラ老師を利用して、機甲軍団の戦力強化も順調に推し進めた。懇意の商人共から金を供出させて、近代化改修にも成功したのだ。

そうして着々と準備を整え、実績を重ねて、俺は三十半ば過ぎという若さで帝国三大〝大将〟の一人として任命されたのだ。

我が世の春とはまさしくこの事だった。

だからだろうか、業務の合間にふと思い出したのだ。

俺を追い出した者達が何をしているのか、と。

調べさせた結果、俺は何もしていないのに困窮していた。

どうして——と悩むまでもなく、答えを思いつく。

当時の俺は、ヤツ等を破滅させるだけの力を手に入れていたのだ。それも、過剰なほどに。

ヤツ等が俺を追い出したという話は有名だったから、俺が何もしていなくても部下達が動いたのである。

部下達だって、直接に何かをした訳ではない。

ただ取引先に、そっと事情を耳打ちしただけだった。

閣下に対してあんな真似をした者共と、まだ付き合っておられるのですかな——と。

そう言われた御用商人達は、嫌でも忖度するしかなかっただろう。何しろ俺は、飛ぶ鳥を落とす勢いで出世街道を驀進していたからだ。

そもそもの話として、帝国の経済体制は西側と違って、自由経済が許されていないのである。

建前上、商売が許されているのは貴族と軍部のみ。

貴族はお抱えの商人に、商売を代行させる権利を有する。そうして抱えられた商人は、商売を行って利益から給料を貰うという雇われ形式となっていた。

だからこそ、俺から妻を奪った男は貴族の地位を欲したのだろう。

上位の貴族のお抱え商人をしながら、息子や娘を貴族に添《そ》わせて縁を繋ぐ。そうして商売する権利を合法的に獲得するというのは、昔ながらのよくある手法だったのだ。

とまあ、男爵になったはいいが……俺が出世してしまったのは誤算だったのだろうな。

笑って見下しながら追い出した男が、まさかの大将閣下だ。

軍部には莫大な予算が割り振られるから、それで商品の売買が可能となる。それを商人に運用させる権利を有しているのが、将官クラスという訳だ。

三大軍団の一つを預かる大将ともなると、推して知るべし。膨大な軍団予算の全てを采配出来る訳ではないが、その権力は伯爵以上に相当するほどだったのだ。

男爵風情に太刀打ち出来る訳もなく、取引先からそっぽを向かれて商売が立ちゆかなくなっているとの事だった。

それを聞いて、虚しくなったのを覚えている。

自分の手で復讐してやりたかったのだが、俺の知らぬところで達成されつつあったのだ。

だが、そこで手を緩めるのも違うと思った。

俺は一度裏切られたのだ。ここで甘い対応を見せれば、付け入ってくる者が増えるだろう。

俺が大将という地位まで上り詰める事が出来たのは、子種を失っていたというのも理由の一つなのだ。

軍で出世すれば、退官後に貴族位がもらえるのである。その働きに応じて、地位も高くなるのだ。

その点、俺には子供がいないし、今後も出来ない。

どれだけ高い地位を与えても、それは一代限り。他の貴族達にとっては脅威ではないのである。

貴族が私兵を持つのを軍部が嫌うように、軍部の人間が富を持つのを貴族は嫌う。

貴族は金を、軍部は武力を。

この棲み分けが大事なのだ。

互いが互いの領分に介入するのは禁忌《タブー》とされているのだった。

だからこそ、上級軍人には独身者の方が多い。

家族を持たない方が後腐れなく戦場に立てるという理由もあるが、本質的なところでは貴族との勢力争いという側面の方が重要なのだった。

そうした事を考えて、俺は閃いた。

俺を裏切った者達は、困窮はしているが破滅まではしていないじゃないか、と。

天啓を得た思いだった。

俺にはまだ、やる事が残っていたのだ。

ヤツ等が暮らしていけるのは、貴族だからである。

下級ながらも男爵という地位があるから、俸禄で食っていけるのだ。

ならば、その地位さえ奪って完膚なきまでに破滅させねばならぬ。

それに、他にも粛清しなければならない者共がいた。

あの男の父親も、その父親を雇っていた伯爵もだ。

コイツ等がいなければ、俺は不幸にならなかったのだ。

敵は滅ぼさねば、やられるのは自分だ。

だが、伯爵を破滅させるとなれば、今以上に力をつける必要があった。

その時からだ。

俺はもっと高みを目指して、何人《なんぴと》にも勝る力を手に入れたいと願うようになったのだ。

●

「ってな感じで、それからは無我夢中だったたな。自分がやってる事がどれだけ下種で、汚い手段なのか、理解しつつも見えてない感じだった」

「まあな。あの頃のお前さんは、見ていて気分のいいもんじゃなかった」

「それなら、見捨ててくれたらよかったのだ。そうすれば、お前が大将だっただろうに」

「性に合わなかった。それに、お前さんの事が嫌いでもなかったのさ。カンザスの事もそうだが、私は善人だろうが悪人だろうが、自分が気に入ったヤツと付き合いたいと思ってるてね」

「フンッ！　変わったヤツだよ、お前は」

「自覚してるが、君には言われたくないな」

そう言って、男達は笑い合う。

四十代ほどの痩せぎすの軍人とお洒落なスーツを着た男、カリギュリオとミニッツだ。

二人が語り合っている場所は、迷宮内にある特別会員専用の〝エルフのお店〟だった。そこで色々な種類の酒を楽しみながら、二人だけの反省会を行っていたのである。

その店は本来、厳選された客しか利用出来ない。自力でその場所まで辿り着いた者か、身元調査をされた上で規定の料金を支払った者しか入れないのだ。

二人が利用出来る施設ではなかったのだが、先日行われた頂上会談の後から、帝国幹部勢にも開放されていた。

今度の戦争での一件は水に流し、今後は良い関係を築きたいという、リムルの思惑があっての事である。

当然、二人もそれを理解していた。

だからこそ遠慮なく、こうして利用しているのである。

「まあ、その後はお前も知っての通り、軍団を掌握して世界征服を目論んだ。そしてここの国に敗れて、今に至るという訳さ」

「敗れてというのは、可愛らしい言い方だな。相手にならなかったというのが、正確な表現だ」

「フフッ、違いない」

「私も満足したよ。この世には、ルドラ陛下や〝元帥〟――ヴェルグリンド様以外にも想像を絶する強者がいるのだと、この身をもって知れたからな」

「理解出来ん趣味だが、満足したのなら良かったのだろうな。それで、弟殿とは和解するつもりなのかね？」

そうカリギュリオが問いかけると、ミニッツはニヒルに微笑んで頷いた。

「するしかあるまい。アイツは侯爵として、貴族連中を束ねているからな。マサユキ様が新皇帝として即位される以上、それを全力で支えるのが我等の役目だからね」

ミニッツは、侯爵家出身であった。

自分の才覚だけで勝負したいと軍に入り、今の地位をもぎ取っている。もっとも、侯爵家レベルになると影響力は凄まじく、かなり優遇されていたのは間違いない。

それでもミニッツには実力があったし、誰もミニッツの事を馬鹿にしたりはしていなかった。そんな真似をする者は、その身で自分の愚かさを理解するハメになったからだ。

ミニッツの実家は、弟が継いで現侯爵になっている。面倒を押し付けた形になっているので、弟からかなり恨まれているらしい。

そんな話を聞かされたばかりだったカリギュリオは、

和解するという話を聞いて安堵したのだった。

（まあ、俺の場合は和解など論外だからな）

と、自分の境遇に比べればマシだなと考えるカリギュリオである。

実家の財力を好き放題に使っている時点で、ミニッツは恵まれているのだ。それに見合うだけの実力があるから見逃されているが、これで無能なら放蕩兄貴もいいところである。

実際のところ、そこまで嫌われてはいないのだろうと、カリギュリオなどは思うのだが……。

兄上はズルい——と文句を言われたらしいが、誰もがそう思うだろうという感想しか出てこないのだった。

それが許されるのが、ミニッツという男なのであろう。

だからカリギュリオも、この無責任な男に釘をさす。

「そうだな。宜しく頼むぞ、新宰相殿」

貴族としての責務から逃げたミニッツだが、マサユキを皇帝とする新体制において、宰相という帝国で最高の権限を持つ役職へと任命される事になった。


『さっきは会議の場だったし、空気を読んであぁ言いましたけど……やっぱりよくよく考えてみたら、僕が皇帝とかマジで無理ですって！　政治とか勉強した事もないし——いや、高校の授業で習ったけど、そんなのテストに出る範囲をチョロっと調べたくらいなんですからね！』

『ハハハ、もう取り消せないよ？』

『やっぱり？』

『当たり前だろ！　俺だって何とかなっているんだし、君にも務まるさ！』

『リムルさんは楽天的過ぎるんですよ!!　冗談抜きで、無責任な事を言わないで下さいよ！』

『ハハハ、大丈夫だとも。みんなも助けてくれるさ』

『その目、絶対に他人事ですよね？　というか、仲間が出来て嬉しいって顔してますよ！』

『そ、そんな事はないとも。それに、君にも頼れる仲間がいるじゃないか。そこのミニッツさんとか、かなり頼れると思うよ』

という会話が、マサユキとリムルの間でなされていたのだ。

ミニッツもその場にいて、リムルと視線が合ってしまったのが失敗だった。

リムルの気まぐれだと思うが、会議の場で目立ったのも不味かった。出来る男と認識されてしまったらしく、マサユキの相談相手に任命されてしまったのである。

その結果が、宰相職だ。

あれには参ったね――と、ミニッツも苦笑するしかない。

ちゃんと僕の補佐をして下さいよ――と、マサユキから直々に頼まれてしまっては、嫌だと答える事など出来ない相談だった。

ヴェルグリンドの視線が怖いというのもあるが、何のかんの言って、ミニッツもマサユキの事が大好きになっていたからだ。

ここで問題となるのは現職の宰相閣下だが、彼には自分の補佐に回ってもらおうとミニッツは考えていた。

宰相への任命権は皇帝のみが有しているので、現宰相が不服を唱えるのは筋違いになるからだ。

文句が出るかも知れないが、そんなものは知ったこっちゃないミニッツである。もっと怖い存在を知っているので、先にそちらを説得してくれと言うだけで事足りるのだった。

（だからまあ、何とかなるだろうさ）

貴族としての教育も、侯爵家跡取りとして十分以上に受けていた。本人には自覚がないが、成績も決して悪くなかったのだ。

多少は苦労するかも知れないが、実践でも十分に通用するレベルだというのが、ミニッツの自己評価なのだった。

だからミニッツは、逆にカリギュリオに問うのである。

「笑わせるなよ、軍務大臣殿。というか、三大軍団長で残っているのはお前さんしかいない訳だから、責任は重大だぞ？」

マサユキ皇帝の新体制では、軍部も大きく改革される事になる。

ミニッツが筆頭大臣である宰相となるならば、現宰相が副総理大臣となる。

それと横並びとなる大臣の一つが、軍務大臣だ。

軍部は政治家が統率しなければならないというのが、マサユキの浅い知識に記憶されていた。それをそのまま言葉にしたのだが、それが新体制に反映されたという訳だ。

だが、マサユキは「大臣が軍を統制するんですかね？」と、聞いただけなのだ。

そうしろと言った訳ではないし、より正確に民間から大臣を選び軍を統制すべきという、文民統制《シビリアンコントロール》を提唱した訳でもなかった。

故に、軍人の中から軍務大臣を選ぶという、誤った制度で認識されてしまったのである。

つまりカリギュリオは、軍の大将職と軍務大臣を兼任する形になるのだった。

それを心配してのミニッツの問いだったが、これにカリギュリオは笑って答える。

「その心配は不要だな。当面は戦争なぞせんし、そもそもの話、俺が軍のトップにいる限り、外国に向ける剣は持たぬよ」

若干、諦めも交じった本音だった。

実際、帝国の地理から考えるに、今後は戦争が出来るような隣接国がなくなるのである。

ジュラ・テンペスト連邦国や魔王ミリムの支配領域は論外として、武装国家ドワルゴンも有り得ない。後ろ盾になってもらうのだから、今後は友好関係を築いていかねばならぬのだ。

飛空船による西側諸国への侵略は可能だろうが、魔王リムルがそれを許すとは思えなかった。

つまりは、矛を向ける先がない、というのが現状なのだった。

あるとすれば、国内だ。

地方の軍部を掌握しているような大貴族が、自身の身のほども弁えずに謀反を起こす可能性が残されていた。

「国内への伝達はとうに済ませた。そろそろ貴族共が反応する頃合いだが、クリシュナ殿からの連絡はどうなっている？」

「今のところ、目立った動きはないそうだ。お前の弟殿の派閥が、新皇帝への忠誠を誓ってくれている。そのお陰か、他の派閥の者共も迂闊には動けない様子だな」

「動いたところで、という話だがな。しかし少なくとも、前々皇帝陛下の御子様方や、血縁の御方を擁する家々は、このまま黙っているとも思えないね」

「まあな。ルドラ陛下が崩御したと宣伝する訳だから、次は自分の番だと勘違いする者も出るだろうさ。その為にはヴェルグリンド様の承諾がいるのだが……」

「形骸化した皇室典範《こうしつてんぱん》など、何の意味もないと主張するだろうな。その発言がヴェルグリンド様を敵に回すものだと、愚か者共は気付きもしないだろう」

ミニッツの言う通りだと、カリギュリオも思う。

貴族連中が敵対するとして、正直言って怖くはなかった。

カリギュリオ達の勝利は間違いなく、問題なのは国力の低下なのだ。

皇帝ルドラの偽者——というか、カリギュリオ達からすれば、ずっと仕えていたので本物なのだが——は、侵略種族《アグレッサー》という未知なる存在を従え、世界に混乱を巻き起こそうと企んでいるらしい。

実際、コルヌと名乗る存在と敵対したカリギュリオ達だからこそ、その脅威は身に染みて理解していた。ヴェルグリンドが来てくれたからいいようなものの、そうでなければ全滅は免れなかっただろう。

皇帝ルドラだった存在は、自身が神へと至らんと欲している。その為の駒として、帝国臣民が利用される可能性は捨てきれなかった。

もっとも、皇帝の顔は誰も知らなかったから、自分が皇帝ルドラであると主張されても突っぱねれば済む話なのだ。

恐らくは敵も、そんな姑息な真似などしないだろう。カリギュリオ達が知る皇帝ルドラは、話し合いなど認めぬ苛烈な性格だったからだ。

「身内で争っている場合ではないのだがな」

「その通りだね。ま、私の方でも根回しするさ」

「頼む。俺の方でも、生き残っている近衛騎士《ロイヤルナイト》を集めて、早急に帝国皇帝近衛騎士団《インペリアルガーディアン》を再編するとしよう」

これが、軍務大臣となったカリギュリオの初仕事になるのだが、想像以上に大変なのだ。

何しろ、生き残っている者がどれだけいるのか、その把握から始めなければならないからだ。

そもそもカリギュリオは、近衛騎士《ロイヤルナイト》全員の任務を知らないのである。その居場所も不明なので、連絡を取る事から始めなければならないのだ。

それに、軍を辞めると言い出す者も出るだろう。

実際、クリシュナなどもその一人だった。

魔王リムルを神の如く崇めており、退職して魔物の国に引っ越すと公言して憚らないのだ。

それでは困ると、状況が落ち着くまで在留をお願いしたのだが、本人は難色を示していた。そこで相談に乗ってくれたのがアダルマンで、クリシュナに向けて「立つ鳥跡を濁さず、と言います。帝国が混乱したままでは、リムル様も悲しまれるでしょう」と説得してくれたのだ。

それを聞いたクリシュナは、「御意！　流石はアダルマン様、素晴らしい説法でした。私はただ、自分が救われたいとしか考えていなかった。帝国の無垢なる臣民達にも、リムル様の慈愛を届けねばならなかったのですね!!」とかなんとか、カリギュリオが思っていたのとは違う事を言い出していたのだが、ちゃんと働いてくれるのだから良しとした。

気にしたら負けだとも言う。

鞍替えしたいと言い出したのはクリシュナだけではなく、帝国軍人の何割かが、ここ魔国連邦《テンペスト》に残りたいと言い始めている。

そうした者達の気持ちも理解出来るので、無理強いはしたくなかった。しかしそうなると戦力低下は避けられないので、どうするか思案のしどころだったのである。

今回の戦で死亡した者も多い。

これについては自業自得なので、蒸し返す問題ではないのだが、対処を考えなくていい理由にはならないのだ。

〝ひとけた数字《ダブルオーナンバー》〟の生き残りなど、バーニィとジウの二名のみという有様だった。

その二人だが、今後はマサユキの直轄となり、護衛として活動する事になる。まあ、ヴェルグリンドだけでも十分過ぎるのだが、相談相手やちょっとした任務などでは重宝するだろうという事で、マサユキの要望が通った形になったのだった。

カリギュリオとしては、これを機に帝国皇帝近衛《インペリアルガー》騎士団《ディアン》の在り方も改革するつもりであった。

何名の生き残りがいるのか次第となるが、百名という数字にこだわるつもりもない。序列制度を廃止して、数字に意味を持たせるのも止めるつもりだった。

ある程度の強さと皇帝への忠誠、この二つは必須条件となるが、今後はもう少し門戸を広げる予定である。

三人一組で各地の地方都市に派遣し、帝国の守りを固めさせるつもりであった。

三人いれば、侵略種族《アグレッサー》の上位には敵わなくても時間稼ぎにはなる。その間に応援に駆け付けるなど、臨機応変に対応出来るようにするのが理想であった。


帝国には百以上の都市があるので、今のままでは全然数が足りていないのだ。地方軍はそのまま残っているので、それらと連携させる事で当面は凌ぐ事になるだろう。

ともかくは〝仙人級〟に至っている者を中心に据えて、今後に備える所存であった。

「お互い大変だな」

「ああ。だが、不思議とやりがいを感じているよ」

ミニッツが酒を呷りながらそう呟くと、カリギュリオも同意して頷く。そうしてこぼれ出た言葉だったが、それは意外にもカリギュリオの本心だった。

帝国の為に働いているという実感、それは軍部で出世だけを考えていた頃より、充実した日々をカリギュリオにもたらしていたのだ。

「それにな、リムル陛下の計画を聞かされた今、帝国の治安回復と政情安定化は必須なのだ。乗り遅れると、今後の世界情勢から取り残されてしまうからな」

リムルとマサユキの了解を得て、鉄道敷設に向けての工事が動き始める。恐らくは数年足らずで、帝国内でも交通網が完成する未来が視えていた。

会談で聞かされた話だけでも戦慄ものだったのに、その話には続きがあったのだ。

「それに、アレな。世界の空を支配する計画、だろ？　あの御方は無茶苦茶だな。酒の席での発言だったが、あの御方は酔わないと聞いた。つまりは、本心だって事だ」

「うむ。ザムドも感化されたのか、自分から協力を申し出ておったからな。まあ、アヤツは軍人というより技術者だから、そちらの方が本分だがね」

「地上は〝魔導列車〟で各国を繋ぎ、大空には飛空船を量産して販路を安定させる、か。恐ろしい事を考えられるが、実現するだろう。何せ、今回の敗戦、帝国への賠償で求められたのが〝領空権〟だけだからな。その他は要らないどころか、支援までしてくれている。これでは断れる訳がない」

「マサユキ陛下も頷かれたのだし、その点は問題になるまい。大事なのは今後であろうさ」

そう言いつつ、カリギュリオは思う。


この国はオカシイ、と。

あの、思い付きを口にしました、という感じの魔王リムルの発言が、翌日には――下手をしたらその日の内に――実現可能な計画に落とし込まれるのだ。

飛空船の量産計画は、帝国が所有していると知った時から企んでいたようだが、その開発基地を簡単に用意してしまうのが異常であった。

迷宮内のワンフロアが、今では飛空船の改良場所となったのだ。

ザムドもそこで嬉々として働いているのだが、予算も気にせず好きなだけ材料を調達出来るとあって、天国はここにあったのだと日々口にしているらしい。

生き返れたからこそそのハイテンションも、それに拍車をかけているようだ。

カリギュリオからすれば、自分の欲望に素直なザムドが羨ましい気持ちもあるのだが、魔国連邦《テンペスト》と帝国との友好関係を維持する為にも、ザムドには頑張ってくれと応援するしかないのだった。

ザムドの事は置いておくとして、今後の話だ。

魔王リムルの構想では、帝国国内の整備にも協力してくれそうな気配である。帝国の国力が衰えた今、これを利用しない手はなかった。

労力ならば帝国からも出せるので、頼るだけの関係にはしないつもりだ。その点、カリギュリオは、西側諸国とはまったく違った考え方をしているのだ。

欲望で目が曇ってさえいなければ、知的で冷静な判断が出来る男なのだった。

てな訳で、何が必要かを考えた場合、国内の安定化が優先されるという結論に達した訳である。

帝国は現状、決して荒れている訳ではない。

ただし、敗戦の詳細が伝われば、臣民が動揺するのは間違いなかった。

家族が亡くなった者からすれば、魔王リムルは憎むべき敵だと見えてしまうだろう。そうならないようにクリシュナなども手を打っているだろうが、カリギュリオとしても対策を練らねばならぬのだ。

また、ミニッツが警戒しているように、大貴族の動向も不安視される。

今後の発展の為には、帝国内に魔国連邦《テンペスト》勢を受け入れなければならないのだが、そこで間違っても諍いが起きないようにしなければならない。

問題は山積みなのだ。

「責任重大だな」

「ああ。だがな、カリギュリオよ」

「何だ？」

「私達以上に大変なのがリムル陛下だと、そうは思わないかね？」

「む？」

言われてみればその通りだと、カリギュリオも思った。

未来の発展に向けての計画を聞かされて、自分達はそれに即して必死に動き始めている。

だが、それはやって当然のこと。

自国の治安を回復させるのも、発展させていくのも、命令されたからやるという類の仕事ではない。自分達が自分達の国をより良くしたいと願いながら、日々頑張るべき仕事なのだ。

近い将来、侵略種族《アグレッサー》との争いは避けられない。それなのに自分達は、その事に対する不安をほとんど感じていないと気付かされたのである。

それも全て、大量の仕事を割り振られていたからだ。それらに埋もれて、不安要素が分散されていたのだった。

「そうか、俺達に心配をかけまいと……」

「そうだろうけど、それだけではないのかもね。もしかするとリムル陛下は、侵略種族《アグレッサー》を自分達だけで何とかするつもりなのかも。もしくは、大した問題ではないと考えておられるのか、だが——」

大問題に決まっていた。

それなのに魔王リムルは、その話題よりも未来の発展について語ったのだ。

その堂々たる態度に、カリギュリオやミニッツは感服したものだ。

恐らくはガゼル王も同様だろう。

魔王リムルにとっては、侵略種族《アグレッサー》など大した事がないと言わんばかりだったからだ。

それが見栄なのか、それとも本心なのか。

カリギュリオ達を心配させないようにという、リムルなりの配慮なのだとは思う。

だがどうしても、ミニッツと同じように考えてしまうのだ。

(本当に自分達だけで侵略種族《アグレッサー》に対処をしようと考えておられるのならば、俺達にも何か協力出来る事を見つけねばなるまいな。少なくとも、内乱など起こして足を引っ張るような真似だけは、断じて阻止せねばなるまいよ)

そう覚悟を定めるカリギュリオなのだった。

カリギュリオとミニッツは、それから小一時間ほど飲んで店を後にした。

そして翌日、マサユキを神輿に据えて帰国の途に就いたのである。

＊

帝都に戻ったカリギュリオは、忙しい日々を送る事になる。

帝都周辺には被害の及んだ地域もあるが、復興の為に今すぐ何かを為す必要はなかった。それはおいおい、リムル達と共同で行う予定になっているからだ。

なので、真っ先に行ったのは軍事再編である。

生き残った――生き返った――将兵達も全員帰国しており、彼等に新たな任務を与えたのだ。

ともかく優先すべきは治安維持であり、クリシュナからの報告も参考に、不穏な動きを見せる地方へと軍を派遣して警戒させた。

幸いだったのは、七十万の将兵達がカリギュリオに忠実だった点である。

魔物の国に移住したいと願う者達も、今回は協力的だった。それもそのはずで、騒動が終わってからなら雇用すると、魔王リムルが約束してくれているからである。

『まあ、直ぐに決めずにゆっくり考えたらいいよ』

と、将兵達を闘技場に集めて演説してくれたのだ。

かなり細やかな移住条件がリグルドから説明された後、リムル本人の口から語られたのだった。

ちなみにリムルとしては説得のつもりなどまるで無く、個々人の意思にまかせるつもりだったのだが、それを聞いた二十万名ほどの希望者がやる気に燃えることになる。

『侵略種族《アグレッサー》だぁ？　ボコボコにしてやんよ！』

とまあ、戦意も高まったのだ。

事実、彼等は〝魂〟の力を失ったものの、肉体改造されたままである。今でもAランクに匹敵する者もおり、馬鹿に出来ない戦力なのだった。

そんな感じで、どうにかこうにか帝都を安定させたいカリギュリオ。だがここで、もっと大きな問題が沸き起こる。

本当に厄介だったのは、貴族達だったのだ。

面会を求める貴族が後を絶たず、カリギュリオの業務を圧迫した。

断ってしまいたくても、今後役に立ってもらいたいような大物も交じっていたのだ。

ミニッツの根回しとクリシュナの武力説得も役立ち、大きな混乱は生じなかったのだが、大きく気力を削がれたのは確かだった。

そんな時、魔王リムルから救いの手が派遣されたのである。

美貌の悪魔《ブラン》、テスタロッサだ。

テスタロッサが真っ先に着手したのは、人心掌握の演説を行う事であった。

貴族達を完全に無視して、敗戦のショックを受け入れられずにいた臣民の心を慰撫したのだ。

恐怖を煽る悪魔達には、トコトン向かない仕事なのではと思われた。ところが、案外そうでもなかったのだ。悪魔達は感情を喰らうので、臣民の恐怖や不安を取り除くのに最適だったのである。

「驚きました。まさか、帝国を苦しめていた原初の白《ブラン》下さるとは……」

——テスタロッサ殿が、ここまで民の事を気にかけて

「当然でしょう。それこそが我等が王たるリムル様より与えられた、わたくしの仕事なのだもの」

「それはその通りなのですが、もっと荒っぽい、失礼、このように穏健な手段を採られるとは思ってもいなかったものですから」

脂汗を流しながら、カリギュリオが感想を述べる。

素直過ぎたと、言った直後に後悔したが、テスタロッサは気にせずに流してくれた。

「万が一にも、リムル様へ悪評が向いてはならないですもの。慎重にもなるわね。でも、そのせいで効果が薄いのよ。それに、匙加減も大変なのよ？　全ての感情を食べ尽くすのは、本人への悪影響も出ちゃうから」

それは困ると青褪めるカリギュリオだが、テスタロッサがそのような下手を打つ事はない。モスにも徹底して配下を管理するように告げており、成功は約束されていたのだった。

だが、その言葉もまた真実なのだ。

穏健な方法だけでは、人の感情を完全に支配するのは困難なのである。

身内が戦死したり、ルドラからマサユキへと帝位の

移譲が行われたりと、臣民達の混乱は大きなものだった。臣民達の悲しみが全て消え去った訳ではないし、不安や不満の芽は残されている。

その点にかんしては、カリギュリオが治安部隊を各所に配置した事で、暴動や小競り合いを未然に防げていたのだった。

「逆らう者は一族郎党皆殺しにするのが、後腐れなくて簡単なのだけれど」

「ハ、ハハハ、御冗談を――」

冗談じゃないんだろうな――と、カリギュリオは思った。

やっぱり原初の白《ブラン》はヤバイわと、テスタロッサを配下にしているリムルに対して、より尊敬の念を強めたのである。

さて、臣民もある程度は落ち着きを見せ、幸いにも武装蜂起するような愚か者は出なかった。

ここまでくると一安心なのだが、テスタロッサは次なる手も考えていた。

精神的な配慮《メンタルケア》の一番効果的かつ手っ取り早い手段として、新皇帝マサユキを御披露目する事にしたのだ。

要は、マサユキの戴冠式である。

そのついでにマサユキに演説してもらえば、臣民達も新たな時代の到来を実感するだろう――と、テスタロッサは考えたのだった。

「えっ、僕が⁉」

「何か問題でも？」

「いえ……何も……」

快く承諾するマサユキである。

その目には涙が滲んでいたが、テスタロッサの笑みの前には無価値であった。

「あら、マサユキを泣かせるなんてどういうつもりなのかしら？」

口を挟んだのはヴェルグリンドだ。

それに対し、テスタロッサが平然と答える。

「遺憾ですわね。わたくしには、そんな趣味はありませんよ」

笑顔で見つめ合う美女二人。

両者の視線がぶつかり合って、恐ろしい重圧がかかっていた。

その被害をもろに被るのは、マサユキとカリギュリオである。

もう帰りたいと祈りながら、マサユキはその場をやり過ごした。

カリギュリオは心を無にする事で、その難事を乗り切った。

ともかく、マサユキの戴冠式は実現する運びとなったのだ。


帝城前広場を埋め尽くす、無数の臣民。

それを見下ろすように、高層部分にあるバルコニーにマサユキが立った。

帝国にはヴェルグリンドの『転移』でやって来ているので、事実上の初顔見せとなる。

皇帝としての出で立ちになって、黙っていれば威厳があるように見えなくもない。

定刻となり、先ずはカリギュリオが挨拶を述べる。

続いて、新宰相としてミニッツが説明を行った。


戦争の大敗。

その結果、前皇帝だったルドラが崩御したこと。

新皇帝として、〝勇者〟マサユキが戴冠したこと。

マサユキの取り成しによって魔国との和睦は成立しており、今後はより良き関係を目指すこと。

それらに付随して、ドワーフ王国とも正式に国交が樹立したこと。

等々である。

ミカエルの権能――〝王宮城塞《キャッスルガード》〟を封じる為にも、臣民にはルドラが諸悪の根源だったのだと思わせる必要があった。ついでに死んだことにして、ルドラを信じる者達を減らせれば万々歳だ。

その上でマサユキが新皇帝であると紹介した訳だが、血縁関係も何もないのにどういう事だと、戸惑う者が多数出る。そんな臣民達を納得させるべく、ヴェルグリンドが前に出た。

「静まりなさいな、お馬鹿さんたち。私の〝名〟はヴェルグリンド。〝灼熱竜《カーディナル》〟ヴェルグリンドよ」

帝国の守護竜と同じ名前を告げられて、臣民達が動揺する。

　まさか――という思いが、皆の心に宿っていた。

「皇室典範《こうしつてんぱん》に則って、ここに新皇帝として〝勇者〟マサユキを任命するわ！」

　そう宣言しつつヴェルグリンドは、その圧倒的な覇気を目に見える形で解放する。誰の目にも明らかな、神々しいまでの真紅の覇気《カーディナルオーラ》を。

　ついでとばかりにとある方面に手を翳して、臣民に向けて声を発した。

「見なさい。新たなる皇帝への祝砲を！」

　その発言が終わると同時、〝燃え盛る神山〟が火を噴いた。その大規模な噴火は、帝都からもよく見えたのである。

　祝砲と呼ぶには凄まじ過ぎるが、ヴェルグリンドにとっては児戯にも等しい。しかし、それを見た臣民達の驚きぶりは、言語に絶するほどだ。

　これを疑う者などいなかった。

　事前に工作しておき、魔法や爆弾等で噴火を誘発させた――そう疑おうと思えば疑える状況ではあるのだが、その火山は神の山なのだ。その山に住まう灼熱竜に断りもなくそんな真似をすれば、どのような怒りを買うかわかったものではなかった。

　そんな命知らずな真似をするような者など、この帝都に存在する訳がないのである。

　それだけではない。

　幾つかの火山弾が帝都にまで降り注いだのだが、その全てが見えない障壁によって弾かれたのである。

　それはまさしく、守護竜の本領発揮であった。

「か、神――」

「本物じゃ。本物の竜神様じゃぁ――ッ!!」

「帝国の守護竜様が、我等の前に顕現して下さったぞォ――ッ!!」

　と大興奮であった。

　そんな彼等も、時間とともに事の重大さに気付き始める。

　ヴェルグリンドが認めた。つまりは、〝勇者〟マサユキが本当に皇帝になったのだと、臣民達もようやく理解したのである。

それと同時に――

マサユキの知名度は高く、西側諸国ほどではないが東の帝国にも知れ渡っていた。

「オイオイ、マジかよ⁉」

「まさか、〝閃光〟のマサユキか！」

「マサユキっていうと、最強の〝勇者〟と名高い御人じゃねーか？　そりゃあ、魔王リムルも逆らえない訳だぜ‼」

と、劇団員がガヤってるのかと思えるほどの、どこかで聞いたような感想が飛ぶ。

それがマサユキクオリティ、彼はどこでも有名なのだ。

まして今回、マサユキの権能がパワーアップしている。その効果は広範囲に及び、マサユキを知る者には絶大な影響を及ぼすようになっていた。

その結果として沸き起こるのは、いつものような大歓声だ。

『マ～サッユキ、マ～～サッユキ――ッ‼』

臣民の声が一つになったのかと思えるほどに、その歓声は調和していた。

ヴェルグリンドなどは、『お馬鹿さんたち。皇帝を呼び捨てにするなんて不敬よ』などと思ったりしているが、マサユキ本人が怒っていないので黙認したのだった。

一番憤慨したのはテスタロッサであろう。

魔王リムルがマサユキに逆らえないという帝国の臣民達の勘違いに、はらわたが煮えくり返るような思いを抱いていたのだが、これはテスタロッサ自身が描いた計画であった。文句を言う相手がいないので、我慢するしかなかったのである。

こうしてマサユキは、実に簡単に帝国の臣民達から受け入れられた。

そしてその日、東の帝国ことナスカ・ナムリウム・ウルメリア東方連合統一帝国の〝神命〟皇帝として、世界各国に名乗りを上げたのだ。

＊

帝都の臣民達は、新たな希望を得た事で活気を取り戻した。

身内を失った者達の悲しみは直ぐには癒えないだろうが、そんな彼等でも前を向いて歩き始めたのである。

民の日常が戻る。

それがこんなにも喜ばしいのだと、カリギュリオは実感していた。

だが、真なる安息の日々は遠い。

貴族という厄介な相手が、新皇帝が正式に任命された事で活発な動きを見せ始めたのだ。

貴族の相手はミニッツの担当なので、完全に任せてしまいたかった。だがしかし、それはカリギュリオの都合であり、貴族達からすれば、新皇帝に繋がる有力者なら誰に取り入っても構わないのだ。

だからこそ、面会依頼が後を絶たない。

助けを求めてテスタロッサを見ると、彼女は事もなげにこう言った。

「この国の貴族達だけど、大半は問題にならないと思うわよ」

カリギュリオにはその意味がわからなかったが、テスタロッサが暗躍しているのは理解出来た。

ミニッツはミニッツで動いてくれているので、カリギュリオは自分に出来る業務に専念する事にした。

すると数日もせず、面会依頼が減り始めたのである。

「失礼ですが、テスタロッサ殿が、そのう……」

脅したのかなと思ったものの、声に出せないカリギュリオである。

目の前で優雅に紅茶を嗜んでいる淑女は、帝国で大昔から恐れられていた原初の白《ブラン》なのだ。そうと知っていても信じられない気分になるが、紛れもない事実なのである。

であるからこそ、どんな恐ろしい手を使っていたとしても不思議ではなかった。

「あら、失礼ね。どうしてわたくしを、そんなに怯えた目で見るのかしら？　悪い事なんて、何にもしていないのに」

悪人は皆、そう思っているものなのだ。

自分だけは違う、と。

自分の執務室なのに、何故だか肩身の狭い思いをしているカリギュリオには、女王の如きテスタロッサに対し、『そりゃ仕方ないでしょうよ』という本音をぶつけるのは無理な相談であった。

「いや、ハハハ、私は別に、貴女を疑ってなどおりませんとも。素晴らしい協力者であると、日々感謝しておるのです。そんな訳でして、どういう手を用いて貴族共を黙らせたのかと、気になった次第でして……」

「貴方はそんな事を気にせず、自分の仕事に専念して欲しいのだけど」

そう言って、テスタロッサは紅茶を口に含んだ。

そして上品に溜息を一つ。

「まあ、いいわ。わたくしの手柄にするのも気が咎めるから、貴方にも教えてあげるわね。前にも言ったけど、貴族達は問題にならなかったの」

「ですから、それはどうして？」

「先ず、この帝国の貴族達は、三大派閥にわかれていたの。勿論《もちろん》、知っているわよね？」

「はい。ミニッツの実家である侯爵家を筆頭とする、軍閥貴族。皇帝派の中心的役割を担っている、門閥貴族。後は、地方貴族ですな」

軍部という強大な組織は、帝国の要であった。その不動の権威に取り入る貴族も多く、軍閥貴族は一大勢力を誇っている。侯爵という上から二番目の家格の貴族が筆頭である事からも、高位貴族はあまり参加していない派閥であった。

それに対して門閥貴族は、皇帝と縁のあるような高位貴族が主流となっている。最低でも伯爵位以上の家格でなければ、発言権すらないという貴族の権威を象徴するような派閥なのだ。

地方貴族とは、一番まとまりのない派閥だ。自分達にとって都合のいい意見を通す為に、個々では発言権のないような貴族が集結しているのだ。利害関係が一致しているから、一つの派閥として成り立っているだけ、とも言えるのだった。

カリギュリオの説明に、テスタロッサは軽く頷く。

「その通りね。先ずは軍閥貴族だけど、これはミニッツが掌握していたようなものだったでしょう？」

「いやいや、ミニッツと弟殿は仲が悪く――」

「いいえ。アレはね、拗ねていただけよ」

「は？」

「尊敬するお兄さんに侯爵家を譲られて、責任感に押し潰されそうになったのね。だから反発して見せる事で、体面を守りつつ自分の心を納得させていたの」

まあ、弱い人間らしい話よね――と、テスタロッサは笑いながら答えた。

「それは本当なのですか？　というか、それをどうやって調べたので……？」

「ひ、み、つ。知らない方が幸せって言葉、貴方も聞いた事あるでしょう？」

その事実は、モスが一晩で調べ上げた。

テスタロッサに酷使され、休む暇もないモスである。テンペストで一番不遇なのは、〝灰の王〟とも称される程の悪魔公《デーモンロード》であるモスなのかも知れない。だがしかし、それについて文句を言えるはずもなく、粛々とブラックな環境で頑張っているのだ。

モスは侯爵家に忍び込んで、当主の執務室に隠されていた日記を一読した。そうして知り得た秘密を、テスタロッサへと報告したのである。

侯爵家の厳重な警備でも、モスの前にはないに等しかった。他にも色々と関係改善に繋がるような情報を探り出し、ミニッツにもそれとなく教えたのである。

普通に考えれば犯罪行為だ。が、しかし。まるで悪い事をしたという自覚のない者にとっては、これは悪事でも何でもないのだった。

「ハハハ、そうですな。無論、私はテスタロッサ殿を信じております。これ以上お聞きするなど、野暮というものですな」

カリギュリオは逃げた。

実に賢明な判断であった。

色々あるようだが、ミニッツと弟の仲は改善に向かっているのだ。ならば問題ないと、結果だけを大事にする事にしたのだった。

「軍閥貴族については納得ですが、他の派閥はどんな具合なのですか？」

「そうね、地方貴族は帰順の意を示したわね」

「え、いつの間に？」

「真っ先に陥落したわよ。だって、あの者達にとって一番大事なのは、領民が飢えずに暮らせる事なのだもの。地方の安定化は成されていたから、後は今後の政治に対する不安が残っていたの」

「は、はあ……」

「ところで、地方貴族の財源は何か御存知？」

「それは、各領地で収穫される農作物がメインですな。必要量を確保した後、税金を納める。そして余った分を、お抱えの商人に販売させる。その売上が、地方領主の収入源となっている――というのが、私の認識です」

「まあ、概ね正解だけど、一部間違っているわ」

カリギュリオは奇妙な気分だ。

どうして帝国軍人の頂点にいる自分が、帝国を苦しめていた悪魔から経済についての講義を受けているのか。それが解せず、戸惑ってしまう。

（どうして悪魔が、人間の経済活動にまで詳しいのかねえ？　俺は一応、地方の下級貴族出身だから知っていたが、普通の上級軍人は知らないと思うぞ……）

しかも、満点ではないという。

他にも、手作業で出来る地方工芸品や、特産品などがあるにはあるが、それが正解とは思えない。そんな揚げ足取りをするような人物ではないと、カリギュリオはテスタロッサを評価しているのだ。

「それでは、正解とは？」

「闇取引よ」

「は？」

思わず素で答えるカリギュリオ。

この帝国で、闇取引など許されるはずがない。そう信じていただけに、その堂々たる答えに驚愕したのである。

「あら、不思議かしら？」

「当然ですぞ！　帝国は、皇帝陛下の御威光の下、万民の平等をうたっております。無論、貴族は別ですが、平民でも軍人になれば出世のチャンスがあり――」

「知っているわよ。そういう表面上の話ではなく、実務面で闇取引は必須なの。どうしてかわかる？」

必須とまで言われては、テスタロッサが本気なのだとわかる。だが、どうしてもカリギュリオには信じられなかった。

闇取引などという皇帝への裏切りが横行しているとなれば、帝国の諜報機関が気付かぬはずがないのである。それこそ、今は亡き近藤中尉などが見逃すはずがない。

〝情報に巣食う怪人〟とまで呼ばれて、恐れられた男なのだ。そこにある不正を放置するとは、どうしても思えなかったのである。

「信じられん。近藤殿が悪事を見逃していた、と？」

思わずそう呟くと、テスタロッサが呆れたようにカリギュリオを見る。

「貴方、頭が固いのね。悪事じゃないから見逃したのよ」

「そ、それはどういう？」

「貴族お抱えなんて聞こえはいいけど、雇い先の爵位によって力関係が決まってしまうわよね。上級貴族の商人を相手に、下級貴族の商人が太刀打ち出来ると思うわけ？」

「あっ……」

「答えはね、〝不可能〟よ。力ある者に対しては、言いなりになるしかないの。そこで登場するのが、闇商人ってわけ。帝国の裏社会を支配していた闇の母《エキドナ》や、その後釜となった秘密結社〝三巨頭《ケルベロス》〟なんてものが存在出来たのは、それが必要とされていたからなのよ」

「……」

思わず目から鱗のカリギュリオであった。

商人は自由じゃなければならない——と、テスタロッサが述べる。固定の給料だけでは、本気で利益を追い求めたりしないのだ。

それを力で縛ろうとしても反発を招くだけだし、それ以前に民が困る事になる。それを理解していたからこそ、近藤も本気では裏社会への介入を行わなかったのだった。

公では禁止されている人身売買もそうだ。

飢饉などで食えない村々などでは、口減らしを行う必要がある。法的には悪とされるが、それを行わなければ大勢が死ぬ。そんな場合、殺すよりも闇商人に売る方が、生き残る可能性が増えるというものだった。

それはまあ、極端な例ではあるのだが、帝国の歴史上、何度か行われた事実がある。他にも色々と不都合な現実があり、それは公然の秘密として見逃されてきたのだった。

大きな問題で言えば、外国との取引などが挙げられる。

帝国が他国の存在を容認していない以上、貿易などは公には禁止されている。だが、それでは困るのが経済というものなのだ。

だからこそ〝三巨頭《ケルベロス》〟などは、西側諸国にも根を張っていたのである。

そうした事実を淡々と、テスタロッサが説明していく。それを聞くカリギュリオは、どうして悪魔がそんなに詳しいんだよと嘆き、自分が馬鹿みたいに思えて悲しくなったのだ。

「詳しい説明を有難う御座います。助かりました」

「よくてよ。まあ、そんな訳だから、地方貴族達は簡単だったわね。今後は自由取引が認められるようになると説明したら、アッサリと納得してくれたわ。それに、リムル様の計画が進めば、地方都市間にも軌道《レール》を張り巡らせる事になるのだもの。今後は中央集権ではなく地方にも富の分散が行われるようになるでしょうから、彼等としては全力で皇帝マサユキを支持すると約束してくれたのよ」

と、テスタロッサが締めくくった。

なるほどと納得するカリギュリオ。

帝国は科学文明も発展しているが、全ての都市部を繋ぐほどの余裕はない。その理由は明白で、予算の大半が開発費と軍事費に充てられているからだ。

食糧や物資の輸送も大事だが、それは首都周辺都市だけで賄えていた。遠く離れた地方からは、魔法や飛空船で物品を取り寄せていたのだった。

そのように後回しにされている地方までも、開発計画に組み込まれる。そう告げられたならば、地方領主達の歓心を買うのも簡単だっただろう。

あくまでも、莫大な財力と労働力を前提にした交渉ではあるが、それを可能とするのが魔王リムルでありテスタロッサなのだった。

　相手の懐事情まで調べ上げ、交渉を有利なものとする。基本に忠実だが、それを徹底すればここまで凄いのかと、カリギュリオは深く感心した。

　今までの自分のやり方を見直そうと、そう心に誓ったのだった。

「それでは、残る派閥は門閥貴族のみですな」

「その通りね」

「して、テスタロッサ殿の事ですから、ヤツ等の悪事も把握済みなのですかな？」

　ここまでくるとカリギュリオは、テスタロッサに全幅の信頼を置いている。どんな策を張り巡らせているのか知らないが、テスタロッサが問題にならないというのならその通りなのだろうと、疑う気も失せていた。

「失礼ね。そもそも、昨今の帝国にはね、悪事を働いているような愚か者はいなかったの。ここ数十年で淀んだ空気が一掃されたけど、近藤の仕業だったのだと判明したのよ」


　つまりは、真の悪党は粛清済みという事だ。

　テスタロッサも帝国に長くいるが、ここ最近は昔に比べて人心が安定している、と感じていたのである。

　その理由が、今回の調査で判明したのだった。

　唾棄すべき悪事を働いている者はいなくなっていた。今残っているのは、必要悪とされる秘密結社や、放置しても問題のないような小悪党だけだったのである。

「では、門閥貴族を相手にどのように説得を？」

「ちょうど本日、午後から会談があるの。それで決着をつける予定だから、貴方も参加しなさいな」

　それは間違いなく命令であった。

　本来は協力者という立場のはずであったが、カリギュリオに不満などない。

　明確なる実力差を前に、テスタロッサの言葉に頷いたのである。

＊

　応接室にて会するのは、四名のみ。

この場の主催者である、宰相ミニッツ。

軍務大臣であるカリギュリオ。

今後の同盟相手となる予定の魔国から、外交武官としてテスタロッサが。

そして最後の一人は、今回の交渉相手——門閥貴族を従えるミスラ・ヒルメナード公爵だ。

年の頃は、三十代前半。まだ若く、派閥の長たるには若輩と思われる年齢である。

しかしそれは、ミスラには当てはまらない。

彼は、全てを兼ね備えた人物なのだ。


ミスラの母は、前々皇帝の皇妃だった。つまりは、ルドラの生母なのである。

帝国の皇室は特殊な制度が採用されていて、皇帝の正室と呼ぶべき皇后を据えないのである。その座は、ヴェルグリンドのみに許されていたからだ。

その代わりに、皇妃として何名かの女性が後宮で覇を競っていた。貴族達が自主的に差し出した娘達であり、その血筋は疑いようもないほどに高貴なものである。

そんな皇妃達だが、皇帝の子を身籠った者が勝者となり、正妃として遇されるのだ。何しろその子供は、間違いなく次代の皇帝となるのが約束されているからである。

ちなみに余談だが、ルドラの後宮にも幾名かの皇妃がいたのだが、ルドラは認知していない。娘を正妃にと望む大貴族達の独断であり、今回は誰も身籠る事なく解散となっていた。新皇帝が引き継ぐという案もあったのだが、マサユキには必要ないと判断されていた。

その決定を誰が下したのかは、永遠の謎に包まれる事だろう……。

話を戻して。

ミスラの母こそ、その勝者であった。ルドラを産むという大役を果たし、絶大な名声を手にしたのである。

彼女には褒美として、二つの選択肢が用意された。

そのまま後宮に残ってルドラが成長するまでの権勢をほしいままにするか、莫大な身支度金を手に好きな家に嫁ぐかだ。

皇帝の生母に対する扱いは、最上級のものとなる。その発言権は非常に大きく、仮に後宮から出たとしても蔑ろにされるものではなかった。だから彼女は迷う事なく、後宮を出て前ヒルメナード公爵に嫁いだのである。

そして生まれたのが、ミスラ・ヒルメナードだ。

彼はつまり、皇帝ルドラの異父弟なのである。その確固たる権威は、それだけで周囲の者達を平伏させるものだったのだ。

酷薄な雰囲気を纏《まと》う悪人面《あくにんづら》は、見る者を威圧する。眉毛もなくて誰が見ても恐ろしく感じられる眼光は、逆らう意欲をゴリゴリと削るのだ。

太ってもおらず、痩せてもおらず。身長が高いという訳でもないのに、その威圧感は大したものだった。

コイツ、裏で悪事を働いているに違いない。

ヤベエ、絶対に逆らっちゃならねー御人だ。

等々、上級貴族の中でも高位の者達でさえ、そのように感じる者が多かった。

そんな人物だからこそ、門閥貴族の長として相応しかった。

誰もが逆らえぬ貫禄を持つ男、それがミスラ・ヒルメナード公爵なのだった。

強さだけを比べたら、カリギュリオが間違いなく勝つ。覚醒する前から、その点だけは疑いようがなかった。

だが、世の中というのは力だけあっても生きていけないのである。衣食住を用意してくれる人がいなければ、快適な暮らしは望めない。ミスラに逆らったなら、それが失われるのは間違いなかった。

(厄介極まりない相手よ。俺も軍の頂点を目指してはいたが、いざ本当になってみると、その大変さが身に染みるぞ。こんな化け物を相手に、交渉事をせねばならんとはな……)

と、声には出さずに心で思う。

ミニッツがいてくれるから何とかなるだろうが、一対一の交渉では分が悪かっただろう。

それに今回は、頼もしき助っ人がいるのだ。

(テスタロッサ殿、か。恐ろしい御方だが、味方とな

ると心強い。あの恐るべき原初の白《ブラン》だと知るだけに、誰が相手でも負ける気がせぬな）

目の前のミスラも怖いが、テスタロッサはもっと怖い。そう思えば、落ち着きを取り戻せるというものだった。

冷静になったカリギュリオは、ふとテスタロッサの言葉を思い出した。

（待てよ？　テスタロッサ殿は、大半の貴族は問題にならないと言っていた。だとすれば、ミスラ殿が問題のある貴族という事か？　いや、それもおかしな話だぞ……。あの近藤ならば、皇帝陛下の異父弟であろうと容赦せぬはずだ。とすると、もしかしてミスラ殿も、悪事など働いておらぬのでは？）

まさか、という感じだ。

そんな訳はないと、自分の思い付きを否定するカリギュリオである。

アンタッチャブルな悪人だからこそ、ミスラは誰からも恐れられているのだ。自分をして厄介だと思わせる相手が、普通の人であるはずがない、と。

その時、時計の針が定刻を指した。

大きく鳴る鐘の音。

それが、会談の始まりを告げる合図であった。

＊

「帝位を簒奪せんとする、ならず者共めが。余を呼び出した理由を聞こうか」

その尊大な問いかけは、ミスラのものだ。

ミニッツが柔らかく受け止める。

「お待ち下さい、閣下。それは誤解というものです」

「何が誤解だ。事実ではないか」

「私どもは、皇室典範《こうしつてんぱん》に則って正式な手順を踏んでおりますよ。ですので、簒奪という言葉は撤回して頂きたく存じますな」

「吐《ぬ》かせ。ヴェルグリンド様を味方につけたからと、いい気になるでないわ！」

「とんでもない！」

ミニッツが大声で否定した。

冷静なミニッツにも、看過出来なかったのだ。

そう、本当にとんでもない話だと、カリギュリオも憤慨する。

確かに第三者から見れば、ヴェルグリンドが味方になったように思えるのだろう。

だが、それは大きな誤解である。

むしろ、逆。

ヴェルグリンドの機嫌を取る事で、ようやく平和を保っているに過ぎないのである。

下手な言動は身を亡ぼすが、ヴェルグリンドの場合はそれどころではない。

本気で国が消える。

大袈裟でも何でもなく、この世から消滅してしまいかねないのである。

それも全て、マサユキの気分次第だった。

マサユキ本人が優しい人格者だったから助かっているが、あれが自分勝手な性格をしていたならばと考えると、身震いする思いであった。

「ミスラ殿、ミニッツ宰相の申す通りです。ヴェルグリンド様は、マサユキ陛下の味方ではありますが、我等、帝国の味方という訳では御座いません。もしもマサユキ陛下が望むなら、この帝国を滅ぼす事に迷いなどないでしょう」

「その通りです。あの御方は実際に、マサユキ陛下の負担になるのなら、そんな国など焦土にしてしまえばいい、的な事を仰っておりました。決して怒らせてはならない御方なのです！」

「……それを信じろ、と？」

「いえ、信じられぬのも無理はありません。ですので、御意見をお聞きしたい」

「クックック、帝国に与するか、あるいは敵対するのか、か？」

「違います」

「何？」

不遜な態度で問うミスラに対し、ミニッツは即答で否定した。

そして、本心を述べていく。

「いいですか？　これは表には出して欲しくないので

すが、閣下にだけは自分の本心を知ってもらいたい。そう思うから話すのです」

「回りくどいぞ。余の意見を聞きたいのなら、さっさと申すがいい」

「では、先に質問から。ミスラ閣下は、帝国を支配したいですか？　それとも、我等と手を取り合って協力したいですか？」

「……は？」

ミニッツからの質問は、流石のミスラにとっても予想外だった。どんな交渉が繰り出されるのかと身構えていたのに、まるでミスラに帝国の支配権を譲ってもいいと言わんばかりに聞こえたのである。

実は、その認識は正しいのだ。

ミニッツ自身、帝国の宰相など成り行きで仕方なしに引き受けたに過ぎない。もしもここでミスラが望むのなら、快く譲っても構わないのである。

優先すべきは、帝国の安定化だった。そしてそれは大方達成されたので、今後の政治体制をどうするかという点においては、今からでも変更の余地はあるというのがミニッツの考えだった。

カリギュリオも、ミニッツの考えを見抜いている。

（いや、確かに、ヤツは帝国貴族を纏め上げる為の協力は惜しまなかった。ここでミスラ殿に引き継いだとしても、約束を違えた事にはならんだろう。だが、それはズルいのではないか、ミニッツよ⁉）

そんな事だから、弟殿にも恨まれるのだ——と、内心で歯ぎしりするカリギュリオであった。

「貴様、余に宰相の地位を譲るとでも？」

「御理解が早くて助かります。では、私の考えをお聞かせしても宜しいですかな？」

「……聞こう」

ミスラも情報不足だと感じたのか、渋々と首肯した。

それを受けて、ミニッツが語り始める。

曰く。

大前提として、マサユキ本人は皇帝の地位を望んでいなかったこと。

だがしかし、ここで帝国を放置すれば、政治的な不安から大きな混乱が生じかねなかった。

未知なる敵の存在もあり、それを放置しては皆が困る事になる。そう考えた魔国やドワーフ王国からも、マサユキが皇帝となるのを歓迎されたのだ。

ヴェルグリンドは、マサユキの意思にのみ従う。つまりは、マサユキが皇帝とならない場合、この帝国を簡単に見捨てるだろう。

別にヴェルグリンドが手を下さずとも、守護竜の加護が失われるだけでも大問題となる。そうであるならば、帝国臣民としては何が何でもマサユキに帝位に就いてもらった方が得なのだ。

「マサユキ陛下御自身は、先ほども述べた通り、帝位を重荷と感じておられます。ここで誰かが代理で政治《まつりごと》を行うのも、歓迎こそすれ文句は仰らないかと」

ミニッツはそう締めくくったのだった。

なるほど——と、ミスラも納得した。

大事なのは、ヴェルグリンドの機嫌だと理解する。

その為に必要なのがマサユキという存在であり、彼を帝位で繋ぎ留めなければ、ヴェルグリンドまでも帝国から去ってしまうのだと。

そうであれば確かに、政治を行う人間は誰であっても構わない事になる。

むしろ、マサユキを束縛しない方が、帝国にとって利益が大きいという訳だ。

「魔王リムル様の意向としましても、マサユキ様とは良い関係を築きたいとの事ですわ。マサユキ様が皇帝となるのならば、最大限の援助を惜しまないと。ですので、帝位の簒奪というのは筋違いだと理解して欲しいものですわね」

嫣然とした笑みを浮かべながら、テスタロッサも加勢した。

その情報は、ミスラも当然ながら把握済みである。

戦争に大敗した帝国に対し、魔王リムルが大きな賠償を求めなかったという話も知れ渡っているのだ。

魔王リムルの狙いも、今後の友好関係にある。であるならば、テスタロッサの発言に疑問を挟む余地はないと、ミスラ自身も考えていた。

では、どうするのが正解なのか？

提示された選択肢は二つ。だが、そのどちらかを選ばねばならないという事はない。他に道があるならば、それを選ぶ自由も残されている。
ただし——それを勝ち取るのは難しいだろうなと、ミスラは半ば諦めたように考える……。

＊

ミスラが宰相として政治を主導するか、ミニッツを立てて貴族達を従わせるのか。実はそんなもの、ミスラにはまるで興味がない。

ミスラの本当の願いは、家に籠って好きな絵を描いていたい、というものだったのだ。

高貴なる血筋と、公爵家の権勢が合わさって、ミスラは生まれながらにして支配者だと目されていた。

だが、それは大いなる誤解だったのである。

そもそもミスラの母だが、前々皇帝に愛されるほどの美貌を有していた。どことなくヴェルグリンドに似た雰囲気もあり、気の強そうな女性だったのである。

ところが、それは外見だけの話であった。

その風貌で誤解されがちだったのだが、実際には大人しい女性だったのだ。でなければ、ルドラを産んだ時点で、女帝としての権勢を手にしていたはずである。

ルドラが成長するまでの僅かな期間ならば、母たる者への褒美として許される贅沢なのだ。それを選ばず、自由が欲しいと願ったのだから、かなりの変わり者だったのは間違いない。

そんな彼女だが、今度はミスラの父たるバルサ・ヒルメナード公爵に見初められる事になる。

バルサは美男子であった。だから世間一般的には、ミスラの母が言い寄ったのだと噂されている。女帝のワガママに押し切られたのだろう、と。

だが違う。

バルサから言い寄ったというのが真実なのだ。

そして二人は愛し合い、ミスラが生まれたという訳だ。今でも熱愛は続いているのだが、それは関係のない話であった。

（余だって別に、政治がしたい訳ではない。腰巾着共にもウンザリである。だが——）

ミスラにとっては不本意な事に、ビックリするくらいに人望がある。それに加えて頭も良く、今まで悪巧みしてそれがバレた事などないほどだ。

そんなミスラだからこそ信奉者も多く、望んでもない事を勝手に先走られたりもする。

最悪だったのは、とある伯爵の失脚事件だ。

……

……

…

その日、ミスラとその伯爵の肩がぶつかった。相手の不注意だったのだが、その伯爵は謝らなかったのだ。

まだ二十代前半と若かったミスラを、相手が舐めてかかったのだろう。ミスラが公爵子息だと気付いていれば対応も違ったのかも知れないが、それは今更な話であった。

「キミ、ワシは伯爵だぞ！　礼儀も知らんのか！」

と怒鳴る男を、冷静に眺めていたのを覚えている。

こんな事でこれだけ怒るなんて、この人、カルシウムが足りていないんじゃないかな——などと、異世界人の友人から聞いた話を思い出したりしていたのだ。

そしてミスラは一言、「困ったな」と呟いた。

ミスラは当時、まだ公爵位を継いでいなかったので、現伯爵の方が立場が上であった。かと言って、格下に対して頭を下げてはならぬと教えられていたので、さてどうしたものかと悩んだから出た言葉だった。

困ったな——その一言で、本当に困った事件へと発展する事になる。

「ミスラ様が御困りですよ」

「伯爵如きがミスラ様を困らせるとはね。やれやれ、これはとんだ失態です」

と、ミスラの友人達が騒ぎ出してしまったのだ。

その途端、何処に隠れていたのか不明だが、黒服を着た騎士達がゾロゾロと姿を見せた。そして数名が伯爵を拘束する。

「あっ、あっ……」

慌てふためく伯爵は、その時になってようやく、ミスラの正体に思い当たったらしい。

だが、時既に遅し。

隊長がミスラに一礼して告げる。

「この者の処分はお任せ下さいませ」

うん、任せるよ——そう言うしかなかったミスラであった。

翌日の新聞には、その伯爵が不正を行っていたという証拠が並べ立てられていた。それが真実の犯罪だったのか、それとも捏造されたものだったのか、ミスラにはわからない。

ただ一つ確かなのは、その伯爵は逮捕され、爵位は返上となってしまった事だけである。

周囲の者達からの、ミスラへの畏怖が強まったのは言うまでもない。

肩がぶつかったというだけで、相手を破滅させてしまう。それだけの力が自分にあるのだと、ミスラにとっては忘れがたい事件となった。

それ以降も似たような事件が重なり、そんな気などまるでないにもかかわらず、ミスラは恐るべき大貴族として君臨するようになるのであった。

……………


……

そんな事もあってミスラは、自分の発言力を熟知している。

かなり無口になったのはそのせいだ。

そして今回の出来事。

公爵家に仕える優秀な諜報員達が調べたところ、ルドラの失踪は間違いないらしい。

死んだのか、逃げたのか、そんな事はどうでも良かった。

問題となるのは、帝国の守護竜たるヴェルグリンドが、〝勇者〟マサユキを新皇帝として推戴しているという点だった。

『謎に包まれていた元帥閣下の正体こそが、〝灼熱竜《カーディナル》〟ヴェルグリンド様だったのだと推測されます。そして、あの御方が執着するマサユキ様こそが、真なるルドラ様の〝魂〟を受け継ぐ者なのでしょう』

と、報告書には記されていた。

これに逆らうなど、少しでも考える知能があれば不可能だと理解出来るだろう。

帝国の帝位継承は他とは違い、血筋というものを重要視していないからだ。いや、世間一般では重要視されていると思われているだろうが、真に高貴なる者達にとっては、ルドラの〝魂〟こそが重要なのだと知られていた。

公爵たるミスラも、当然ながら理解していたのである。

（これは……下手をすれば、家が破滅するどころではないぞ。余の取り巻きが暴走するのも危険だ。ここはもう覚悟を決めて、余が自ら動かねばなるまい）

賢明なるミスラだからこそ、そう判断するのも当然なのだった。

理想的なのは、政治からは距離を置きつつ、貴族達への影響力だけを残す立ち位置であろう。

今後も現在の爵位が担保されるのならば、経済的な苦労はせずに済む。無理して政治に参加せずとも、俸禄をもらって好きな絵を描くという生活も夢ではないのだ。

これが最高だとして、次点は地方に籠る事だ。

領地経営に専念するとして、地方領主だけをして暮らすのがいい。これなら多少は忙しいが、絵を描く時間は残されている。面倒な人付き合いも少なくて済むので、落としどころとしては文句なかった。

最悪なのは、ヴェルグリンドの逆鱗に触れる事だ。

これだけはダメだ。

そうならない為にも、今が勝負時なのである。

ミスラは、ここで一計を案じる事にした。

自身の悪評を利用して、帝都からの追放を狙う事にしたのだ。

傲岸不遜な態度で――というか、普段通りに発言すれば、相手はミスラを厄介だと思うはず。そうなればしめたもので、後は何のかんのと理屈をつけて、怒ったフリをして席を立てばいい。

交渉は決裂。しかしてミスラは自分の不利を悟り、帝都から地方へと落ち延びた。

そういう感じにストーリーを仕立てる予定だった。

それなのに、ミニッツは意味のわからぬ二択を突き付けてきた。

『帝国を支配したいですか？　それとも、我等と手を取り合って協力したいですか？』

どちらもお断り、というのが答えである。

だが、それを口にするのは不味かった。

ミスラは思案する。

ミニッツの話は続いていた。

魔国からやって来た外交武官《テスタロッサ》まで加わり、自分達の正当性を証明している。

そんなの、説明されずとも百も承知なのだ。

全ての事情を把握しておくなど、交渉の基本なのだから当然だった。

（さて、どうしたものかな？　この二択、どちらも選びたくないぞ。この国の現状で政治に携わるなど、過労死一直線ではないか。これ以上仕事の時間が増えれば、絵を描く時間だけではなく、愛する娘と遊ぶ時間までなくなってしまうわ！）

ミスラには愛娘《まなむすめ》がいるのだ。

まだ三歳。可愛い盛りなのである。

それに、生まれたばかりの息子もいた。

気になるのは奥さんの様子で、息子が生まれた途端、ミスラと目も合わせてくれなくなっていた。

ミスラが一目惚れした、侯爵家の令嬢。余の妻になれと言ったその翌日には、一緒に暮らすようになった女性である。

何やら考え込むような態度になった妻は、ここ最近のミスラの不安の種なのだ。

結婚当初からよそよそしいところはあったのだが、そんな馴れ初めだったので仕方ないと思っていた。順調に娘も生まれて、待望の男子まで授かった。この調子でゆっくりと愛情を育てていきたいと考えていたのだが……。

（そうだ。ここは断固として断らねば、妻と語らう時間まで失ってしまう。帝国がどうなろうと知った事ではないが、余の家庭が円満でなくなるのだけは阻止せねばな！）

ミスラは再び覚悟を決めた。

今日で穏便に決着をつける予定であったが、多少の波風は仕方ないと。

そして、その『答え』を口にする。

＊

「話にならんな。帝位の簒奪ではない？　寝言は寝て言いたまえ。それに、テスタロッサ殿だったか？　貴殿に何の権利があって、我が帝国の国内事情に口を挟まれるのかね？　確かに、帝国は戦争で貴殿の国に敗れたのだろう。だが、〝領空権〟の放棄と国家間条約の制定という二つの条件を呑んだ事で、帝国と貴国の間には和睦が成立しておる。それと同時に国交も樹立した訳だが、貴国には〝友好国の主権にまで口を出す権利がある〟とでも言いたいのかな？」

ここまで言うのは危ない賭けだ。それでもミスラは踏み切った。

詰《なじ》った相手は、恐るべき国力を有する魔国の外交武官なのである。外国における魔王の全権代理人とでもいうべき存在であり、彼女を怒らせたら再び戦争になる可能性まで否定出来ないのだ。

まして、彼女の正体が原初の白《ブラン》である事も、ミスラは把握しているのである。帝国で恐れられている大悪魔を相手に、とんでもない暴言を口にしている自覚があるのだった。

「あら、出過ぎた真似だったかしら？」

「フンッ！　この部屋から出ろとは言わぬよ。貴国の士からしても、友好国の今後の方針を知っておきたいところだろうからね」

「御配慮、痛み入りますわ」

さあ、怒れ！　と、願いを込めたのだが、軽く流されてしまい戸惑うミスラである。

（ここまで言えば、余を排斥する方向に動くと思ったのだが……コヤツ等、どういうつもりだ？）

激怒されたらどうしようかと思っていたが、こうも平然とされると、それはそれで困惑する。

怒らせ過ぎたら自分の命がない。今の発言でも寿命が縮む思いだっただけに、これ以上攻めた発言は考え物なのだ。

(どうする？　もう一歩踏み込むか？)

その一歩が果てしなく怖い。

だから、その矛先を変えていく。

「余は、偉大なるルドラ帝の異父弟なるぞ。我が異父兄上《あにうえ》の生死も不明な現状で、マサユキなる何処の者とも知れぬ男を新たな皇帝に迎えるなどと勝手に決められ、恥知らずにも余の助力を願うだと？　余には貴様等が何を考えておるのか、まるで理解出来ぬわ！」

ちょっとだけ語気を強めて、ミスラは一気にまくし立てた。

この反応次第では、速やかに方針転換しなければならない。ここからが本当の勝負なのだった。

しかし残念ながら――

ミスラの賭けは、最悪の形で結果が出る。

「あらあら、私の決定に異を唱えるのかしら？　ルドラの血縁だから見逃されると考えているのなら、それは甘いと教えてあげなくちゃね」

(ゲ、ゲェーーーッ、ヴェルグリンド様ァ――ッ⁉)

声に出せない絶叫が、ミスラの心臓から飛び出した。

口から魂が抜け出そうなほど、ミスラはショックを受けたのだ。

勝負が不利になったどころの騒ぎではなく、一気に詰んだ状況である。

もう自分は終わったなと、ミスラは何故だか爽やかな気分になってしまっていた。

だからだろうか、この際だから言いたい事を言ってやれ、という気分になっていた。

「フッ、元帥殿――いや、帝国の守護竜たるヴェルグリンド様ではないですか。本日の会談に参加されるとは聞いておりませんでしたが、お会い出来て光栄ですよ」

先ずは、全然大した事ないですね、というアピールだ。

本音では逃げ出したいのだが、どうせ無理なのだからと悟りを開いていた。

「あ、すみません。僕も本当は、皇帝なんてガラじゃないと思っているんです。でも、帝国に住む人達の事を考えたら、僕が皇帝になるのが一番マシなのかなって思いまして……」

音もなく扉を開けて入室してきたヴェルグリンドに続き、マサユキまでも登場である。

ミスラからしたら、完全に計算外。

この状況から判断するに、自分の命運は完全に尽きたと悟るしかなかった。

ただ、気になる事もあった。

「ほう？　新皇帝陛下は、随分と自信がない御様子ではないか。そんな事で、我が異父兄上《あにうえ》に成り代わられるとでも思っているのかね？」

嫌味交じりに問うたものの、半分本音である。

どうせ自分を処分するつもりならば、もっと堂々とハッタリをかませばいいのに——と、疑問を覚えたのだ。

「アハハ、僕ってちょっと前までは、ただの学生だったんですよ？　自信があるとかないとか以前に、皇帝になるなんて想像もしていませんでした」

「フンッ、情けない。そんな様《ざま》で、覇道を歩めるとでも？」

と、口が勝手に応じるものの。

（あれ？　コヤツ、おかしな事を言ってないか？　ミニッツやカリギュリオの反応からは気付かなかったが、余の配下が調べてきた情報と食い違っておるような……）

ミスラが抱える諜報部からの報告では、新皇帝は覇気溢れる人物との評判だった。民衆からの支持は絶大で、帝国を歯牙にもかけなかった魔王リムルでさえも、マサユキには一目置いているとの話だったのだ。

それなのに、目の前で苦笑する少年は、その人物像とまるで一致していなかった。

（どうなっている？）

ミスラは思わず、もう一度マサユキに視線を向けた。

「いや……本音を言うと、覇道とか勘弁して欲しいです」

「はあ？」

呆れた声が口からこぼれ出てしまうミスラであった。

そしてそれは、ミスラだけの話ではない。

「ちょ、陛下！　ここはもっと威厳たっぷりにと、あれだけお願いしたではありませんか！」

「そうですぞ。ここでミスラ殿を仲間に引き入れられるかどうか、それ次第では今後の帝国の統治方針に大きな影響を及ぼすのです。私やミニッツの為にも、苦労を分かち合える仲間が必要なのです」

ミニッツやカリギュリオが、同時にマサユキに懇願していた。

（余の前でその姿を見せた時点で、もう手遅れであるな。それに、その会話を耳にした今、仲間に加われと言われてもなあ……）

正直言って、絶対に嫌だという気持ちが強まってしまった。

ただ、このまま処分されるよりも、生き残れるだけまだマシかな、とも考えている。ミスラは愚かではないので、自分には主導権が残っていないと、ちゃんと理解しているのだ。


「お馬鹿さん達、マサユキに強要しないという約束を忘れていないでしょうね？」

「いやいや、ヴェルグリンドさん!?　強要はされてないから、大丈夫ですよ」

「マサユキ様！」

「陛下ぁ!!」

ちょっぴり不機嫌になったヴェルグリンドを、マサユキが慌てて宥めている。それを見て、ミニッツとカリギュリオが感激していた。

「あら、マサユキ。前から気になっていたんだけど、私の事は愛称で、グリンとでも呼んで欲しいわ」

「あ、はい。えっと、それじゃあ、グリン、さん？」

「うふふ、嬉しいわマサユキ。ルドラと違って、素直ね。カリギュリオ達の事だけど、貴方が気にしていないのなら、私が関知する話じゃないわね。良かったわね、二人とも」

「はい、感謝します！」

「陛下の恩情、生涯忘れません!!」

ヴェルグリンドの機嫌が直ったようで、一安心であった。

　その一連の流れを見ていたミスラは、『ああ、大変そうだな』と、心の底から実感していた。

（なるほどな。余を巻き込みたいというのは、政情安定化だけが目的ではなさそうだ。ヴェルグリンド様からの怒りを分散させる仲間が欲しい、というのが本音であろう。いや、それにしても、あのマサユキという少年は――）

　自分と同じなのではないか――と、そんな気がしたミスラである。

　そして、そう感じていたのはミスラだけではなかったのだ。

「ところで、ミスラさん、でいいのかな？」

「余は認めておらぬが、貴殿は皇帝らしいからな。好きに呼ぶがいいさ」

「それじゃあお言葉に甘えて。ミスラさんって、僕の事をどう思ってます？　もしかして、普通の青年って感じに視えてたりしません？」

「何を言っているのだ？　貴殿は皇帝なのだから、普通も何も――」

「いやいや、そういう話じゃなくてですね、落ち着いて、正直な感想を答えて欲しいんですけど」

「だから、何の話だ？」

　マサユキが何を言いたいのか、ミスラには理解出来なかった。

　だが、この応答の結果が、ミスラの運命を決定づける事になるのである。

「ミスラさんは、僕が平凡だと思ってますよね？」

「不敬であると言いたいのか？　ならば正直に言ってやるが、貴殿は我が異父兄上《あにうえ》に遠く及ばぬ。皇帝どころか、人の上に立つ器すらないように見えておるよ」

　これを言ってしまえば、自分は破滅だろう。ミスラはそう思いつつも、やけっぱちな気分で言い放った。

　どうせヴェルグリンドの手にかかるのならば、苦しまぬようにして欲しかった。激情に駆られたヴェルグリンドでも、その程度の願いくらいは叶えてくれると考えたのだ。

　だが、それ以上の反応があった。

ヴェルグリンドではなく、マサユキから。

「ミスラさん！　貴方は凄い！　僕は、貴方のような人を必要としていたんです!!」

「はあ？」

意味が解らず問い返すと、マサユキが熱く語ってくれた。

「僕はね、自分の権能とやらのせいで、他人から勝手に凄いヤツだって思われてしまうんです」

マサユキは叫ぶ。

勝手に手に入ったユニークスキル『英雄覇道《エラバレシモノ》』のせいで、今までどれだけ苦労したのか。

まして今や、ユニークスキルが究極能力《アルティメットスキル》『英雄之王《シンナルエイユウ》』へと進化してしまった。その権能は凄まじいばかりであり、素人に政治を任せちゃダメだろうという、どう考えても誰にでも理解出来そうな話でさえ、マサユキだけは例外扱いされてしまっている事を。

「なん、だと……？」

「だから、だから、ミスラさんみたいに本当の僕を理解してくれる人がいて、とても嬉しいんですよ!!」

ミスラの目から、熱い雫が零れ落ちる。

「マサユキ君、いや、陛下！」

マサユキの苦労は他人事ではなく、ミスラにも自分の事のように理解出来るものだった。

それだけではない。

自分がマサユキの理解者なのならば、その逆も有り得るのではないかと感じたのだ。

「ちょっと、せっかく僕を理解してくれたんだから、陛下は止めて下さいよォ!?」

「そうだな、その通りだ。わかる、わかるとも。実は余だって、同じような苦しみを胸に抱いておったのよ」

「え？」

「聞いて欲しい。酷い時には、余が『困ったな』と呟いただけで、人が一人逮捕されてしまった。もう正直言って、今後一切口を開くのを止めようかな、なんて思ったりもしたものだ。それはまあ無理だったのだが、本音を語れぬというのは辛いものであったぞ」

「わかります！　僕の場合、本音を語ってもそれが通じなくて。勝手に解釈されて、僕の評価が上がっちゃうんですよね。マジで勘弁してくれって話で、気がつけば皇帝ですよ？」

「それも恐怖だな」

「でしょう！　本当に怖いんですって。僕の仲間だったジンライさんも、最初の頃はひどかったんですから。今は理解者になってくれましたけど、あの人、リムルさんに喧嘩を売ったりしたんですよ？　僕の名前を出すのを止めて欲しいと、何度思った事か……」

「わかるぞ。だから余も、今回は付き添いを連れて来なかったのだ。何を言い出すかわからぬから、怖くてな」

従者の発言で交渉が決裂するなど、今までもよくある話だったのだ。今回に限っては、間違ってもそんな失敗をする訳にはいかなかったのだった。

「あるある話なんですよね。いやあ、僕だけかと思ってました」

「ハハハ、お互いに大変であったな」

「笑い話じゃないですから、マジで」

マサユキとミスラは、他の者の存在も忘れて語り合った。

二人には、笑顔があった。

そしていつしか、友情が芽生えたのだ。

「……そう、ルドラを宿したせいで、母体に免疫が出来ていたのね。こんな事が起きるなんて、長い間生きてきたけど初めて知ったわ」

ヴェルグリンドもビックリだ。

だが今は、二人の友情を祝して、黙って見守る事にしたのである。

＊

マサユキとミスラが心の友となった事で、全てのわだかまりが解消された。

故に、ミスラは協力を約束する。

ただし、自分は直接政治に携わらずに、門閥貴族を束ねて裏から支える事にした。

自分の時間を大切にしたいという本音もあるが、その方が都合がいいだろうと話し合いの結果決まったのである。

「余はあくまでも今のまま、現状に不満のある貴族共を束ねよう。ただし、有能な者共はそれとなく諭して、貴殿達に協力するように手配しよう」

「助かります。人手不足は深刻ですので」

「軍部としても、その方が良かろう。下手な反乱など、人材を失うだけであるからな。ミスラ殿が協力して下さるなら、時間をかけて反乱分子を取り込んでいけるというものだ」

とまあそんな感じで、話は綺麗に纏まったのだった。

会談も終わり、場も解散となったのだが。

「お待ち下さいませ」

立ち上がったミスラに、テスタロッサが話しかけたのだ。

「ミスラ殿、少々お時間を頂けますか？」

ミスラはドキッとなった。

テスタロッサにも暴言を吐いたのを、しっかりと覚えていたからだ。場の空気的に有耶無耶になったかなと安堵していたのだが、どうやら甘い考えだったのかも知れない。

「何か？」

声が震えないように努力しつつ、椅子に座り直す。

「いえ、先ほどの話で気になったものだから、少し探らせてもらったの。貴方、隠しスキルを所有しているわね」

「は？　余はそんなもの――」

どうやら雲行きが違うと思いつつ、ミスラは否定しようとした。それを遮り、テスタロッサが話を続ける。

「ああ、誤解しないで。それは無自覚型――なるほど、ユニークスキル『悪人面《コワイヒト》』――というのね。代々受け継がれる継承型でもあるようね。多分、父方かしら？　貴方の父君も、周囲から怖がられていないかしら？」

「……」

めっちゃ怖がられていた。

ヒルメナード公爵家長男たる者の宿命なのだと、ミスラはそう教えられていたのである。

「貴方がそれを自覚すれば、今後はもっと交渉を有利に運べるようになると思うわよ」

それを教えるのは、テスタロッサらしからぬお節介だった。滅多にない事だが、テスタロッサは自分が気に入った人間には優しいのである。

「なんと、余にそんな力が……」

「あるわね。使い方までは教えないけど、もう一つだけ、大サービスで教えてあげる」

「む？」

「貴方、奥様からも怖がられているわよ」

「まさか。余の妻は奥ゆかしいから、一度も喧嘩をした事もない。余があの者を怒鳴った事すら、一度としてないのだぞ」

何を馬鹿なとミスラは笑う。

テスタロッサは苦笑した。

「今回の交渉を有利にする為に仕入れた情報だから、間違いないわ。貴方のお母様は、免疫があったから問題にならなかったのでしょうけど、貴方の奥様は――」

「まさか……」

「それでも、家族なのだ。ミスラ殿を理解しておられるのでは？」

「そうだな。子も二人目が生まれたばかりなのでしょう？　であれば、奥方殿もミスラ殿を愛しておられるかと」

動揺するミスラ。

そんなミスラを慰めるように、カリギュリオとミニッツが話しかける。

が、そんな空気をぶち壊したのがヴェルグリンドだ。

だが、それは真実の言葉でもあった。

「お馬鹿さんね。貴方にとっては待望の長男だったのでしょう？　奥さんからしてみたら、貴族の妻として跡取りを産んだのだから、これで義務は果たしたと考えているかもよ。そもそも貴方、妻に自分の気持ちを伝えているのかしら？」

「と、申されますと……？」

「愛していると言った事はあるの？　子を産んでくれてありがとうと、声に出して伝えた事はあるのかしら？」

言われてみたら、そんな事を言った覚えのないミスラである。自分の愚かさに気付き、顔を一気に青褪めさせた。

「言葉にして想いを伝えるというのは、存外、愛情を繋ぎ止める上で重要ですのよ。これを機会に、奥様に自分の気持ちをお伝えしてみたらいいのではなくて?」

テスタロッサがそう告げると、ミスラはコクコクと頷いた。

「余はこれで失礼する!」

そう言い残し、その場から全力で走り去ったのだった。

そして帰宅したミスラが目にしたのは、まさに家を出ようとしていた妻の姿だった。

間一髪、間に合ったのである。

ミスラはヴェルグリンドやテスタロッサからの忠告を、正しく理解し実行した。その結果として、離縁されるという最悪の事態を免れたのだった。

その日以降、ミスラが感謝の気持ちを忘れる事はなかった。

精力的に新皇帝であるマサユキに協力し、裏方として帝国を支える存在になったのだった。

こうして、帝国貴族の三大派閥は、そのことごとくが新皇帝マサユキの軍門に降った。数年はかかると思われた支配体制の安定化が、たった数ヶ月で成し遂げられたのだった。

●

ミスラ殿が仲間になった日の夜。

「テスタロッサ殿の言う通りだった、か」

「まあ、そうだな。運もあったが、魔王リムル様の協力やヴェルグリンド様の存在も大きかったがね」

帝都にある料亭で、俺はミニッツと祝杯を上げていた。

懸念だった貴族達の問題が解決した事で、残る問題は侵略種族《アグレッサー》だけとなったのだ。

それについては現在、帝国各地に諜報部員を派遣して、異変がないか調べさせている。何かあれば報告があるだろうし、地方都市には再編した近衛騎士《ロイヤルナイト》達を駐在させてある。油断は出来ないが、心に余裕を持つ程度は許されるはずだ。

という訳で、今宵は心ゆくまで飲むつもりだった。

互いの苦労話に花を咲かせ、これからの帝国についての希望を語る。

考えてみれば、ミニッツとここまで親しくなるとは思ってもいなかった。頼れる部下ではあったが、心まで許すつもりはなかったのにな。

今では大事な戦友だ。

そして、共にマサユキ陛下を支える頼もしき仲間なのである。

杯を重ね、ほどよく酔いが回ってきた。

そんな俺に、ミニッツが話題をふってくる。

「ところで話は変わるが、何人にも勝る力を手に入れた気分はどうだね？」

そう問われて、俺は改めて考える。

その上で答えた。

「虚しいもんだな。目標を見失った感じで」

「なら、これはもう必要ないかな？」

そう言ってミニッツは、俺に封筒を差し出した。

資料でも入っているのか、それなりの厚みだ。

「何だ、これは？」

「ここでは開けるな」

ミニッツは言葉を濁して、グラスを呷った。

そして、空になったグラスを置いて立ち上がる。

「おい、帰るのか？」

「ああ。それはな、お前に対する切り札にしようかと思って、数年前に調べさせていた報告書だ。もう必要ないし、やるよ。気になる点があったから、今回ついでに調査させている。私も少々驚いたから、知らない方が幸せかもな」

「む？」

「自分の過去に興味がないなら、読まずに燃やせ」

ミニッツからは、それ以上の説明はなかった。

俺の疑問に答える事なく、手を振りながら後ろも振り返らずに、そのまま帰ってしまったのだ。

一人残った俺だが、それ以上酒を飲む気にはなれなかった。

それ以上に、ミニッツの言葉が気になっていたのだ。

この資料、俺に関するものなのは間違いない。

それも、俺の弱点になる？

俺に家族などいない。不正に手を染めていないとは言わないが、処罰されるほどの悪事には加担していなかった。

ミニッツもそれは知っているだろうし……。

思い当たるのは、妻だった女に関わる内容だ。

俺の過去、か。

そういえば、まだ復讐も終わっていなかった。

今の俺からすれば、伯爵が相手だろうが破滅させるのは簡単だ。だからこそ、何時でも出来るという慢心が生まれてしまい、復讐を放置してしまっていた。

「そうだな、ここで区切りをつける為にも、過去と向き合うのもいいかもな」

俺はそう呟き、料亭を後にしたのだった。

帝都にある自分の邸宅に戻り、自室に入った。

そこで俺は、ミニッツから渡された封筒から資料を取り出して一読する。

「馬鹿な……」

思わず呟いてしまうほど、そこに書かれていたのは衝撃的な内容だった。

ブルダフ伯爵という記述を見て、復讐対象の名前まで忘れていたのに気付いた。

それはいいのだが、その先が信じられない。

そのブルダフ伯爵が、地方貴族の一派を纏め上げているというのだ。

とはいえ、無視しても問題ないレベルである。

俺の元妻だった女の男爵家の名前があるのは当然として、従えているのは子爵や男爵といった下級貴族家のみなのだ。

規模が大きければ目に付くのだが、十に満たない勢力とあって見逃されていたのだろう。

が、俺にとっては見過ごせない記述があった。

「――従えている貴族家だが、家督が乗っ取られている可能性が高い、だと？」

どういう意味だと、俺は慌てて続きを読み耽った。

従っている家々は、先代が高潔な人柄だったのだと。

闇商人との取引など論外で、真っ当な方法で領地を統治していたらしい。

だからこそ、簡単に追い込まれた。

『ブルダフ伯爵のお抱え商人により借金を背負わされ、言いなりになるよう仕向けられていると見受けられる』

と、報告書に記載されていたのだ。

俺の頭を情報が駆け巡った。

これが本当ならば、ブルダフ伯爵を許しておけぬ。

いや、それ以前に——

「マミア！」

俺は思わず叫んでいた。

俺の妻は、もしかして本当は俺の事を——

そう思い至るともう、じっとしてはいられなかった。

慌ただしく玄関に向かう。

「だ、旦那様⁉　こんな夜更けに、お出かけですか？」

「用が出来た。俺の直属護衛隊を飛空場に集めろ。ついでに、情報局の局員も派遣させておけ」

「——ッ‼　直ちに」

我が家の執事長は有能だ。

俺の雰囲気から、ただ事ではないと悟ってくれる。

それ以上は何も問わず、命令を速やかに実行してくれたのだった。

＊

夜の内に証拠は固めた。

報告書が正確だったお陰で、言い逃れなど許されなかったのだ。

みっともなく喚き散らし、現実を認めようとしなかったのはただ一人のみ。

「お前はもう終わりだよ」

「き、貴様！　ワシを誰だと思っておる‼　ブルダフだぞ！　地方貴族を纏める〝八名君〟の一人たるこのワシを、どんな権限で逮捕するというのだ⁉」

愚かな男は、この期に及んで自分の罪を認めなかった。

まあ確かに、ブルダフが喚く理由はあるのだ。

我が帝国では貴族というだけで、不逮捕特権を所有しているからな。

貴族を逮捕出来るのは、皇帝から逮捕許可書を発行された者のみ。

ただし、帝国皇帝近衛騎士団《インペリアルガーディアン》に所属する近衛騎士《ロイヤルナイト》なら全員が資格持ちだし、一部の情報局員も許可されている。

つまり――

「ブルダフ伯爵、貴殿の罪状は確認済みです。被害者からの証言も取れましたので、もはや言い逃れ不可能と御理解頂きたい」

俺が連れて来た情報局員も、当然ながら逮捕権を有している訳だ。

　上級貴族に属する伯爵を逮捕するとなると大事だが、抜かりはない。俺の手で処刑してやりたいが、それは越権行為となるので我慢した。

　俺が手を下すと、長い苦しみを与えずにすぐ殺してしまうからな。この男に対しては、そんな慈悲を与えてやる気になれんのだ。

「ば、馬鹿を申すでないわ！　貴様等に何の権限があって――」

「黙れ、ブルダフ。貴様、俺の顔を忘れたか？」

　左目の眼帯がよく見えるように、俺はブルダフを真正面から睨み付けた。

「なっ、ま、まさか貴殿は、カリギュリオ閣下か!?」

「知っていたか」

「勿論で御座います！　閣下の御活躍は、帝国全土に伝わっておりますからな。薄汚い魔物の国には惜敗したとの事ですが、なあに、閣下ならば必ずや、雪辱を果たせるかと信じておりますぞ!!」

　コイツは何を勘違いしてやがる。

　今の発言をテスタロッサ殿が聞いたら、コイツの運命は更に最悪なものへと下落するだろう。

　それを俺が教えてやるのも――いや、やはり止めておこう。下手に怒りを買えば、巻き込まれてしまいそうだからな。

「ヌケヌケとよくもほざいたものよ。貴様は、俺が男爵家から追い出されたのを笑っておったのだろうが」

「――ッ!!　そ、それは、誤解なのです」

まだ説明もしていないのに、その発言は己の罪を認めたも同然だな。

「話にならんな。貴様の処遇は帝国大審院に委ねるから、覚悟しておくがいい。俺と違って、拷問官は優しくないぞ」

俺は表情も動かさずに告げてやった。

ブルダフが青褪めて叫ぶ。

「お待ちを、お待ち下され！　カリギュリオ殿!!　謝罪する。ワシは罪を認めるから――」

「連れて行け」

俺の合図を受けて、騎士達がブルダフを連行して行く。

ブルダフの甘さには呆れるばかりだ。

帝国大審院とは、罪を詳《つまび》らかにするのが目的の機関ではない。政敵を陥れ、その地位を奪う為にあるのだ。

だからこそ、罪を認めようが関係ない。

拷問官は罪人の証言など求めておらず、その尊厳を奪い従順にさせるのを生業としているのだよ。

「せいぜい苦しんで、俺を含めた被害者達の恨みを実感するがいい」

小さくなったブルダフの背中に向かって、俺は小さく呟いたのだった。

＊

騎士達を飛空船で帰らせてから、俺は個人用の魔導二輪《オーラバイク》で辺境にある小さな町を目指した。

しばらく走ると、見覚えのある風景が目の前に広がる。

丘を越えた先には、昔のままの館が見えた。

昔は大きいと思っていたが、今見ると小さいな。

帝都にある俺の邸宅からすれば、半分以下といった感じだ。

しかしそれでも、俺にとっては大切な場所だったのだ。

「懐かしいな。ここはまるで変わっていない」

何故か、そう呟いてしまった。

緊張しているからだろう。

何しろ今から会うのは、俺を捨てた女――いや、違うのだ。

俺はもう、それが勘違いだったと知っていた。

必要なのは、勇気だけだ。

時刻は昼過ぎ。

この時間、元妻が庭先で寛いでいた事を思い出す。

俺は自分を叱咤して、館の呼び鈴を鳴らした。

「はい、何方様《どちらさま》ですかな？」

聞き覚えがあった。

俺より十歳ほど年上だった、この館の執事長補佐の声である。

「カリギュリオだ。戻って来るつもりはなかったが、大事な用件があってな。悪いが、マミア――ヒース夫人を呼んでくれないか？」

息をのむ気配があった。

一拍の間をおいて、「承知しました」と返答がある。

俺は応接室へと案内され、マミアが来るのを待つ事になったのだ。

後は、あの男が帰って来る前に、自分の本心を告げるだけ。

あの男とは、俺を追い出してヒース家を乗っ取った、ネスト・ヒース男爵だ。今は御仲間のズック子爵に呼びだされて、隣町まで出向いているはずだ。

何故知っているかというと、俺がそう手配させたからな。

ブルダフの仲間達は、昨晩の内に騎士達に逮捕へ向かわせている。その際に、ズック子爵には隙を見せるようにと指示してあった。

勿論、ワザとだ。

ズック子爵がネストの上役なのは調査済みなので、ブルダフ逮捕という不穏な状況を知らせれば、連絡を取り合おうとすると見越しての事だった。

俺の思惑通り、ネストが動いたのも把握していた。

隣町とここを往復するには、少なくとも馬を飛ばして半日以上かかる。朝早くに出発したと聞いたから、戻ってくるのは夕方以降になるはずだった。

だから、それまでにケリを付けねばならぬのだ。

「お待たせしました、カリギュリオ閣下。お久しぶり、と言っても宜しいかしら？」

久しぶりに聞くマミアの声に、俺の心が騒めいた。

席を立ち、目を合わせる。

「君と俺の間に、敬称など不要だとも。元気だったかね？」

マミアは痩せていた。

化粧は施されているが、髪に白いものが交じり始めているのを誤魔化せていない。美容に回せる金がないのだろうと、それだけで悟ってしまった。

確かに急な訪問だったのだが、それでも貴族の夫人としては、もっと身嗜みに気を配るのが普通だと思う。

俺からすれば、どんな容姿であろうとマミアはマミアなのだが……。

ネストの金遣いが荒いと報告にあったので、大切にはされていないのだ。

それが無性に腹立たしかった。

「勿体ない御言葉ですこと。カリギュリオ閣下はお元気そうで、安心しましたわ」

マミアの態度は硬いままだった。

俺が来た目的がわからず、緊張しているのだ。

案の定。

「それで、本日来訪された目的ですが、私を処罰する為でしょうか？」

そんな事を言い出す始末だ。

「何を言っている？」

「フフ、夫は朝方、慌ただしく出かけました。良からぬ事を行っていたようですし、貴方様が不正の証拠でも掴んだのでしょう？　私は貴方様を裏切った女。私にだけ恩情をかける理由など、思い当たりませんもの」

そう言い切ったマミアの目は、希望を失い疲れ果てているように見えた。

別れてから、二十年も経つのだ。

俺にも色々あったが、それはマミアも同じだったのだ。

それを聞く資格が俺にあるのかどうかわからないが、

それでも、誤解だけは解かねばならぬ。

「理由なら、ある。君は俺の妻だった人だ。そしてその愛は、今もあの頃と変わってはいない」

「御戯れを――」

「戯れではないさ」

俺が断言すると、マミアの瞳が揺れた。

「何を――私は愚かな女なのです。貴方様が覚えておく価値もない、犬畜生にも劣る人間なのですわ。だって私は、許されざる大罪を犯しました。貴方に対して、取り返しのつかない真似を――」

言葉に詰まり、マミアの目から涙が零れ落ちた。気丈に振る舞っていたが、自分の言葉で自分の犯した罪を再認識してしまったのだ。

そうだった。

思い出したよ。

どうして俺は、大事な事を忘れてマミアを恨んでしまったのか……。

男爵だった義父は立派な御方で、俺の尊敬する主人だった。

その方から大事なお嬢様を託されたというのに、俺は何という馬鹿者なのだ……。

「君に罪はない。俺が馬鹿だったのだ。あの男の小細工に気付きもせず、守ると誓った者を傷付けてしまったのだからな」

俺は諭すように、ゆっくりと声をかけた。

それを聞いたマミアが、驚いたように俺を見た。

今ならば、俺の話に耳を傾けてくれている。この機を逃さず、俺は言葉を重ねた。

「どうして俺は君を信じなかったのか、それが悔やまれてならない。君と、ヒース家の事情は理解している。もう一度俺を信じてくれないか？」

「何を仰っているのですか⁉ 何度も言いますが、私にはそんな資格などありません。貴方様には、私達を処罰する権利がおありなのですよ？」

「資格がないのは俺の方だな。君達を見捨ててしまったのは、俺の罪だ。君を守る騎士となると誓ったのに、この様だよ」

だからもう一度、俺にチャンスをくれ。そう願いを込めて、俺はマミアを見詰め続けた。

「信じても……いいのですか？」

マミアの涙が止まらない。

俺はそれを指で掬い取ってから、力強く頷いた。

「もう二度と、俺は君を見捨てない」

俺の胸に飛び込んできたマミアを優しく受け止め、心からそう誓ったのだ。

＊

ヒース家に仕える使用人を集めて、事情聴取を行った。

当時、この家に仕えていた者達全員が、マミアを守る為に連帯責任で事に当たったのだという。俺に薬を盛った者も残っていたので、証拠集めは難なく終わった。

「俺にも相談して欲しかったよ」

そう言うと、亡くなった父親に代わって正式な執事長となった男が、皆を代表して教えてくれた。

「脅されていたのです。我が家の借金を立て替えてくれていたのですが、その権利を闇組織に流すと。そうなれば、奥様だけでなく旦那様の命も危なくなる。そう言われてしまえば、ヤツの持ち掛けた策謀に協力するほかありませんでした。申し訳御座いません。全ては、我等の不甲斐なさが原因なのです!!」

まあ、調査報告書にあった通りの内容だった。

当時の俺は、今ほどの力はなかった。騎士として優秀だったとは思うが、せいぜいがBランク程度の実力だった。

たった一人では、この家を守り切るなど不可能だっただろうな。

「今更だな。大事なのは、これからだ」

「……確かに、仰る通りかと。処罰は私が全て引き受けますので、どうか家の者達には寛大な沙汰をお願い致します」

執事長が低頭しながらそう言うと、他の使用人達も口々に謝罪の言葉を述べていく。

その光景こそ、義父の人徳を表すものだった。

「勘違いするな。俺も悪かったのだから、お前達に責任を押し付けるつもりはない。だからこれからも、俺達をしっかり支えてくれ」

俺はそう告げる。

悪かったのは全員同じ。

連帯責任というなら、そこに俺も交ぜて欲しいと。

「カリギュリオ様――ッ!!」

執事長の目にも涙が光った。

が、その直後、何かに気付いたように首を傾げる。

「ん？　奥様を支えるのは当然ですが、俺達を、ですか？」

バレたか。

「えっと、カリギュリオ……様？　それって、どういう意味なのでしょう？」

マミアまで疑問を口にする。

ここが正念場だった。

もしも拒絶されたらと思うと心底怖いが、俺は勇気を振り絞って皆に告げる。

「何、言葉通りだとも。俺達は全員が間違っていた。つまり、離婚したという事実も間違いなのだから、なかった事にするべきだ。お前達もそう思うだろう？」

内心とは違い、平然と。

正直に言えば、この理屈を押し通すのは難しい。

俺とマミアの離婚願いどころか、ネストとマミアの再婚誓書までも、正式な書類が帝国法務院に届けられ、とっくの昔に受理されているからだ。

これを覆すなど、普通ならば不可能――なのだが、ミニッツならば何とかしてくれると、俺は確信していたのである。

「――つまり、私達は夫婦に戻る、と仰るのですか？」

「その通りだが、嫌かね？」

心臓がドキドキ言っている気がする。

「本当に宜しいのですか？　私は貴方を――」

「俺がそう願うのだ。受け入れて欲しい」

「ですが、私は薬で……」

俺に毒を盛った事を言っているのだろうが、それも解決している。

リムル陛下が蘇生して下さったこの身体だが、生殖機能があると言っておられた。だから間違いなく、毒の影響など消え失せていると思うのだ。

「その心配も不要だ。多分だが、問題はない。だからもう一度、俺と一緒に夫婦生活をやり直してくれないか？」

渾身の告白だった。

プロポーズなど一度で十分と思っていたが、同じ女性にもう一度する事になるとは思わなかった。

だがしかし、これを成功させなければ、俺はこの先ずっと虚しいままになりそうだった。

俺は戦いに臨むよりも緊張しながら、マミアからの返事を待つ。

マミアの瞳に輝きが灯った。

そして、綻ぶような笑みを浮かべる。

美しい。

この二十年で損なわれた美しさを、マミアはこの一瞬で取り戻したのだ。

「喜んで」

俺の空白だった心が、歓喜で満たされた。


それと同時に。

使用人達が大歓声で、俺達を祝福してくれたのだ。

俺は目的を果たした。

ネストという小物の処遇が残っているが、ヤツがヒース男爵家の当主だったという事実も抹消される事になるので、どっちみち破滅は免れないだろう。

ネストの身分は商人に戻るのだ。貴族と違って商人という身分では、不逮捕特権など適用されないのである。

ヤツの犯した罪はヤツ自身に帰属させるので、二度と日の目を見る事は叶わないだろうな。

貴族相手の犯罪行為となると、身内への連座も免れない。ヤツの父親も破滅だろうよ。

『こちらの首尾は上々だ。もう捕えても構わんぞ』

『承知しました。それでは、ズック子爵諸共に捕縛して、こちらで処分しておきますね』

『ああ、それで頼む』

俺は部下達に雑事を押し付けた。

これにて一件落着。

こうして俺はマミアとよりを戻し、ヒース男爵家の当主として返り咲いたのだ。

＊

「結婚おめでとう、と言っていいのかね？」

「新婚ではないし、再婚でもないがね」

俺とミニッツは、またもや帝都の料亭で杯を交わしていた。

「ふふ。まあ何にせよ、奥方と上手くいくように祈っておくよ」

「ありがとう。それと、手続きの方も助かった」

「ああ、あれは大変だったぞ。時効云々まで持ち出されれば、ひっくり返すのは不可能だったからな。悪いが、強硬手段を採らせてもらったさ」

「苦労したと聞いている」

「まあな。が、お前さんは気にするな。御祝儀だとでも思っておけばいいさ」

そう言って、ミニッツが笑った。

「感謝するよ」

と、俺は答えて、照れ隠しに笑ったのだ。

………

……

…

それから、根掘り葉掘り結婚生活について聞かれた。

「惚気《のろけ》るのは止めろ！」

「いいじゃないか。まあ聞け。結婚はいいぞ！　お前も独身貴族とか止めて、生涯のパートナーとなる女性を見つけるべきだ！」

「うるさい。私の私生活にまで干渉しようとするな」

「ワハハハハ！　だから俺は、あの時に勇気を振り絞ってだな！」

「それはもう聞いた。五度目だ」

「仕方ないな。俺の話をそんなに聞きたいのなら、何度でも聞かせてやるとも」

「お前さん、かなり酔ってやがるな。こんなに絡まれるとは思わなかったね」

……聞かれたというか、俺が勝手に喋っただけのような気もしなくもない。

まあ、その点は重要ではないので、気にしたら負けなのだ。

………

……

…

ある程度語り尽くした後、ようやく本題に入った。

「それで、あの資料だが――」

「役に立ったかね？」

「俺への切り札って話、あれは嘘だろう？」

「……気付いたか」

「当たり前だ。二十年前の話だぞ。お前が調査したと言った時期からしても、十年以上も前の話になる。それなのに、どうして個々人の情報が網羅されているんだ。あんなに詳細な調査となると、情報局にだって不可能だろうが！」

「フンッ、酔っているのかと思えば、実に冷静な指摘だよ」

ミニッツも認めた事で、俺は確信を得た。

「テスタロッサ殿か？」

「その通りだ。お前の役に立つかもと渡されたのさ」

「恐ろしいな」

「ああ、全くだ」

本当に、恐怖しかない。

どんな情報網を持っていれば、あそこまで詳細な調査が行えるのやら。

原初の白《ブラン》――帝国で長く恐れられていた悪魔、か。

〝紅に染まる湖畔事変〟では、近衛が封印したとされている。

だが、こうなってはそれも眉唾だった。

ワザと封印されたのだ。

もしくは、封印など意味がなかったのだ。

テスタロッサ殿の強みは、その頭脳。

圧倒的な力量差にもかかわらず、ヴェルグリンド様を苦しめたと聞く。その事実こそが正に、彼女の恐ろしさを証明していた。

「軍部としての見解だが、テスタロッサ殿を相手にするならば、戦略面で負けるだろう。つまりは、勝負にならんという事だ。それを肝に銘じて、今後の魔国との付き合いを考慮して欲しい」

「バーカ！　お前さんに言われなくとも、私だって理解しているさ。戦争云々以前に、あらゆる交渉事で苦杯を嘗《な》めさせられそうだとな。あの方を外交武官に任じたというだけで、私はリムル陛下の慧眼を尊敬するね」

まあ、要らぬ忠告であったようだ。

俺とミニッツの意見は一致しており、俺は大いに安堵したのである。


今後とも、魔国との協力関係が維持されるだろう。

少なくとも、俺やミニッツが生きている間はな。

だが、その後が問題だ。

魔国——ジュラ・テンペスト連邦国の首脳陣には、寿命などあってないようなものなのだ。

それに比べて我が帝国では、どうしても代替わりが発生してしまう。

ヴェルグリンド様は、政治には無頓着。

頼れば文句を言われながらも助言を頂けるが、代替わりしていった先の者達が心配だった。

マミアと夫婦になった事で、俺も家庭を大事にする気持ちを取り戻せた。だからこそ、今後の帝国に災いが起こらぬようにと心配になる。

魔国と争いにならぬような仕組みを、俺達で考え出さねばなるまいよ。そしてそれを維持するように教育する事が、子孫の為になるはずだ。

「これからが大変だな」

「ああ。やる事は山積みだ」

ミニッツも、俺と同じ結論なのだろう。

そう悟り、俺はニヤリと笑って杯を傾けたのだった。

第四話

青い悪魔のひとり言

Regarding Reincarnated to Slime

皆様、初めまして。

私の名は、レインと申します。

え、知らない？

お前ふざけんなよ、知っとけ。

シバくぞ。

勉強し直してこい。

………

……

…

おっと、失礼。

ちょっとプッツンしてしまいましたね。

いえ、私は普段からお淑やかなのですが、たまに暴れちゃう事もあるのです。

そう、たまに。

と、そんな話は置いておいて、知らない方がいるようなので、自己紹介と参りましょう。

先程名乗った通り、私の名前はレインです。

仕事は、従者——いいえ、メイドです。

私は魔王ギィ・クリムゾン様の、忠実なるメイドなのです。

ギィ様との付き合いは長いです。

思い返せば天地開闢《てんちかいびゃく》の前から、ですかね。

それが何年前かですって？

知らねーよ。

というか、貴方は自分が生まれた時刻を正確に覚えているのですか？

覚えてないでしょう？

そういう事なのです。

つまんねー質問は都合が悪いので無視するとして、〝闇〟の大聖霊から派生した私は無敵でした。

いえ、無敵だと思っていました。

ちょっと調子に乗っていたのは否定しません。

そのせいで、大失敗を犯してしまったのです。

気の合う姉妹と手を組んで、自分より更に偉そうだった兄妹《ヤツ》に闇討ちを仕掛けちゃったのよね。

今思い返すと、私って本当にバカ。

あの野郎、メッチャ強かった。

二対一なら楽勝と思っていたのに、コテンパンに負けちゃったのです。

その、私達を負かした相手というのが、原初の赤《ルージュ》ことと魔王ギィ・クリムゾン様という訳なのです。

ついでに紹介しとくと、私と一緒にギィ様に挑んだのが、原初の緑《ヴェール》ことミザリーですね。

私達って、とっても仲良し。

私の仕事はミザリーのものだし、ミザリーの給料は私のものだもの。

そんな感じで、今も同僚として一緒に働いていますよ。

「レイン！　サボってないで、さっさと掃除を済ませておきなさいよ」

チッ、せっかく紹介してやってるのに、ウルセー女ですよ。

「何か言った？」

「いいえ、何でもないわ」

「そう？　それならいいけど」

危ない危ない。

ミザリーってば、とっても勘が鋭いのよね。

私がサボると直ぐに気付くし、彼女の目を欺くのは厄介なのです。

また怒られない程度に、掃除を再開するとして。

そうそう、紹介の途中でしたね。

ミザリーと私はギィ様に敗北した訳ですが、これによって一つの事実が判明しました。

我等の眷属たる悪魔共なら、心核《ココロ》が砕かれれば消滅します。

しかし！

優秀なる私達〝原初〟ならば、どんな状態からでも復活が可能だったのです!!

〝竜種〟ならば記憶を継承しつつも人格がリセットされるらしいのですが、私達の場合は人格もそのままでした。

　ギィ様の相棒であらせられる〝白氷竜〟ヴェルザード様は、弟君を人格初期化して再教育とかやってましたが、私達〝原初〟には適用されないという事です。

　マジで凄くね？

　と、自慢しまくってやりたいところですが、残念ながら欠点もありました。

　復活までに時間がかかるの。

　でもね、そんなのは軽い問題。大事なのは、もう一つの方なのよ。

　不滅なのは良かったですが、負けた相手に従属しちゃうのです。

　私達の場合は、それがギィ様というわけ。

　この事実が判明した事で、悪魔間でのパワーバランスが大きく変動し、歪な均衡状態が生まれてしまいました。

　これはまあ、私達のせいとも、私達のお陰とも、どちらの言い分も正解なのかも知れませんね。

　ちなみに、ミザリーの意見が前者で、私の意見が後者ですよ？

　知ってた？

　お前、私に対して偏見を持ってないでしょうね？

　ダメな子を見るような目をするのはヤメロ。

　まあ、それはともかく。

　悪魔についての秘密情報を教えましょう。

　それは殺し方。

　〝原初〟を滅ぼすのは不可能。ただし、従属はさせられる。もっとも隷属というほどの強制力はないので、命令には絶対服従、とはなりません。

　私達も、ギィ様に逆らおうと思えば逆らえます。

　しないけどね。

　ある程度は強制力があるしね。

　逆らうと面倒、というのも本音よね。

　続いて、〝原初〟の直系眷属。

　通常、アホの原初《ノワール》の黒以外は、多くの眷属を生み出しています。だって、同色の上位者からの命令には絶対服従なので、小間使いとして便利ですもの。

生み出すと言っても、誤解があるかも知れませんね。

詳しく説明するのは面倒なので、ザックリ説明してあげましょう。

生まれたばかりの下位悪魔《レッサーデーモン》は無色なの。

知識はあるけど自我がなくて、弱っちいのよね。人間に召喚されるのは大概コイツ等で、〝使役型〟と呼ばれています。

こうした悪魔に自我が芽生えると、〝自立型〟と呼ばれるようになります。上位悪魔《グレーターデーモン》に進化する際には、その性質や性格によって特色がわかれて、自分の系列の色がハッキリとわかるようになるのです。

もしくは、上位者がスカウトして派閥を形成する場合もあるわね。

むしろ、こちらが主流かも知れません。

ミザリーなんかはマメだから、ちゃんと自分の派閥を管理していますし。

人間の社会にまで浸透させて、〝緑の使徒《ヴェルト》〟を代表とするような集団を幾つか運用しているのよ。


私ですか？

私はまあ、面倒なのはパスですね。

おい、そこで呆れるのをヤメロ。

クロと一緒？

お前、ふざけるなよっ!?

私にもね、ちゃんと派閥はあるんです！

クロと一緒にされるとムカつくので、二度と愚かな事を考えないように。

まったく。

話を戻しますね。

そんな感じで、生まれたばかりの悪魔に派閥は関係ないけど、上位悪魔《グレーターデーモン》に進化する頃には色分けされて、派閥に属するようになるの。

中には色付きで生まれてくるヤツもいるけど、それは転生悪魔である場合が多いのよ。

悪魔は不滅なので、死んでも転生しちゃいますからね。

そうした眷属達でさえも、心核《ココロ》が砕かれれば消滅するでしょう。けれども悪魔はしぶといので、〝魂〟が砕かれた程度では復活するかも知れません。特に、原色に近い側近級とかね。

運良く倒せたならば、ちゃんと心核《ココロ》まで砕かないと駄目って話でした。

ちなみに、意志薄弱な生まれたての使役型ならば、そこまで警戒しなくても大丈夫です。戦闘知識だけはあっても経験がないような雑魚なので、仮初の肉体を滅ぼしただけで死ぬかも。ま、気にする事はないでしょう。

とまあ、これが私達の秘密です。

これを判明させたのだから、私達の敗北にも意味があったという感じですね。

むしろ、いい仕事をしたと言えるでしょう。

＊

そんなこんなで自己犠牲の精神で、私達はギィ様にお仕えしている訳ですが、これが案外楽しいのです。

ギィ様は冥界での覇権争いから一抜けして、地上で活動する事にしたようです。

ギィ様はああ見えて律儀な御方なので、私達も一緒でした。

「お前等も好きに生きていいんだぜ？」

と言われましたが、そんなのは真っ平ごめんです。

私はね、常に勝ち組でいたい。

ギィ様が敗北するなど有り得ないので、今いる立ち位置こそが至高だと考えている訳です。

まあ、もしもギィ様が負けるようなら、それはそれで面白いですし。

だからあの時、私はこう答えました。

「いいえ。私の使命は、貴方様のお役に立つ事ですので」

どうよ？

完璧なメイドっぽいでしょうが！

私ほど忠誠心の高いメイドは、どこを探してもいませんよ――と、そう思っていたのに……。

「その通りです。貴方様は、王。我等は臣下。それが、永遠不滅の真理なのです」

ミザリーめ、良い子ちゃんぶりやがって！

多分本心だから、始末が悪い。

やはり、私のライバルは一筋縄ではいかないようです。

と、勝手にライバル心を燃やしながら今まで生きて来たんですけどね、ミザリーの方では私の事を信頼しているようなので、目に物を見せるのは止めました。

しゃーなしですよ、まったく。

そんなこんなで、私とミザリーの腐れ縁も続いているのです。


各地を放浪し、今の拠点に落ち着きました。

生物なら耐えられないような極寒の地ですが、私は悪魔なのでヘッチャラです。

嘘です。

服を水洗いしようとしたらさ、凍ってやがんの。

腹が立って軽く小突いてやったら、粉々になっちゃった。

怒られたよね。


まあ、そんな失敗もあったけど、私は元気です。

「貴女はもっと反省しなさい！」

「レインよ、オレもちょっとは気にした方がいいと思うぜ？」

ギィ様からも注意されたので、少しは気にするようになりました。

そんな時こそ、シモベの出番。

私の眷属達よ、私に楽をさせる為に頑張りなさい！

という事で、あれからは一度も失敗していないのです。

私も成長したのですよ。

で、そんな私達の仕事ですが、洗濯だけではありません。

巷では万能メイドと噂になるほど、私達は優秀ですからね。

炊事洗濯、歌に踊り、楽器の演奏、美術方面まで網羅して、ギィ様の要望に応えていますよ。

炊事洗濯はまあ、ちょっぴり失敗もありました。

が、人は誰しも失敗から学ぶもの。

それは悪魔も同じなので、過去の事は忘れましょう。

そんな私が得意とするのは、ズバリ、絵画ですね。

抽象画なんて大好き。

この前もミザリーをモデルに描き上げたら、彼女、泣くほど感動していましたもの。

「激怒していたんです」

「ならば大成功ですね！」

「貴女は本当に……」

ミザリーは呆れていましたが、私は気にしません。

激怒したという事はつまり、感情が揺れ動いたということ。

精神生命体である悪魔にとって、それは大事件なのですよ。

私は自分の才能が怖いと思ったのでした。

あっ、言うまでもありませんが、ギィ様やヴェルザード様を描く場合は、具象画一択です。それはもう完璧に仕上げるので、いつも大好評を頂いておりますわ。

「そうなのよね。貴女ってば、本気を出せば描けるのよね。だから余計に腹が立つのだけど……」

ミザリーが何か言っていましたが、いつものように聞き流しておきましょう。

ちなみに、私の趣味の一つを教えちゃう。

極寒の地はとても過酷で、人の住めるような場所ではありません。

外は吹雪。

それはもう、一面真っ白です。

そんな景色を背景にして、『結界』の中だけは常夏モード。

地形まで変化させて湖を創り出し、白い砂浜まで用意したの。

そこにビーチチェアなんて置いて寝そべって、シモベ達に給仕させたりなんかして。

これこそが最高の娯楽なのよ。

どれだけ無駄なエネルギーが、私の趣味に費やされているのやら。

それを考えるだけで、笑みが止まらなくなるというものです。

これはギィ様にも大好評。

「こういうのを考えさせたら、レインは最高だよな」

「認めます。やっぱり貴女は凄いわね、レイン」

うふふ、ミザリーからも褒められました。

この調子で、これからも趣味を仕事に活かそうと思うのですよ。

＊

そうそう、忘れてはならない大切な仕事があります。

たまに魔王達の宴《ワルプルギス》が開催されるのですが、その案内人を仰せつかっているのですよ。

魔王達の宴《ワルプルギス》。

最初の頃はその名の通り、魔王の御三方が集まって食事などを楽しむ宴でした。

ギィ様と、ミリム様。

そしてラミリス様ですね。

ミリム様はヴェルザード様の姪御様に当たり、その力は絶大です。

昔、理性を失くして大暴れした事があったのですが、言語に尽くせぬほど大変でした。

私達は死ぬ事はないから、戦いに参加してもよかったのですけど、そうすれば星そのものが破壊される恐れがありまして、結局のところ、私とミザリー、そしてヴェルザード様の三人で、戦いの余波を封じ込むという役割を担った訳です。

二度と御免です。

ラミリス様が手伝ってくれなければ、決着がつく前に私達が倒れていたかも。

だからギィ様だけでなく、私達もラミリス様は大好きなのです。

ミリム様は当然ながら尊敬しておりますので、この御三方が集まるならばと、それはもう気合を入れて料理したものですよ。

で、それから色々ある内に、魔王達の宴《ワルプルギス》の定義が変わってきました。

魔王が増えたのです。

人類が滅亡しないように管理する。それが、ギィ様のお仕事なのですが、その手助けをさせるべく人材を増やしておられました。

　御一人目――四番目の魔王となったのが、ダグリュール様。

　実はこの方、ギィ様とミリム様が戦った際に、一番被害を被られたのです。というより、この方も大地への影響が出ないようにと、私達に協力してくれたのですわ。

　その甲斐もなく、ダグリュール様の支配地は不毛の大地へと変わり果ててしまいましたけど……ま、私には関係ないので大丈夫ですね。

　魔法があるから暮らし向きは何とかなっておりますが、砂漠の拡大は止められませんでした。今は落ち着きましたが、当時は大変だったみたい。

　頑張れと、遠くから応援だけしておきましたとも。

　続いて魔王になったのは、〝夜魔の女王《クイーン・オブ・ナイトメア》〟たるルミナス様。


　この方、吸血鬼族《ヴァンパイア》の神祖の一人娘でして、メチャメチャ強い――のですが、語るべきは神祖の方でしょう。

　神祖――ヴェルダナーヴァ様が生み出された神人類の祖、となるべきはずの御人でした。

　ヴェルダナーヴァ様は自分の話し相手として、知恵ある存在を求めました。天使や悪魔が誕生してその欲求は満たされたのですが、今度は多様性を求めるようになったのです。

　そんな訳で、地上に文明をもたらす種族を繁栄させようとしたらしいのですが、その役目を期待されていたのが神祖だったみたい。

　まあ、失敗した訳ですけど。

　不死性が高く、子孫を残す必要がなかった。これが敗因です。

　というか、我々悪魔もそうなのですが、神祖にも性別がないんですよね。だから地上で繁栄する種族が誕生するには、それから数万年以上も待たねばならなかったみたい。

　聞きかじりですけど。

でもね、神祖は諦めなかった。

ヴェルダナーヴァ様からの期待に応える為にも、禁断の実験を繰り返したみたい。

あの野郎、子孫繁栄よりも実験が大好きだったのです。

それが良かったのか悪かったのか、私にもちょっと判断がつきかねますが、これだけは断言出来る。

はた迷惑な馬鹿野郎だった、とね！

あの馬鹿の実験のせいで、何度人類が滅びかけたかわかりません。

だけど、あの馬鹿の実験のお陰で、真なる人類《ハイ・ヒューマン》が誕生したのも事実なんですって。

永遠不滅の神人類は生み出せなかったけど、人類誕生には貢献したのです。

信じられないよね？

それで正解。

自分の目で見た訳じゃないので、私も信じておりませんし。

何でも聞いた話では、神祖は自分の肉体を分析する事で、二つの種族を生み出したんですって。

それが、真なる人類《ハイ・ヒューマン》と吸血鬼族《ヴァンパイア》ですね。

本来求められていた誕生の仕方とは違うのですが、それが実を結んだのだから結果オーライ？

ギィ様が地上に召喚された時には、既に人類が蔓延《はびこ》ってましたね。今の人類よりも巨大な国家を築き上げた、真なる人類《ハイ・ヒューマン》の方がね。

でもでも。

この両種族、どちらにも長所と短所があったみたい。

真なる人類《ハイ・ヒューマン》の方は、強い魔力を受け継いだはいいものの、その精神に問題があった。

ギィ様を召喚した馬鹿さ加減からもおわかりの通り、自分達こそが頂点と勘違いしちゃったのね。

〝驕《おご》れる者は久しからず〟という言葉が異世界にはあるみたいですが、まさにそんな感じ。あっと言う間に滅びちゃいました。

で、吸血鬼《ヴァンパイア》の方ですが、こちらはこちらで問題が大きかった。

でも、逆にそれが良かったのかな？

今でも生き延びてますしね。

強靭な肉体と強大な魔力。高い不死性と、熟成された精神。これらを有していたはいいものの、太陽の下では活動出来ないという弱点を抱えていたのよ。

これでは、真の意味では地上の覇者たりえない。

神祖のクソ野郎は、ここから更に実験を重ねました。まあ、その頃は私もいたので、何をしていたのか大体覚えていますよ。

当時は既に、各属性の大聖霊から精霊達が分離して、四大元素も地上を満たしていました。

そうした精霊達が魔素を取り込み実体化――つまりは、肉体を持った。その手助けをしたのが神祖だったりするのです。

〝地〟属性からは地精人《ハイドワーフ》が生まれました。

〝水〟属性からは水精人《セイレーン》が生まれました。

〝火〟属性からは火精人《エンキ》が生まれました。

〝風〟属性からは風精人《ハイエルフ》が生まれました。

ここまではまだ許容範囲だったのでしょうが、ここから神祖の暴走が始まります。

あのバカ野郎は、こうして誕生した種族で交配実験を行い、様々な種族を生み出していったのですよ。

正直に言いますと、私のような淑女からすればドン引きでした。

その結果として、エルフにドワーフ、オーガや獣人といった様々な種族が誕生する訳ですが、それらは成功例。闇に葬られた失敗例も数多く、後に劣化してゴブリンのような魔物へと成り下がる種族まで出る始末です。

これは流石に放置は出来ぬと、ギィ様も悩んでおられました。

が！

ヴェルダナーヴァ様が放置されている以上、神祖を討する訳にもいきませんでした。

ヤツの実験の結果、確かに多様性は増したのですから。

世界情勢が複雑になっただけ、という気もしなくもありませんが、面白くなったのも確かです。

そう、他人事ならね。

私的には、まったく困らないのでオッケーってなものでした。

「お前ってもしかして、オレが困るのを見て楽しんでやがるのか？」

「まさか、そんな！　誤解ですわ、ギィ様。私はギィ様の、忠実なるメイドで御座います」

綺麗にお辞儀《カーテシー》を決める。

これで完璧に誤魔化せたのは、私の日頃の努力の賜物でしょうね。

とまあ、そんな危機的状況も乗り切ったりと、神祖には困らされたものでして。

でもね、そんな神祖でしたが、自らの実験成果によって滅びる事になりました。

「ああ、〝娘〟よ！　其方《ソナタ》こそが余の最高傑作――」

「裁きの時じゃ。〝霊子崩壊《ディスインテグレーション》〟――」

自業自得というヤツですかね。

生み出した自分の分身――神祖がいう娘とやらに、その身を塵《チリ》に変えられてしまうとは。

まあ、神祖のヤツはやり過ぎてましたからね。

私もスッキリしたのはナイショです。

これが、五番目に魔王となられたルミナス様のマル秘エピソードなのですが、口外しちゃだめですよ？

そんな感じで仲間が増えて、六番目に魔王となったのがディーノ様です。

ところで、ぶっちゃけちゃっていいですか？

え、もうぶっちゃけてる？

それじゃあ、遠慮する必要はありませんね。

言っちゃいましょう。

私、ディーノに様付けるの嫌なんですよね。

だってコイツ、クズだもん。

働かないもん。

堕落の代名詞のような男なのです。

いえね、働かないだけなら許せるんですけど、仕事をね、私に押し付けてくるんですよ！

これがダメ。

もう許せない。

どうせならさ、ミザリーに回せよ。

そしたら許すから。

そう言ってやったらですよ、あの男、何と言ったと思います？

『いや、だってミザリーに頼むと怒られるじゃん？』ですよ！

ふざけんな、っての！

私だって怒るし、というか、その言い分だとミザリーの方が怖いと言ってるようなものじゃないですか。

そりゃあ、私だってよく怒られてるから、ミザリーを苦手に思う気持ちがない訳じゃないですけど……。

は？

似た者同士？

貴方、馬鹿ですか？

もしかして、〝原初〟を舐めてません？

この世にはね、言っていい事と悪い事があるんです。

それを理解しないヤツは、ぶっ殺されても仕方ないんですよ。

レインからの忠告でした。

＊

こうして、六名の方々が魔王となった訳ですが、この頃の魔王達の宴《ワルプルギス》は業務報告会というべきものでした。

当初はお茶会だったのに、いつの間にか仕事に変わっていた感じ？

面倒そうなので、私はパスです。

「レイン！」

嘘です。

ちゃんと案内人は務めますよ。

皆様、とっても忙しそう。

約一名がサボっているだけに、おや？

よく見たらですよ、働いている方は多いのに、人類を管理するという重要な仕事が全然減ってないんじゃない？

先ず、ギィ様。

もう、大忙しって感じ。

魔王達の宴《ワルプルギス》の開催時以外は、ミザリーも必死に手伝ってました。

これはもう、応援一択ですね。不本意ながら、炊事洗濯はお任せ下さいませ。

次に、ミリム様。

こちらも、意外と真面目。

小競り合いをする国あれば、行って両国とも制裁を下し。

大魔獣に襲撃されている国あれば、行って人々を助けて回る。

魔王らしくない行為もありますが、ミリム様らしいです。

それから、ラミリス様。

引きこもり。

自分で創った迷宮の中から出てませんね。

でもいいの。

ラミリス様には恩があるので、私、何でも許せちゃうから。

ダグリュール様も同じかな。

だって、大破壊の後始末が大変そうですし。


他の事に手を回す余裕なんてないでしょうから、砂漠化の進行速度を遅らせて下さるだけでも大助かりですね。

凄いのはルミナス様ですよ。

あの神祖とは大違いで、とっても優秀。

いつの間にやら、吸血鬼族《ヴァンパイア》勢力を完全に従えちゃいました。

その上で、力を失った真なる人類《ハイ・ヒューマン》である人類を保護しているではありませんか。

人間をエサとしか見ていなかった吸血鬼族《ヴァンパイア》達が、ルミナス様の命令に従って人類の保護をする。

ハッキリ言いましょう。

よくそんな真似が出来たね、と！

これって偉業ですよ。マジで。

で、そんなルミナス様と対照的なのが、あのクズですよ。

「ディーノ様、少しは真面目に働いたらどうですか？」

「お前には言われたくないね！」

解せぬ。

これほどの侮辱があろうか？

いや、ない。

という感じなので、ディーノは私にとっては天敵なのでしょうね。


とまあ、そんな状況ですので、六名だけでも十分だとは言えませんでした。

そこで、更なる人材確保に動き出したのです。

が、ここでルミナス様が引退。

新たにスカウトした人材が、あまりにも馬鹿だったのが原因でしょうね。

ルミナス様やラミリス様に対し、舐めた態度を取る事多数。ついには大暴れして実力を見せつけたりしていましたが、我慢の限界に達したのでしょう。

ルミナス様は見た目が美少女ですし、相手の実力も測れぬような小物からすれば、自分より下だと思われがち。そんな状況を打破するには、見た目からヤバそうなのを魔王に立てる方が得策と判断なされたのかも知れません。


ルミナス様の代打として、ロイがイン。

「妾《わらわ》は今後、裏方に回って皆をサポートするとしよう。表の魔王としてロイを立たせるが、構わぬか？」

これがディーノの発言なら、サボるのが目的だと皆様から糾弾された事でしょう。

ですが、そこは信頼と実績のルミナス様。

事情も事情ですし、皆様も快く受け入れられたのです。

それからが本当の、新たなる時代の始まり。

力ある魔人達が、魔王として乱立するようになったのです。

最低条件として、魔王種の獲得が挙げられます。

これを満たす者として、カザリームを代表とするような野心溢れる魔人達が、魔王となっていったのでした。

ここらでまたも、魔王達の宴《ワルプルギス》の趣旨が変わりました。

三人の同意で開催が決定され、魔王間での条約や協定なんかを定める会合、という意味合いに。

新たな魔王を承認するかどうかも、この会議で決めると定められたのです。

私としては、何だか可笑しな方向に進んだな、という感じ。

でもまあ、ギィ様的には目的を果たせているので、文句はないという様子でしたね。

ギィ様が納得しておられるのなら、私に文句があるはずもなく。

新たな制度が確立していったのです。

＊

ギィ様の身の回りの世話をしながら、たまに開催される魔王達の宴《ワルプルギス》で案内人を務める日々。

幾名もの魔王が就任しては、去って行きましたね。

そうしていつしか、十大魔王の名が広まった頃。

あのスライムが登場したのです。

魔王、リムル様。

最初にお姿を拝見したのは、魔王クレイマンが呼びかけた魔王達の宴《ワルプルギス》でしたね。

それにしても、懐かしきはクレイマンでしょう。

私より弱いのに魔王を名乗るその度胸だけは、認めてあげてもいいでしょう。それに、調整事は得意でしたし、アレでも意外に役に立っておりました。

便利だったんですよね、あの方。

ちょっと煽《おだ》てたら、面倒な仕事も請け負ってくれましたし。

やれやれ、どこで歪んでしまったのやら……。

最期はまあ残念でしたけど、相手が悪かったので仕方ないかな。

リムル様をお迎えに行ったミザリーなんて、帰ってくるなり「クレイマンの寿命、もう残り少ないかもね」なんて言い出す始末ですし。

まあ、その通りになったのですけど。

会議の司会を仰せつかっていたのは私だったのですが、リムル様に話を振ってからは一方的な展開となりましたものね。

見ていて爽快でしたが、気になる事もあったのです。

ええ、それはリムル様関連というより、ラミリス様の従者ですよ。

「あれって、黒の系統なんじゃないの？」

「そうね。リムル様をお迎えに行った際、ヤツの気配を感じたから間違いないわ」

「嘘でしょ。アイツ、自由過ぎるほど自分勝手なヤツなのに、誰かに従うとか有り得るのかしら？」

「さあ、どうでしょうね？　アイツが何を考えているのか理解出来ないし、気にしたくもないけれど……」

まあ、そうですね。

ミザリーの言う通りだと、私も思うのです。

ヤツ、原初の黒《ノワール》は、気紛れな上に自分勝手なのです。

私達と同格なのですが、正直言ってかかわりたくない。

だってアイツ、ギィ様と引き分けたんですよ！

私とミザリーが二人で挑んでも負けた御方に、たった一人で互角だったとか。その事実のせいで、直接戦った事もないのに苦手意識を植え付けられちゃって。

いいえ、ちょっと見栄を張ってました。

苦手意識というより、本音では勝てないだろうなと思ってます。

だって、ギィ様もクロのヤツも、全然本気じゃなかったもの。二人からすればじゃれ合うような戦いだったのに、私達ではついていけない領域の戦闘だったもの。

まあ、〝原初〟としてのプライドもあるので、絶対に認めてなんてやりませんけどね。

出来る事ならクロとは揉めたくないなと、本音ではそう願っているのですよ。

最悪です。

クロと戦う事になりました。

どうして私がこんな目に……。

日頃から良い子なのに、不思議です。

もしかしたら、ミザリーのオヤツを盗んだのがバレたのかな？

いいえ、あれは私の部下《アークデーモン》のせいにしたから、私は疑われていないはず。

だったらどうしてと疑問ですが、ものは考えようですよね。

これはチャンスだと、私はそう思う事にしたのです。

だって私、アイツの事が嫌いだし。

派閥は持たないわ、自分一人で好き勝手しているわ、ギィ様の邪魔は喜んでするわ。

その気になれば受肉出来るのに、まるで興味を持っていなかったのも腹が立つ。

それを言うなら、ずっと進化せずに上位魔将《アークデーモン》のままでいるのも、世の中を舐めているようでムカついていました。

残る三色を煽って、三竦《さんすく》みの状態にしているのもクロの仕業でしょうし、悪魔族《デーモン》ならば正しいルールに則って、進化の先を目指すべきなのです！

やはりここは、私がガツンと言ってやらねばなりませんね。

確かに強いけど、私だって強いのです。

勝てないだろうなとは思うのですが、もしかしてって言葉もあるよね。

戦いって、相性もあるしね。

クロは私の力を知らないから、油断してると思うの。

そこを狙えば、ワンチャンあるかも知れません。

ポジティブなのが私のいいところ。

理論武装も完璧に整えて、私はクロとの戦いに向かったのです。

…………

……

…

「熱烈な殺意《しせん》は感じていたのですが、何分、手が離せなかったもので。それよりも、私の事はディアブロと呼んで欲しいですね、原初の青《ブルー》――いや、貴女にはレインという名前が与えられていたのでしたね」

そう言われて、ちょっと嬉しかった。

何だ、他人に興味がないと思っていたのに、私の名前を憶えてくれてるではないですか。

フフ、少しくらい見直してあげてもいいかもね。

「そう。私達原初の中でも最強たる原初の赤《ルージュ》、偉大なるギィ様によって授けられたのが、私のレインという名前です。どこの雑種とも知れぬ魔王に名付けられた貴方とは違うのよ」

ちょっと気分が良くなり、煽ってみた。

リムル様の事を、雑種って言っちゃったのよね。

個人的にはスライムって可愛いから好きだし、リムル様は魔王として有能っぽいから、とっても好感度が高かったのだけど、クロ――ディアブロ相手には有効な戦術だと思ったのよね。

それが不味かった。

「は？　死にたいのですか？　いえ、この世から消滅したいのですね。クフフフフ、その望み、叶えてやろう」

って、その目はマジなヤツですね。

いやあ、ディアブロって常に何を考えているか読ませなかったから、まさかあそこまで感情を剥き出しにしてブチ切れるとは思わなかったですよ。

「戦いましょう、ディアブロ！　ああ、楽しみ。貴方が東の地で原初の白《ブラン》と戦っている気配を感じてからずっと、私は貴方と戦いたいと思っていたのです」

なんて言いながらも、私は『遍在《ミスト》』を使用していて良かったと安堵していました。

事前に自分の身体を分割しておけば、片方が滅んでも復活出来ますからね。そうでなければ、勝てないかも知れない相手と戦うなんてお断りですとも。

ちなみに、ディアブロと原初の白《ブラン》の戦いに興味があったのは本当です。

だって私、原初の白《ブラン》とも戦った事があったから。

理由はね、嫉妬ですよ。

何故かディアブロは、原初の白《ブラン》には一目置いていましたからね。だからつい、その力がどんなものなのか試してみたくなったのです。

あの時は確か、『遍在《ミスト》』のお陰で引き分けに持ち込めました。

逆に言えば、勝負そのものは負け――いいえ、やっぱり引き分けですね。

私は負けてない。

私は出来る子なので、敗北を認めるのはギィ様だけなのです。

てな事を考えながらも、戦いは過熱しました。

私ってば、真面目過ぎかも。

持てる力を全力で駆使して、ディアブロを追い詰めました。

魔素《エネルギー》量だけを比べれば互角ですし、意外と勝てるかも？

なんてね。

そんな油断をするほど、私はバカではないのです。

ディアブロは、私相手に本気を出すまでもないと言ったわ。

悔しいけど、本音みたいです。

「負け惜しみかしら？　受肉したばかりで全力を出せないのでしょうけど、そんなものは言い訳にはならないわよ？」

と言い放ってみたけれど、本当はわかってる。

この変態野郎が、そんなマヌケじゃないってね。

だってね、私がヤバイと思ったツートップの片割れなのだもの。そこらの雑魚がするようなヘマなど、絶対にしないでしょうから。

でも、これは予想外。

いつの間にか私の周囲に、光り輝く呪文で描かれた積層型の魔法陣が出現していたのです。

え、待って？

しかもその呪文って、悪魔が苦手とする神聖魔法なのでは!?

驚くというのが無理な相談ですよね。

ルミナス様が得意としている〝霊子崩壊《ディスインテグレーション》〟が、四方八方から私を狙っていたのです。

あっ、負けたかも――と、その瞬間に理解したのでした。

………………

……

…

心配したでしょう？

勿論《もちろん》、私は無事でした。

そこ、さっき自分で『遍在《ミスト》』があるから大丈夫だと豪語していた、ですって？

そんな細かいツッコミをしていると、女の子から嫌われますよ。

考えるんじゃなくて、感じなさい。

共感してあげるだけで、女の子は喜んでくれるものなのです。

当然、私もネ！

しかし、ディアブロのヤツ、失礼にもほどがあります。

戦っている最中に、別の相手の話題を出すなんて。

テスタロッサ？

誰よ、ソイツ。ここに連れてきなさいよ。

なんて憤慨していましたが、後から原初の白《ブラン》の事だと知って驚愕ですよ。

と言いますか、え？

ちょっと落ち着きましょう。

え？

どうして原初の白《ブラン》にまで〝名前〟があるのよ。

ディアブロを嵌める為にしていた私の演技が見抜かれたのは、まだ想定内でした。原初の黒《ノワール》だった頃からクッソ油断ならない性格をしていたので、そういう事もあるだろうと思えましたもの。

ムカつくけど。

多段式〝霊子崩壊《ディスインテグレーション》〟までも奥の手じゃないとか、コイツじゃなければ「負け惜しみ乙」と笑ってやるところです。

でも、今はテスタロッサの件の方が大事。

それは私だけではなく、一緒に隠れていたギィ様も同様だったみたい。これはよっぽどの事態ですよ、まったく。

さっきからディアブロは、魔王リムルの自慢話ばかり。

リムル様、リムル様と煩いのですが、しれっと重要な話題を交ぜるなんて姑息過ぎます。腹立たしいのは、それを素でやっているところでしょうか。

ギィ様もかなりイラついているみたいですが、コイツが相手だから我慢しています。そうして何とか聞き出せたのは、魔王リムルが他の〝原初〟達まで配下に加えたという、絶句しちゃうくらいショッキングなお話でした。

　信じたくない。

　そう思わせられた時点で、戦略的に敗北しています。

　しかし残念ながら、それは真実みたい。

　余計に最悪ですね。

　原初の白《ブラン》が、テスタロッサ。

　原初の紫《ヴィオレ》が、ウルティマ。

　原初の黄《ジョーヌ》が、カレラ。

　今までずっと三竦みを維持して、勢力バランスが均衡していたのに、それが一瞬にして崩壊ですよ。

　こういう変化って、数十年から数百年かけて欲しいのですが、現実は残酷です。

　制約なんかに縛られず、自由に生きる。それこそが悪魔の正しい姿だと、私なんかは思ってみたりもするのですが、でもでも、互いに競い合うべきじゃない？

　たった一つの勢力に纏《まと》まるというのは、どう考えても違うんじゃないかな？

　それじゃあ一強過ぎて、競争とかしてる場合じゃなくなりますしね。

　それなのに、それをやっちゃいましたか、そうですか。

　魔王リムル、心底からヤバイと思います。

　今までは、神祖の大馬鹿野郎と、迷惑千万で頭のおかしい原初の黒《ノワール》ことディアブロが、私の中での厄介者リストのツートップでした。

　ですが今日——たった今から、魔王リムルが断トツ一位を獲得しましたよ。

　これはもう、全力で警戒すべき。

　胡麻をすってでも、敵対は回避すべき。

　ギィ様と違って、私は良い子です。

　怒らせるなんてもってのほかですし、私も流れに乗って本心から〝リムル様〟とお呼びするようにしましょう。

　それがいい、そうしましょうと、私の中で決定したのでした。

＊

後の事は任せて、私達は撤退しました。

とても珍しい事です。

だって、ギィ様の本当の目的は、その場で何やらとても大変な力の発動を感知したから対処する、というものだったのですから。

『ええ。ここで何が起きようと、リムル様が対処なさるでしょう』

などとディアブロが豪語していましたが、それを受け入れたというのが信じられません。

ですが、単なるメイドに過ぎない私如きでは、ギィ様の判断に異を唱えるなど論外なのです。

結局その場はリムル様にお任せしたのですが、結果的には正解だったみたいで安堵しました。

だってね、ギィ様はルミナス様の事を心配していましたもの。

ルミナス様が西側諸国を支配してくれているから、ギィ様の仕事がとても楽になっていますものね。そりゃあ心配もするでしょう。

私だって同感ですよ。

代われと言われても無理ですものね。

ともかく、無事に終わったみたいで良かった良かった。

ミザリーが任務に失敗したのは残念ですが、相手が原初の白《ブラン》ことテスタロッサならしょーがないよね。

「強かった？」

「戦ってはいないけど、厄介そうだったわ。少なくとも、名前と肉体を得た事で〝悪魔公《デーモンロード》〟に進化していたし。下手な魔王よりはよっぽど強いわよ」

でしょうね。

私が戦った頃でさえ厄介だったのに、進化しちゃったのなら手に負えないかも。

そもそもアイツは、勝敗そのものには重きを置いていないもの。自分が望む結果を得られるなら、戦術的敗北も受け入れちゃうのよね。

だからあの女は、たとえ負けても心が揺らがない。

私のマル秘厄介者リストの第三位だったけど、今は四位。ああ、神祖が滅んだから三位のままでした。

うわあ、こうしてみると、リムル様の勢力に厄介者リストの上位メンバーが勢ぞろいしてますよ。

カレラもヤバイし、ウルティマも扱い方を間違ったら地雷だし。

そんなヤツ等を従えるとか、マジ尊敬ものですね。

「リムル様には、喧嘩を売らないようにしましょうね」

「突然何をと言いたいですが、意味は理解出来ますし同感です。そしてむしろ、そのセリフは私が貴女に言いたいですね」

「失敬な。私だってね、ヤバイ相手には逆らいませんよ」

「本当に？　ギィ様に勝負を挑もうと言い出したのは貴女でしょうに。信じられません」

あれはまあ、若気の至りというヤツです。

私だって成長しているので、同じ過ちは犯しませんとも。

とまあ、そんな感じで私達は、リムル様に一目置くようになったのです。

＊

ヤバイよ、ヤバイよ！

リムル様、マジでヤバイよ!!

初めてお会いしたけど、ヤバイくらいにヤバイ御方だよ!!

えっ？

魔王達の宴《ワルプルギス》で会ってるだろう、って？

うるさいですね。

そんな事はどうでもいいくらい、リムル様がヤバイって話でしょうが！

ヤバイしか喋れなくなってますが、誰だってそうなりますって。

だってね、聞いて下さいよ。

リムル様、私達の事まで進化させて下さったんですよ！

信じられないよね。

でも、本当なんです。

私は悪魔なのに、真実を告げちゃう良い子なので。

でも、これで私達もギィ様のお役に立てるというもの。

強さという面では、ギィ様から辛うじて認められている程度の扱いでしたもの。

実際、〝八星魔王《オクタグラム》〟の皆様を相手にするとしたら、私達が勝てる相手はいませんでした。

しかしそう考えると、今の魔王の方々は素晴らしく優秀ですね。

ラミリス様になら勝てるでしょうけど、それは違うかなって思いますし。完全体となられたなら、負けるのは私達の方ですものね。

クズのディーノは痛い目に遭わせてやりたいけど、もしも実行に移したら私の方が泣かされます。だから許してやっているのですから、私の寛大さに感謝して欲しいものですよ。

おっと、話がそれました。

私達が進化したというお話に戻りましょう。

……


……

…

事の発端は、ディアブロがギィ様を呼び出した事ですかね。

それで私達も、リムル様の国にお邪魔する事になったのですが、ディアブロに振り回されたギィ様は不機嫌でした。

うわあ、とばっちり受けそうだし、私はお留守番したいな――なんて考えたのですが、そんな甘えは許されませんでした。

もっとも、参加して正解だった訳ですけど。

リムル様はヴェルザード様と初対面だったらしく、挨拶を交わしておられたの。その後で私にも、とっても丁寧に挨拶して下さったのです。

惚れるよね。

勘違い系女子になったフリして、グイグイ行っちゃおうかなとか考えましたもん。

勿論、空気を読んで実行はしませんでしたよ？

やったら終わってた自信もあるので、それで正解だったのでしょう。

そして始まる和やかなお茶会。

ギィ様の後ろに控えて観察していたのですが、リムル様って、どこかギィ様と似ているのね。反応が同じ場面もあったし、ディアブロ相手に苦労しているのも見て取れました。

そういうところなんて、ギィ様と重なって見えましたよ。

好感度がグッとアップしたのは、言うまでもないでしょう。

それにしても、他にも気になる点がありました。

先ず、リムル様の従者の方。

ベニマルと仰るようですが、何でそこらの魔王よりも強そうなんですかね？

もう一方のシオンさんもですよ。

以前にお会いした時よりも、格段に強くなっているじゃありませんか。

どことなく邪悪な気配も感じ取れますし、この人、悪魔に対する優位性まで獲得していらっしゃらないかしら？

何なのでしょうか。

私が本気で戦ったとして、果たして勝てるか疑問なんですけど？

ですが、それを認めたら私の存在意義が失われちゃう。

ダメよ、絶対。

という事で、涼しい顔を維持しました。

でもね、結構頑張らないとダメでしたよ。

だって、強者の気配はその御二方だけではなかったから。

えっと、ちょっと待って。

この気配は、テスタロッサ達ではありません。

彼女達以外にも、少なく見積もって三、四名はいますよね。

どうして魔王の配下に、魔王級がゾロゾロいるのでしょうね。

それが許されるのはギィ様だけかと思っていましたが、認識を改める必要がありそうです。

そんな事を決意していると、紅茶の香りが漂ってまいりました。

休憩かな？

でも、私達はメイドなので、一緒に御茶するのはマナー違反。残念ながら見送りかな、とか考えておりますと、隣の部屋に案内されました。

何とそこには、私達の分までケーキが用意されていたのです。

流石はリムル様。

この気配りだけを見ても、王たる資格アリと認めちゃいますよ！

そしてそして、やって来ました実食タイム。

これは、イチゴのショートケーキですか。

フフ、私はこう見えて、料理はプロ級です。それも、超一流ホテルのコック長を監禁して技術を学んだので、そんじょそこらの者達には負けない腕前だと自負しておりまして。

つまり何が言いたいのかと言いますと、生半可な味では納得しないという――パクリ。


「美味しいッ!!」

えっ、嘘でしょう!?

これ、ちょー美味しいんですけど！

見た目はシンプルなのに、複雑な味のハーモニー。

あ、これは何層か重なっているのね。

間に入っているクリームの種類が違うのか。

って、すっごい手間暇がかかるヤツじゃない？

味が均等って事は、材料の分配も全て計算され尽くしている感じです。

「素晴らしい……」

ミザリーも感服してるわね。

私達が得意としているのは、新鮮なフルーツケーキや、砂糖たっぷりのパンケーキといった、高級素材に頼ったケーキが多かった。まさかこんな、ケーキ一つにここまで技術を駆使されるとは思いませんでした。

「これは、異世界の技術ですか？」

思わずそう尋ねると、シオンさんが答えてくれた。

「その通りです。これは吉田《よしだ》氏とシュナ様が競って開発した、三種のクリームを使用したイチゴショートで

すね。微量ながら魔黒米《まこくまい》の粉末も利用していて、魔物にも大好評な一品となっているのです」

吉田氏というと、〝異世界人〟でしょうか？

シュナ様の方はわかります。私達を案内して給仕までしてくれていた人物ですね。

そつのない洗練された動作と、物怖じしない堂々たる態度。完璧メイドと名高い私から見ても、なかなかの接客ぶりだと高評価でした。その上、料理の腕前までここまでのものとは……侮れませんね。

そんなこんなでケーキを楽しみつつ、にっくきディアブロに話しかけます。

「ところで貴方、この前私と戦った時よりも強くなっていませんか？」

ずっと気になっていたのです。

もうね、見ただけで存在感が違いましたもの。

ギィ様達の手前、問い質す事が出来ませんでしたが、今なら直で聞けるのです。この機会を逃す手はないでしょう。

だってね、私達は〝悪魔公《デーモンロード》〟に進化して以降、それ以上の強さを得る事が出来ずにいました。

色々な経験を積んでいるから、強くはなっていますよ？

ですがそういう話ではなく、存在そのものが進化出来ずにいたのです。それなのに、ディアブロのヤツはこんなにも簡単に……。

「フッ、やはり愚かですね、貴女達は」

それが、ディアブロからの返答でした。

なんだろう。このイラッとさせられる感覚は。

殴っていいかな？

うん、いいよ――と、私の中の良心が大賛成してくれました。

これはもう、実行に移すべき。

そう思った私が行動に出ようとした瞬間、それを遮るようにディアブロが言葉を続けました。

「クフフフフ。全ては我が主たる、リムル様のお陰なのです。私の活躍に対して、褒美をお与え下さったのですよ！」

クッ、この野郎。

ワザともったいぶってますね。

ならば私も、遠慮なく煽り返してやりましょう。

「フフッ、そうでしたか。ならば貴方も、大した事はないではないですか。リムル様が偉大な御方だという点は私も同意ですし、疑う余地もありませんが、それは別の話。貴方自身は、リムル様に頼りっきりという事ですものね」

どうよ、言ってやりましたよ。

お前が進化したのはリムル様のお陰なのだから、お前の実力は大した事ないじゃないか、とね！

ところがです。

「ええ。そうですが、何か問題でも？」

ディアブロの野郎、何の反論もせずにアッサリと認めやがりました。

しかもしかも、『お前もわかっていますね』みたいな目で、嬉しそうに私を見ているし！

悔しい。

これじゃあ、私がバカみたい。

「レイン、止めておきなさい。コイツに口喧嘩で勝つのは、ギィ様でも難しいと思うから。貴女程度では、泣かされるのがオチよ」

ミザリーまでそんな事を言い出しました。

しかし残念ながら、その意見は正しいように思えるのです。

私は悔しくて、グッとディアブロを睨み付けてやったのです。

するとその時、思わぬ事が起きたのです。

スパーンッ——と良い音をさせて、シオンさんがディアブロの頭を叩いてくれたの。

メッチャ嬉しかったよね。

しかも、お説教まで。

「茶坊主が、生意気ですよ！　御客様方を相手に、失礼な態度は止しなさい」

それを聞いた私は、思わずガッツポーズしちゃいましたよ。

横目で見ると、ミザリーも嬉しそうに微笑んでいました。

そうよね。

こんなの、面白過ぎて笑っちゃうよね！

それからはまあ、私達の事を放置して、ディアブロとシオンさんの喧嘩が始まった訳ですが、それはシュナ様が登場するまで続きました。

シュナ様。

もうね、〝様〟を付けるのに抵抗なんてない感じ。

ディアブロと喧嘩出来るシオンさんも凄いけど、そんなシオンさんやディアブロを二人纏めて一喝しちゃうシュナ様は、私から見ても素敵だったわ。

学ぶべき点が多い、ってなものですよ。

ちなみに、ディアブロとシオンさんの喧嘩は口喧嘩だったので、ミザリーも私もとっても驚いたのでした。

シュナ様は私達を呼びに来てくれたとの事で、大人しく従います。

しかもその際、私達にケーキのレシピを伝授してくれる事になったと教えて下さいました。

何でも、ギィ様が頼んで下さったとか。

これはもう、感謝感激雨あられというヤツですね。


リムル様達のいる応接間に案内されるなり、この気持ちをお伝えせねばなりますまい。

「流石は魔王リムル様、とても素晴らしいケーキでした」

おっと、出遅れました。

ミザリーの抜け駆けに慌てつつ、私も謝辞を述べます。

「惜しげもなくレシピを教授して下さるとの事、感激で御座います」

そう言うとリムル様が、大した事はないと笑って下さいました。

「感謝の言葉は受け取った。これからも協力し合えるなら、俺としては望ましいと思っているよ」

一方的に私達が受け取っているのに、それを協力と言って下さいますか。

とても器の大きい御方ですよ。

が、私の認識はまだまだ足りていなかったのです。

「お前等、リムルが力を授けてくれるそうだ。もっと感謝しとけ」

と、突然ギィ様から告げられまして……。

そして私とミザリーは、〝悪魔王《デヴィルロード》〟へと進化する栄誉を賜《たまわ》ったのですわ。


………

……

…


ね？

ヤバイでしょう？

ホントね、リムル様って何なんでしょうね。

今思い返しても、ヤバイという感想しか出ません。

頂いた力は有効に活用させてもらいますので、もしもあの方が困るようなら、協力は惜しまないと誓っておりますよ。

だって私達も、日毎に魔素量《エネルギー》が増大しておりますし、今まで以上にギィ様の御役に立てるようになりましたもの。

これも全てリムル様がいてくれたからこそですし、恩返しをするのは当然だと思うのです。

もっとも、あの方の国にはテスタロッサ達もいますし、私如きの力を必要とする場面があるかどうかは疑わしいのですけれど……。


と、自嘲はここまで。

今日も今日とて、ミザリーとの模擬戦の時間です。

自分達の力に慣れる為にも、毎日の特訓は必須なのですわ。

さてそれでは、修練場に――おや？

こんな時間に御客様――って、そんな冗談を言っている場合ではなさそうね。

「レイン！　何者かが『結界』内に侵入して来たわ」

「わかっています。しかしこれは――」

どうやら模擬戦どころか、悠長に語らっている場合ではなくなってしまいました。

私のひとり言はここまでと致しましょう。

それでは皆様、またお会い出来る日を楽しみに――

特別収録

ベスターの相談

Regarding Reincarnated to Slime

初出：アニメイト『転生したらスライムだった件』グッズ連動キャンペーン特典小冊子

私の名はベスター。

偉大なる英雄王ガゼルに仕え、人々の役に立つ研究を行うのが夢だった。

その夢は破れたものの、父の跡を継いで武装国家ドワルゴンの大臣になった。

——いや、大臣『だった』というのが正確だな。

私は自身の愚かな嫉妬によって、その立場を失ってしまったのだから……。


当時、私が所属していた工作部隊では、耳長族《エルフ》の技術者達とも共同して新型兵器の開発が行われていた。

〝魔装兵計画〟と呼ばれるその極秘計画だが、カイジンという男が開発リーダーとして選ばれた。

実家が鍛冶屋という平民出身のカイジンだったが、その知識は豊富だった。努力家で、部下からの信頼も厚い。少し熱血過ぎるきらいはあるが、優秀な上司なのは間違いなかった。

しかし、私はどうしてもカイジンが気に食わなかったのだ。

その理由だが、彼が平民出身だったからではない。カイジンの腕前は、あの頃から既に名工と呼ばれるに相応しいものだった。だからこそ私は、そんな彼に嫉妬したのだ。

家業でも名を上げ、研究でも成果を出すカイジン。それに比べて私はと言えば、研究しか取り柄のない男だった。

実家は侯爵家で、ゆくゆくは大臣になる事が内定していた。

父が存命である間は軍に所属して研究に携わっていられたが、それは所詮、私の道楽としてしか認められていなかったのだ。

私はそれが悔しかった。

私には、政治家としての才能などない。父のような冷徹さなど持ち合わせていないし、ガゼル王のようなカリスマも備わっていない。しかしそれでも、侯爵家の使用人達はとても優秀で、私が何もしなくても政治の世界で力を発揮出来る環境が整っていたのだ。

それに、大臣職は複数名存在していた。

国家運営はガゼル王と長老連中が方針を定めるので、私など、いてもいなくても問題にならぬお飾りにしかなれない。

どれだけ頑張っても、ガゼル王の役に立つ事などない。私自身を認めてもらえる事などないと、その時の私は思い込んでいたのだ。

だからこそ、私はカイジンに反発した。

カイジンならば、鍛冶師になっても王の役に立てる。私には研究しかないのに、それは不公平じゃないか、と。

それに私には、悠長に研究を行っている時間などなかった。

父が倒れた。そのまま容態が悪化し、私が侯爵家の当主になる日も迫っていたのだ。

早く研究成果を出さなければ、一生ガゼル王の目に留まらぬままに終わってしまう。それだけは断じて、私には我慢ならなかったのだ。

だから私は、堅実に研究を進めるべきだというカイジンの主張を無視して、強引に実験を行なった。

その結果、計画の要となる〝精霊魔導核《せいれいまどうかく》〟の暴走を引き起こして、実験は失敗に終わってしまった。そして、計画そのものもまた、〝なかった事〟にされてしまったのだ。

茫然《ぼうぜん》となっていた私の代わりに、家人達が裏で手を回してくれていた。

いつの間にかカイジンが全ての責任を被って、軍を去る事になっていたのだ。

そして気付けば、私は大臣になっていた。

こうなるともう、素直に謝罪する事も出来ない。私はいつしか、カイジンへの嫌がらせだけが生きがいという、つまらない人生を歩むようになってしまっていたのだった。

＊

「あの時はすまなかったな」

ふと思い出して、私はカイジンに謝罪した。

するとカイジンは、何の話だとばかりに戸惑った表情を浮かべて私を見ている。

「何の話だ？　リムルの旦那から模型増産の予算がもらえなかったのか？」

「いや、その件については既に裁可が下りている。陛下がミョルマイル殿を籠絡し、キッチリと潤沢な資金を集める事に成功していたよ」

「じゃあ、何の謝罪だよ？」

「ああ、昔の話さ。軍を追い出したり、嫌がらせをしたり。半分は私ではなく、私の意を汲んだ部下達の仕業だったんだがね。今更だが、謝罪がまだだったと思い出してね」

「本当に今更だぜ。というかよ、そりゃあ既に謝ってくれたじゃねーか」

カイジンがそう言って苦笑する。

確かに私は、この国に来た際に謝罪の言葉を口にした。アレは紛れもなく本心だったが、それでももう一度、正式な謝罪を行いたいと考えていたのだった。

………

……

…

この国では毎日が、驚くべき事の連続だった。

言い訳に過ぎないのは承知しているが、敢えて言わせてもらおう。

忙しすぎて、それどころではなかったのだ、と！

ガゼル王も大概だと思うが、リムル陛下の自由奔放ぶりはそれ以上だ。私のような者に重要な仕事を与えて、頼ってくれるのだから。

最初の難題は、魔物達への教育だった。読み書きそろばんを教えてやってくれと頼まれた時は、本気かコイツと、不敬にも考えたものだ。

ちなみに、そろばんというのはとても便利な計算機で、ドワルゴンでも採用されていた。リムル陛下が試作品を作ってくれたのだが、使い方はほぼ同じだったので、何の問題もなく採用となったのだ。

教えているのは基礎学習だけではない。

実技として、マナーの講習も任されている。

魔物にマナー。

何を言い出すんだコイツ――なんて私が思ってしまったのも、無理はない話だろう？

どういう目的なのか問うたのだが、リムル陛下は笑顔で答えてくれた。

いやあ、将来的には人間達とも交流したいからさ――と。

無茶だろ、と思ったものの、私には拒否権などなかった。承知しましたと、その場では頷いたのだ。

だが、その仕事は思ったよりも面白いものとなった。

シュナ様を筆頭に、ゴブリナの女性達は積極的にマナーを学んでくれた。男性陣も負けてはおらず、凶悪な見た目を少しでも緩和すべく、丁寧な接客術を身に付けていった。

魔物達にも思っていた以上の向学心があり、私としても教えるのが楽しいと思えたのだ。

研究施設を用意されるまでの間という約束だったが、今でも定期的に講習会を続けているほどに、私にとっても有意義な時間となったのだった。

そうこうしている内に、封印の洞窟と呼ばれる場所に研究施設が出来た。

今思うと最低限度の備品しかなかったが、それでも、もう一度研究に取り組めるのだと思えば、私の胸は高鳴った。

そこで紹介された龍人族《ドラゴニュート》のガビル殿とは、志を同じにする親友になれた。彼の奇想天外な発想は、私の忘れかけていた探究心にとても良い刺激を与えてくれる。

ここに連れられて来た時はどうなる事かと思ったものだが、今となってはガゼル王には感謝しかない。

私は今、幸せだと断言出来るのだ。

だが、しかし。

問題が何もない訳ではない。

私は今日、それを相談しようとカイジンの下を訪れたのだ。

………

……

…

気になっていた謝罪の言葉も伝えられた事だし、本題に入るとしよう。

「そうかね、そう言ってくれると有難い」

「よく言うぜ。それよりも、本題は別にあるんだろ?」

「ほう、良くわかりましたな?」

「あたぼうよ。お前は昔から、言い難い事を後回しにして、当たり障りのない話題から話すクセがあったからな」

そう言われてみれば、確かにそうかも知れぬ。

考えてみればカイジンとも長い付き合いなので、気心も知れているのだ。今更遠慮する必要もないだろうと、私は覚悟を決めて用件を切り出す事にした。

「実はな、ちょっとした相談があったのだ」

「相談? 予算が通ったのなら、重要な案件じゃあないのか」

予算は確かに重要だが、今回の件とは別だ。

「重要だとも。予算よりも、ずっとな」

「……ほう?」

私としても、予算よりも重要な案件で悩む事になるとは思いもしなかったのだが……まあいい。

カイジンならば、この難題にも答えを出してくれるだろう。

「実はな、リムル陛下の研究所で——」

「ちょ、ちょっと待て! それは、旦那が極秘で研究してたヤツだろ? それを軽々しく口にしてもいいのかよ?」

良くはない。

そんな事は、言われなくても十分に理解しているさ。

だがな、黙っているのに耐えられないのだ!

何しろあそこでは、数百体もの悪魔族《デーモン》に受肉が行われたのだから!

中には上位魔将《アークデーモン》もいた。

それも、支配者階級なのだとか。

そんな恐るべき存在が、目の前で受肉していた。しかも、名前まで与えられたのを見てしまったその時の私の心境を、どうか察して欲しいものだ。

守秘義務があるのは理解しているが、これはガゼル王にも伝えなければならないのでは……。

実は、リムル陛下からは口止めされていなかったりする。

技術協定がある以上、私が携わった研究成果は、そのままドワルゴンに伝えても何の問題もないのだ。

だが、なあ……？

「それでは、具体的な明言をさけて、抽象的に尋ねるぞ。あの研究所ではな、世界と戦えるだけの戦力が量産されたのだが、それをガゼル王にも伝えた方がいいと思うかね？」

カイジンの言い分ももっともなので、私はオブラートに包んで質問した。

しかし、カイジンの反応は思っていたよりも激しいものだった。

「待て、待て待て待て待てーーィ‼　ベスターよ、お前は突然、なんちゅう事を言い出しやがるんだ⁉」

「む？　わかりにくかったかね？　オブラートに包み過ぎたか」

「馬鹿野郎！　そうじゃねーよ。それにだ、今の発言は全然オブラートに包めてねーぞ‼」

そんなはずはない。

これでも、重要な内容は隠してある。

「ははは。大丈夫、具体的な内容を聞けば、カイジン殿だって頭を抱える事になるとも。だから、素直な感想を聞かせて欲しいのだ」

「それ、大丈夫とは言わねーぜ？」

お前は昔っから、困った事があると現実逃避する癖があるよな——などと、カイジンが失礼な事を口にしている。

しかし、今の私には大いなる心配事があるので、そんな苦言など耳に入らない。

「それで、私はどうすべきだと思うかね？」

私の胸に秘めておくべきか、それともちゃんと、ガゼル王にも報告をすべきか。

そんな私の問いを真正面から受け止めて、カイジンは頭をかきながら答えを口にする。

「ベスターよ、お前さんは疲れてるんだよ。今日はもう帰って、酒でも飲んでゆっくりしたらどうだい？」

カイジンはそう言って、ニカッと笑った。

あ、コイツ。逃げたな……。

「それは答えになっていないではないか！」

「馬鹿野郎！　そんな重大な案件に、この俺を巻き込むんじゃねーー！」

もっともな意見だが、ここで退くわけにはいかんのだ。

「そんな事を言わず、助けると思って！」

「いやいや、俺は国を出た身なんでな。ドワルゴンの侯爵であるベスターさんみたいに、責任ある立場にねーんだわ」

「何を水臭い。私にとってカイジン殿は、今でも尊敬する上司なのだぞ！　爵位よりも地位。昔っからそう言って、部下を従えていたではないか！」

「あ、テメエ！　だからさっき謝罪してきたのか。その悪知恵の回りようだけは流石だぜ……」

そんなふうにして、私とカイジンの攻防は暫く続いた。

巻き込みたい私と、逃げ切りたいカイジン。

しかし、勝敗は既に見えている。

責任感の強いカイジンならば、ここまで話を聞いた上で無責任に逃げるような真似など絶対にしないのだ。

「チッ、わかったよ。詳しく聞かせな」

「そう言ってくれると思っていましたよ」

カイジンは私の予想通り、最終的には相談に乗ってくれる事になった。

私はそれに満足し、ニッコリと笑ったのだった。

＊

迷宮内にある高級酒場へと場所を移す。

ドワーフといえば、酒。

ドワーフというよりエルフに似た外見をしている私だが、それでも酒は大好物なのだ。

そして、この国には素晴らしい酒が豊富にある。その上、店の従業員は守秘義務が徹底されていて、ウッカリと何か秘密の相談などを聞いてしまったとしても、それを誰かに洩《も》らす事はない。

ここは、そんな安全が担保された場所。秘密の相談にうってつけの店だった。

「それで、お前としちゃあどうする気なんだ？」

カイジンからそう問われたので、ここは素直に心情を吐露する。

「黙っていたら、何か問題が起きた時に困る。口止めされていない以上、報告する義務があると考えているとも」

そんな私の返答を聞いて、カイジンはふむと頷いた。

「まあな。当初からの協定通り、それは告げ口には当たらんだろうな。それに、お前さんはまだ、正式な立場ではドワルゴンの侯爵閣下のままなんだろ？」

そうだった。

私も忘れかけていた事実だが、私の爵位は祖国から抹消されていないし、私からも返上していない。というか、実家で茫然としていたら、いつの間にかガゼル王に拉致されて、リムル陛下の下に届けられてしまったのだ。

祖国での立場をどうこうするような余裕など、当時はまったくなかったのである。

ドワルゴンの貴族は、自分の領地は所有していない。全ての土地はドワーフ王のものであり、それを貸与するという形で、貴族が管理しているのだ。

というか、他の国家に比べて、領地の概念も異なるだろう。

ドワルゴンの大都市は、中央と、東と西の三ヶ所のみ。後は、山脈の麓に広がる荘園と、天然の洞窟を利用した坑道内住居群で構成されている。

貴族が管理するのは、区画でわけられた坑道内住居群だった。

つまり、リムル陛下の言う戸籍管理というやつだな。自分の預かる区画の住民の面倒を見て、彼等から税金を徴収するのが、貴族に求められる役割という訳だった。

爵位によって、管理する戸籍の数が変わる。

私は侯爵なので、実はかなりの収入があるのだ。

あれだけの失態を演じ、ガゼル王を失望させてしまった私だ。当然、爵位は取り上げられるものと思っていた。

しかし、今現在に至るまで、私は侯爵として扱われていた。

つまり、毎年の税収も普通に入っている。先代から支えてくれている優秀な家令が、面倒な雑事を全て処理してくれているのだ。

そこから家人達への俸給も普通に支払われているし、本国から追放された訳でもないので、実家に戻っても普通に生活出来たりする。

もっとも、そんな真似をする気はないし、する予定もない。

何しろ、こっちの生活の方が面白いからね。

それに、私を追ってやって来た使用人達もいて、ドワルゴンにいた頃よりも贅沢な暮らしをしていたりする。

食事は美味いし、酒は絶品だし。

好きなだけ研究が出来る今の暮らしは、私にとっては天国なのだ。

ミョルマイル殿の財布の口が堅いのが難点だが――

っと、話がそれたな。

「うむ、その通りだ。やはり、侯爵という立場から考えても、ガゼル王を裏切る訳にはいかんな」

「黙っている事が裏切りに繋がるとは思わんが、報告するのがお前の義務なのは間違いないさ」

だよなあ……。

そんな事、言われなくても理解はしているのだ。

だけどね、どう報告するかが問題なのだよ。

「じゃあさ、ぶっちゃけちゃう？　世界を滅ぼせるような戦力が育ってます――って」

「おいおい、飲み過ぎだぞ。だがよう、本当にそんな人事になってんのかい？」

うーん、この酒も美味い。

止められない、まろやかな口触り。爽やかで香しく、その芳醇な味わいは、私を悩みから解放してくれるかのようだ。

だが、そうだな。

「ウルティマ嬢や、カレラちゃんの事は知っているよな？」

「お、おう？　勿論《もちろん》だが、酔ってんのかお前？　いきなり話を変えるなよ」

「いや、話は変えていないし、こんな事、酔わなければ口に出来んぞ」

「おいおい、それじゃあもしかして……」

「その通りだとも。実はあの子達も、その戦力の一端なのだよ」

「なるほど、な。そう言われてみりゃあ、冒険者達を取り締まる警察の強さにも納得だぜ。警備隊でも見ない顔だったから、どこかで鍛えた秘密部隊だったんだろうと思っていたんだがな……」

どうやらカイジンにも、事の重大さが少しは伝わったらしい。

ここテンペストでは、警察相手に暴れる者など皆無。

また、裁判所で判決に不服を申し立てる者もいない。

その理由こそ、圧倒的な力で犯罪者を取り締まっているからだ。

誰の目から見ても明らかなくらいに、彼等の戦闘能力は突出していた。冒険者の基準で言えば、末端の警察官でもAランクオーバーだと思えるほどに。

「って、えーーーー？　世界と戦えるだけの戦力が、警察？」

「うむ。完璧なカモフラージュだと思わんか？」

「いや、思わんかって言われても、なあ？」

困惑顔のカイジン。

戸惑う気持ちもよくわかる。

世界を滅ぼせるような大戦力《デーモン》が、市民を守る警察官《ヒーロー》になっているなどと。

「で、それをガゼル王に報告したとして、だ。どう反応されると思うかね？」

「あ、ああ。そりゃあ……って、なるほどなあ。それ、報告するの難しいよな」

「だろう？　絶対に信じてもらえんぞ。それどころか、頭がおかしくなったなどと、不名誉な噂が流れかねん。ガゼル王ならば信じてくれるだろうが、取次の石頭共では、私の言葉を疑ってかかるに違いあるまい」

「確かに」

カイジンはそう呟き、杯に満たされた酒を一気にあおった。

ガッツリと巻き込みやがってと、その目が私に文句を告げている。

だから私は、ニヤリと笑って尋ねるのだ。

「どうすればいいと思う？」

「そうよなあ……素直に報告するのも考えもんってか。これは俺でも悩むな……」

それから暫く沈黙が続いた。

空になった杯に、新しく酒が注がれる。

どうするのが正解なのかと、私とカイジンは二人して頭を悩ませる。

そんな悩める我等を救ってくれたのは、私を呼びに来たディーノ様だった。

「おいおいベスターさん！　自分達だけズルイじゃないか。呼んでくれよ、俺を。そして、奢ってくれよ、酒を。そうすりゃあ、いくらでも相談に乗るからさ！」

とってもいい笑顔で、ディーノ様はそう言った。

その笑顔を見て、私は思わず彼に尋ねてしまった。

「では、ディーノ様はどうすればいいと思うのですか？」

酔っていたのだ。

そして、忘れていた。

この人も、魔王の一柱《ひとり》なんだと。

「投げちゃおうぜ。責任なんて、別の誰かに投げちゃおうぜ！」

それで怒られるなら、ソイツの運が悪かっただけさ——と、ディーノ様は親指を立てて断言してくれた。

「いやいや、それは……」

と、カイジンが困ったように何か言いかけたのだが。

「大丈夫、大丈夫！　ぶっちゃけ俺もさ、色々と報告しろって頼まれてたんだけどさ、全部ブッチしてやったのさ。そしたらスッゲー怒られたから、次はちゃんと報告しようと思ったわけ。でも、誰に報告するかは俺の自由だろ？　適当なヤツに報告するようにしたら、これが大正解。怒られるのはソイツだし、俺は仕事をしていると胸を張れる。清々しい気持ちで毎日を過ごせるから、これオススメね！」

そう言うだけ言って、ディーノ様は勝手に注文して酒を飲み始めた。

どうやら、それで相談は終了らしい。

そして、その高級な酒の支払いは、言うまでもなく私になるのだろうね。

フフ、何だか悩んでいるのが馬鹿らしくなってきた。

「よし、その作戦を採用させてもらいますぞ！」

「お、おい、ベスター⁉」

「おお、流石はベスターさんだぜ。俺の上司なだけはある！」

魔王であるディーノ様からそう言われると、少し誇らしく思えるから不思議なものだ。

「お前、絶対に毒されてるって。コイツは参考にしちゃ駄目なヤツだ。考え直せ！」

さっきからカイジンが騒いでいるが、それも心地好く思える。

「飲もう！　今日は私の奢りだ。好きなだけ飲み明かそうじゃないか！」

「おお、そうこなくっちゃ！」

「おいおい、大丈夫かよ⁉　ここの支払いは、幹部のポイントでも厳しいんじゃ――」

「細かい事は言いっこなしだぜ？　オッサンも黙って、ここはゴチになろうぜ」

「お前さんは自分が飲みたいだけだろうが！」

「そうだけどさ、問題ないだろ？」

「うむ、問題ないとも！　カイジン殿、悩みも晴れた祝いだ。ここはパーッといこうじゃないか！」

私は大きな気持ちになって、そう言い放った。

そして始まるどんちゃん騒ぎ。

どうか明日は、つまらない悩みが増えませんように。

そう願いつつ、私はカイジンとディーノ様の三人で、酒で満たされたグラスを乾杯させたのだった。

＊

「ベスター殿、貴殿は疲れておるのだ」

報告した私に向かって、担当者の男がそう言った。

やはり、信じてはもらえなかったようだ。

予想通りの結果だが、今の私に後悔などない。何故ならば、酔いが覚めた後に届けられた支払請求書を見た時に、後悔という気持ちを使い果たしていたからだ。

「そうかも知れませんな、ハハハ。ですが、確かにお伝えしましたぞ」

そう言って、私は定時連絡を終了したのだった。


そして、その後――

私の報告が真実だったと判明する事になるのだが、その際に私への責任追及の声は出なかった。

正確には出たらしいのだが、魔法通話の記録から、名も知らぬ担当者に全責任があるとされたのだ。

ディーノ様の言う通りになったな――と、私は相談して良かったと思ったのだった。

青《あお》の時代《じだい》

画．川上泰樹

『転生したらスライムだった件』川上泰樹先生より

「転生したらスライムだった件 ～魔物の国の歩き方～」岡霧硝先生より

祝17巻
伏瀬先生
おめでとうございます!!
SHIBA
2020.

「転スラ日記 転生したらスライムだった件」柴先生より

伏瀬先生
17巻
おめでとうございます!
この盛り上がりがたまりません
最終章も短編も楽しみです!
この服やばいですよ?!
みつばー先生!

「転生したらスライムだった件 異聞 ～魔国暮らしのトリニティ～」戸野タエ先生より

「転ちゅら! 転生したらスライムだった件」茶々先生より

GC NOVELS

転生《てんせい》したらスライムだった件《けん》 ⑰

2020年10月8日　初版発行
2023年10月20日　第5刷発行

著者　伏《ふ》瀬《せ》
イラスト　みっつばー

発行人　武内静夫

編集　伊藤正和

装丁　横尾清隆

印刷所　株式会社平河工業社

発行　株式会社マイクロマガジン社
〒104-0041　東京都中央区新富1-3-7　ヨドコウビル
[販売部]TEL 03-3206-1641／FAX 03-3551-1208
[編集部]TEL 03-3551-9563／FAX 03-3551-9565
https://micromagazine.co.jp/

ISBN978-4-86716-056-5　C0093

本書は小説投稿サイト「小説家になろう」(https://syosetu.com/) に掲載されていたものを、加筆の上書籍化したものです。

ファンレター、作品のご感想をお待ちしています!

宛先
〒104-0041　東京都中央区新富1-3-7　ヨドコウビル
株式会社マイクロマガジン社　GCノベルズ編集部
「伏瀬先生」係　「みっつばー先生」係